RUGIDO

CECELIA AHERN

RUGIDO

Tradução
Paula Di Carvalho

Rio de Janeiro, 2022

Copyright © 2018 por Greenlight Go Unlimited Company. Todos os direitos reservados.
Copyright da tradução © 2022 por HarperCollins Brasil.
Título original: *Roar*

Todos os direitos desta publicação são reservados à Casa dos Livros Editora LTDA. Nenhuma parte desta obra pode ser apropriada e estocada em sistema de banco de dados ou processo similar, em qualquer forma ou meio, seja eletrônico, de fotocópia, gravação etc., sem a permissão do detentor do copyright.

Diretora editorial: *Raquel Cozer*

Gerente editorial: *Alice Mello*

Editora: *Lara Berruezo*

Editoras assistentes: *Anna Clara Gonçalves e Camila Carneiro*

Assistência editorial: *Yasmin Montebello*

Copidesque: *Luíza Carvalho*

Revisão: *Cindy Leopoldo e Lui Navarro*

Capa: *© 2020 Hachette Book Group, Inc.*

Design de capa: *Tree Abraham*

Adaptação de capa: *Julio Moreira | Equatorium*

Diagramação: *Abreu's System*

Dados Internacionais de Catalogação na Publicação (CIP)
(Câmara Brasileira do Livro, SP, Brasil)

Ahern, Cecelia
   Rugido / Cecelia Ahern ; tradução Paula Di Carvalho. –
Rio de Janeiro : HarperCollins Brasil, 2022.

   Título original: Roar
   ISBN 978-65-5511-436-2

   1. Ficção irlandesa I. Título.

22-126189   CDD-Ir823

Índices para catálogo sistemático:
1. Ficção : Literatura irlandesa   Ir823
Cibele Maria Dias – Bibliotecária – CRB-8/9427

Os pontos de vista desta obra são de responsabilidade de seu autor, não refletindo necessariamente a posição da HarperCollins Brasil, da HarperCollins*Publishers* ou de sua equipe editorial.

HarperCollins Brasil é uma marca licenciada à Casa dos Livros Editora LTDA.
Todos os direitos reservados à Casa dos Livros Editora LTDA.
Rua da Quitanda, 86, sala 218 — Centro
Rio de Janeiro, RJ — CEP 20091-005
Tel.: (21) 3175-1030
www.harpercollins.com.br

Para todas as mulheres que...

Eu sou mulher, ouça-me rugir, tantas vezes que será impossível ignorar.

Helen Reddy e Ray Burton

SUMÁRIO

A mulher que desapareceu lentamente   11

A mulher que foi mantida na prateleira   23

A mulher que criou asas   33

A mulher que foi alimentada por um pato   41

A mulher que encontrou marcas de mordidas na pele   51

A mulher que pensou que seu espelho estivesse quebrado   65

A mulher que foi engolida pelo chão e encontrou várias
outras mulheres lá embaixo   77

A mulher que pediu o salmão especial   91

A mulher que comia fotografias   99

A mulher que esqueceu o próprio nome   107

A mulher que tinha um relógio tiquetaqueante   121

A mulher que semeava dúvidas   131

A mulher que devolveu e trocou o marido   143

A mulher que perdeu o bom senso   161

A mulher que se colocou no lugar do marido   169

A mulher que tinha a cabeça avoada   181

A mulher que tinha o coração exposto   193

A mulher que usava rosa   203

A mulher que saiu voando 223

A mulher que tinha um ponto forte 231

A mulher que falava a língua das mulheres 243

A mulher que encontrou o mundo numa ostra 253

A mulher que protegia gônadas 261

A mulher que foi colocada numa caixa 267

A mulher que pegou uma carona 277

A mulher que sorriu 289

A mulher que pensou que a grama do vizinho
fosse mais verde 295

A mulher que desmanchou 305

A mulher que escolheu a dedo 317

A mulher que rugia 325

A mulher que desapareceu lentamente

I

Alguém bate de leve na porta antes de abri-la. A enfermeira Rada entra e fecha a porta.

— Estou aqui — diz a mulher baixinho.

Rada esquadrinha o cômodo, seguindo o som de sua voz.

— Estou aqui, estou aqui, estou aqui — repete a mulher suavemente, até que Rada pare de procurar.

O nível do olhar dela está alto demais e muito à esquerda, mais alinhado com o cocô de pássaro na janela que vem sendo desmanchado pela chuva dos últimos três dias.

A mulher suspira de seu assento no peitoril da janela com vista para o campus da faculdade. Entrou nesse hospital universitário com tanta esperança de que seria curada, mas, em vez disso, seis meses depois, ela se sente como um rato de laboratório, cutucada e espetada por cientistas e médicos em tentativas cada vez mais desesperadas de entender a condição dela.

Ela foi diagnosticada com um raro e complexo distúrbio genético que faz os cromossomos de seu corpo desaparecerem. Eles não estão se autodestruindo ou se decompondo, nem mesmo mutando; todos os seus órgãos parecem funcionar perfeitamente; todos os testes indicam que tudo está bem e saudável. Para simplificar, ela está se desfazendo, mas continua aqui.

Seu desaparecimento foi gradual a princípio. Quase imperceptível. Havia muitos "Ah, eu não te vi aí", muitos erros de cálculo sobre seus contornos, esbarrões em seus ombros, pisões em seus dedos dos pés, mas nada alarmante. Não a princípio.

Ela sumia de maneira proporcional. Não havia uma mão faltando ou um dedo do pé a menos ou uma orelha subitamente ausente, era um desvanecimento gradual e uniforme; ela se reduzia. Tornou-se um vislumbre, como uma miragem em uma estrada. Ela era um delineado fraco com um centro indefinido. Se você estreitasse os olhos, conseguia por pouco identificar que ela estava ali, dependendo do cenário e dos arredores. Ela rapidamente descobriu que, quanto mais entulhado e excessivamente decorado o cômodo fosse, mais fácil era vê-la. Ficava quase invisível contra uma parede vazia. Ela buscava papéis de parede estampados como plano de fundo, estofados decorativos para se sentar; dessa forma, seu corpo borrava as estampas, fazia com que as pessoas semicerrassem os olhos e observassem com mais atenção. Mesmo quase invisível, ela ainda lutava para ser vista.

Cientistas e médicos a examinaram por meses, jornalistas a entrevistaram, fotógrafos fizeram seu melhor para iluminá-la e retratá-la, mas nenhum deles estava necessariamente tentando ajudá-la a se recuperar. Na verdade, por mais atenciosos e gentis que alguns tenham sido, quanto mais sua situação piorava, mais empolgados eles ficavam. Ela está sumindo, e ninguém — nem mesmo os melhores especialistas do mundo — sabe o porquê.

— Chegou uma carta para você — diz Rada, distraindo-a. — Acho que vai querer ler agora mesmo.

Curiosa, a mulher abandonou seus pensamentos.

— Estou aqui, estou aqui, estou aqui, estou aqui — fala ela baixinho, como foi instruída. Rada segue o som de sua voz, o envelope em sua mão estendida. Ela o ergue no ar.

— Obrigada — diz a mulher, avaliando-o. Por mais que seja de um tom sofisticado de rosa-chá, ele parece um convite para uma festa de aniversário infantil e provoca a mesma onda de empolgação. Rada está ansiosa, o que deixa a mulher intrigada. Não é incomum receber cartas; ela recebe dezenas do mundo todo semanalmente, de especialistas se divulgando, bajuladores querendo a sua amizade, fundamentalistas religiosos querendo bani-la, homens vulgares implorando para satisfazer todo tipo de desejo perverso em uma mulher que conseguem sentir, mas não ver. Mas ela admite que esse envelope de fato parece diferente do resto, com seu nome escrito numa caligrafia rebuscada.

— Reconheço o envelope — respondeu Rada, animada, sentando-se ao lado dela.

Ela toma cuidado ao abrir o envelope caro. Tem uma textura luxuosa, e transmite uma sensação promissora e reconfortante. Ela tira dele o cartão escrito à mão.

— Professora Elizabeth Montgomery — leem em uníssono.

— Eu sabia! É ela! — diz Rada, buscando a mão da mulher que segura o cartão e a apertando.

II

— Estou aqui, estou aqui, estou aqui, estou aqui, estou aqui — repete a mulher enquanto a equipe médica a assiste na mudança para a nova instituição que será seu lar por sabe-se lá quanto tempo. Rada e as poucas enfermeiras com quem criou proximidade a acompanham de seu quarto até a limusine que a professora Elizabeth Montgomery mandou para buscá-la. Nem todos os especialistas se reuniram para se despedir; as ausências são um protesto contra sua saída depois de todo o trabalho e dedicação deles à causa dela.

— Entrei — diz ela baixinho, e a porta se fecha.

III

Não há dor física em desaparecer. Emocionalmente, é outra história.

A sensação emocional de desaparecer começou com cinquenta e poucos anos, mas ela só tomou consciência da dissipação física há três anos. O processo foi lento, mas constante. Ela ouvia "Não te vi aí" ou "Não te ouvi entrar de fininho", ou um colega interrompia uma conversa para inteirá-la do começo de uma história que já ouvira porque estivera ali o tempo todo. Ela ficou cansada de lembrá-los de sua presença, e a frequência desses comentários começou a preocupá-la. Passou a usar roupas mais coloridas, fez luzes no cabelo, começou a falar mais alto, expondo suas opiniões, a pisar forte ao andar; qualquer coisa para se destacar da multidão. Queria segurar as bochechas das pessoas e virá-las em sua direção, forçar contato visual. Ela queria gritar: *Olhem para mim!*

Nos piores dias, ela ia para casa se sentindo completamente arrasada e desesperada. Olhava no espelho para se certificar de que permanecia ali, para continuar se lembrando desse fato; até passou a carregar um espelhinho de bolso para aqueles momentos no metrô em que tinha certeza de que desaparecera.

Ela havia crescido em Boston, então se mudou para a cidade de Nova York. Pensava que uma cidade de oito milhões de pessoas seria um lugar ideal para encontrar amizade, amor, relacionamentos, começar uma vida. E, por um bom tempo, ela estivera certa, mas nos últimos anos tinha começado a perceber que, quanto mais pessoas havia, mais solitária ela se sentia. Porque sua solidão era amplificada. Ela está de licença agora, mas antes trabalhava para uma empresa de serviços financeiros com quinze mil funcionários espalhados por mais de 156 países. O escritório na Park Avenue tinha quase trezentos funcionários, mas, ainda assim, conforme os anos passavam, ela se sentia cada vez mais menosprezada e ignorada.

Aos 38 anos, ela entrou numa menopausa prematura. Foi intenso, com suor encharcando a cama ao ponto de precisar trocar os lençóis duas vezes por noite. Por dentro, sentia raiva e frustração explosivas. Queria ficar sozinha durante esses anos. Certos tecidos irritavam sua pele e instigavam suas ondas de calor, que, por sua vez, instigavam seu mau humor. Em dois anos ela ganhou dez quilos. Comprou roupas novas, mas nada parecia bom ou vestia bem. Ela se sentia desconfortável na própria pele, insegura em reuniões de maioria masculina nas quais anteriormente se sentia em casa. Parecia-lhe que todos os homens da sala sabiam, que todo mundo via a súbita onda que fazia seu pescoço avermelhar e seu rosto transpirar, que fazia suas roupas colarem à pele no meio de uma apresentação ou de um almoço de negócios. Ela não queria que ninguém a olhasse durante esse período. Não queria que ninguém a visse.

Quando saia à noite, via os belos e jovens corpos, em vestidos minúsculos e saltos ridiculamente altos, se contorcendo ao som de músicas que conhecia e sabia cantar junto, porque ainda vivia nesse planeta mesmo que ele não fosse o mais ajustado para ela, enquanto homens da sua idade prestavam mais atenção às mulheres jovens na pista de dança.

Mesmo agora, ela continua sendo uma pessoa válida com algo a oferecer ao mundo, por mais que não se sinta assim.

"Mulher Minguante" e "Mulher Desvanecente" foram os rótulos que recebeu dos jornais; aos 58 anos, ela chegou às manchetes internacionais. Especialistas pegaram voos do mundo todo para cutucar seu corpo e sua mente, apenas para irem embora de novo, incapazes de chegar a qualquer conclusão. Mesmo assim, muitos artigos foram escritos, prêmios entregues, aplausos dados aos mestres de suas áreas.

Faz seis meses desde seu último esmaecimento. Ela não passa de um vislumbre agora, e está exausta. Sabe que ninguém pode curá-la; observa todos os especialistas chegarem com entusiasmo, examinarem-na com empolgação, então irem embora esgotados. Cada vez que testemunha a perda de esperança deles, sente a própria se erodir.

IV

Ao se aproximar de Provincetown, Cape Cod, seu novo destino, incerteza e medo são substituídos por expectativa diante da visão à sua frente. Professora Elizabeth Montgomery espera à porta de seu consultório, anteriormente um farol abandonado, mas que agora assoma como um grande holofote de esperança.

O motorista abre a porta. A mulher sai.

— Estou aqui, estou aqui, estou aqui, estou aqui — diz a mulher, subindo pelo caminho para encontrá-la.

— *O que* você está fazendo? — pergunta a professora Montgomery, franzindo a testa.

— Me disseram para dizer isso, no hospital — explica, baixinho. — Assim as pessoas sabem onde estou.

— Não, não, não, não fale assim aqui — disse a professora com um tom brusco.

A mulher se sente repreendida a princípio, e chateada por ter começado com o pé esquerdo, mas então percebe que a professora Montgomery a olhou diretamente nos olhos, envolveu seus ombros com uma caxemira acolhedora e a acompanha pelos degraus até o farol enquanto o motorista carrega as bagagens. É o primeiro contato visual que faz com alguém, além do gato do campus, em um bom tempo.

— Seja bem-vinda ao Farol Montgomery de Avanço para Mulheres — começa a professora, guiando-a para dentro do edifício. — É um pouco palavroso e narcisista, mas pegou. No começo nós chamávamos de "*Retiro* Montgomery para Mulheres", mas eu logo mudei. Retirar-se parece negativo; o ato de se afastar de algo difícil, perigoso ou desagradável. Encolher, retrair, contrair, desconectar. Não. Aqui, não. Aqui nós fazemos o oposto. Nós avançamos. Seguimos em frente, fazemos progresso, nos erguemos, crescemos.

Sim, sim, sim, é disso que ela precisa. Nada de voltar, nada de olhar para trás.

A dra. Montgomery a conduz até a área de check-in. O farol, apesar de belo, parece sinistramente vazio.

— Tiana, essa é nossa nova hóspede.

Tiana a olha bem nos olhos e lhe entrega uma chave.

— Seja muito bem-vinda.

— Obrigada — sussurra a mulher. — Como você me viu? — pergunta.

Dra. Montgomery dá um aperto reconfortante em seus ombros.

— Muito a fazer. Vamos começar, pode ser?

A primeira sessão acontece num cômodo com vista para a praia Race Point. Ao registrar o quebrar das ondas, o cheiro de maresia, as velas aromáticas e o canto das gaivotas, longe do típico ambiente estéril de hospital que servira como sua fortaleza, a mulher se permite relaxar.

Professora Elizabeth Montgomery, 66 anos, transbordando inteligência e qualificação, seis filhos, um divórcio, dois casamentos, e a mulher mais glamorosa que ela já viu pessoalmente, senta-se numa cadeira de palha acolchoada por um monte de almofadas e serve chá de hortelã em xícaras descombinadas.

— Minha teoria — diz a professora Montgomery, dobrando as pernas junto ao corpo — é que você se fez desaparecer.

— *Eu* fiz isso? — pergunta a mulher, ouvindo a própria voz se elevar, sentindo uma faísca de raiva antes que o breve momento se quebre.

A professora Montgomery abre um belo sorriso.

— Não ponho a culpa unicamente em você. Você pode dividi-la com a *sociedade*. Eu culpo a adulação e sexualização das mulheres jovens. Culpo o foco na beleza e aparência, a pressão de se sujeitar às expectativas dos outros de uma forma que não é exigida dos homens.

A voz dela é hipnotizante. É delicada. É firme. É desprovida de raiva. Ou julgamento. Ou amargura. Ou tristeza. Ela apenas é. Porque tudo apenas é.

A mulher sente arrepios pela pele. Ela ergue as costas, com o coração martelando. Nunca ouvira aquilo antes. É a primeira teoria nova em muitos meses, o que mexe física e emocionalmente com ela.

— Como pode imaginar, muitos dos meus colegas homens não concordam comigo — diz ela secamente, bebendo o chá. — É uma verdade difícil de engolir. Para eles. Então comecei a fazer as coisas do meu jeito. Você não é a primeira mulher que eu conheço que está desaparecendo. — A mulher se surpreende. — Eu testei e analisei mulheres, assim como aqueles especialistas fizeram com você, mas me levou algum tempo para descobrir como tratar sua condição do jeito correto. Precisei eu mesma envelhecer para de fato entender.

"Venho estudando e escrevendo sobre o assunto extensamente; conforme as mulheres envelhecem, elas são excluídas do mundo, desaparecem de programas de televisão, filmes e revistas de moda, e só aparecem nos programas diurnos para anunciar o colapso de funções corporais e doenças, ou promover poções e loções para ajudar a combater o envelhecimento, como se fosse algo a ser combatido. Parece familiar?"

A mulher concorda.

Ela continua:

— Mulheres mais velhas são representadas na televisão como bruxas invejosas que estragam as perspectivas do homem ou da mulher mais nova, ou como humanos reativos aos outros, sem poder para guiar a própria vida; além do mais, quando chegam aos 55, sua presença televisiva deixa de existir. Como se elas não estivessem ali. Ao me deparar com isso, descobri que as mulheres podem internalizar essas "realidades". Meus ensinamentos vêm sendo depreciados como discursos raivosos feministas, mas eu não estou discursando, estou apenas observando. — Ela beberica seu chá de hortelã e observa a mulher que lentamente desapareceu, lentamente aceitar o que está escutando.

— Você já viu outras mulheres como eu? — pergunta a mulher, ainda atônita.

— Tiana, da recepção, estava exatamente como você quando chegou há dois anos.

Ela deixa a informação ser absorvida.

— Quem você viu ao entrar? — pergunta a professora.

— Tiana — responde a mulher.

— Quem mais?

— Você.

— Quem mais?

— Ninguém.

— Olhe de novo.

V

A mulher se levanta e anda até a janela. O mar, a areia, o jardim. Ela para. Vê um vislumbre num balanço na varanda, e, ali perto, uma silhueta bruxuleante de longos cabelos pretos olha para o mar. Tem uma figura quase iridescente de joelhos no jardim, plantando flores. Quanto mais ela olha, mais mulheres vê, em vários estágios de desvanecimento. Como estrelas surgindo no céu noturno, quanto mais treina o olhar, mais elas aparecem. Há mulheres por todo lado. Passara direto por elas ao chegar.

— Mulheres precisam ver mulheres também — diz a professora Montgomery. — Se não virmos umas às outras, se não virmos a nós mesmas, como podemos esperar que alguém nos veja?

A mulher está impressionada.

— A sociedade te disse que você não era importante, que você não existia, e você lhe deu ouvidos. Deixou a mensagem penetrar em seus poros, devorá-la de dentro para fora. Você disse a si mesma que não era importante, e acreditou.

A mulher assente, surpresa.

— Então, o que deve fazer?

A professora Montgomery envolve a xícara com as mãos, se aquecendo, o olhar perfurando o da mulher, como se estivesse se comunicando com outra parte mais profunda dela, enviando sinais, passando informação.

— Preciso acreditar que vou reaparecer — responde a mulher, mas sua voz sai rouca, como se houvesse anos que ela não falasse. Ela limpa a garganta.

— Mais do que isso — incita a professora Montgomery.

— Preciso acreditar em mim mesma.

— A sociedade vive nos dizendo para acreditarmos em nós mesmos — diz ela com desdém. — Palavras são fáceis, frases são baratas. No que especificamente você precisa acreditar?

Ela pensa, então se dá conta de que era uma questão maior do que apenas dar as respostas certas. No que ela quer acreditar?

— Que eu sou importante, que sou necessária, relevante, útil, válida... — Ela baixa o olhar para a xícara. — Sexy. — Ela inspira e expira pelo nariz, lentamente, criando confiança. — Que sou digna. Que existe potencial, possibilidade, que eu ainda posso enfrentar novos desafios. Que posso contribuir. Que sou interessante. Que ainda não terminei. Que as pessoas saibam que *eu estou aqui*. — A voz dela falha nas últimas palavras.

Professora Montgomery repousa a xícara na mesa de vidro e busca a mão da mulher.

— Eu sei que você está aqui. Eu te vejo.

Nesse momento, a mulher tem certeza de que voltará. De que há uma maneira. Para começar, ela se concentrará em seu coração. Depois, todo o resto seguirá.

*A mulher que foi mantida
na prateleira*

Começou logo depois do primeiro encontro, quando ela tinha 26 anos, quando tudo era novo em folha, brilhante. Ela saíra do trabalho mais cedo para dirigir até seu novo amado, empolgada para vê-lo, contando as horas até o próximo momento deles juntos, e encontrara Ronald em casa, na sala de estar, martelando uma parede.

— O que você está fazendo?

Ela rira da intensidade de sua expressão, do suor, da sujeira e determinação do namorado faz-tudo. Achava-o ainda mais atraente agora.

— Estou instalando uma prateleira para você. — Ele mal parou para olhá-la antes de voltar a martelar.

— Uma prateleira?!

Ele continuou martelando, então verificou a estabilidade.

— Esta é sua maneira de me convidar para morar com você? — perguntou ela com uma risada, o coração batendo forte. — Acho que deveria me dar uma gaveta, não uma prateleira.

— Sim, é claro que quero que você venha morar comigo. Agora. E quero que largue seu emprego e se sente nessa prateleira para que todo mundo possa te ver, te admirar, ver o que eu vejo: a mulher mais linda do mundo. Você não precisará erguer um dedo. Não precisará fazer nada. Só sentar nessa prateleira e ser amada.

Seu coração inflou, seus olhos encheram d'água. No dia seguinte ela estava sentada na prateleira. Um metro e meio acima do chão, na alcova do lado direito da sala, ao lado da lareira. Foi lá que ela conheceu a família e os amigos de Ronald. Eles ficaram ao redor dela, com bebidas nas mãos, admirando a maravilha do novo amor da vida de Ronald. Sentaram-se à mesa na sala de jantar ao lado, e por mais que não conseguisse ver todos eles, ela conseguia ouvi-los, conseguia participar. Sentia-se suspensa acima deles; adorada, estimada, respeitada pelos amigos dele, idolatrada pela mãe, invejada pelas ex-namoradas. Ronald a admirava com orgulho, aquele lindo sorriso radiante em seu rosto que dizia tudo. *Minha*. Ela faiscava juventude e desejo, ao lado do armário de troféus dele, que comemoravam as vitórias futebolísticas de sua juventude e seus mais recentes sucessos no golfe. Acima deles havia uma truta-marrom presa à parede sobre uma tábua de madeira com uma placa de bronze, a maior truta que ele já pegara ao pescar com o irmão e o pai. Mudara a truta de lugar para instalar a prateleira dela, então era com ainda mais respeito que os homens da família a viam. Quando a família e os amigos dela vinham visitá-la, saíam assegurados de que ela estava segura, protegida, idolatrada e, mais importante, que era amada.

Ela era a coisa mais importante do mundo para ele. Tudo girava em volta dela e sua posição na casa, na vida dele. Ele a paparicava, a mimava. Queria-a na prateleira o tempo todo. O único momento que parecia ser quase igualmente importante para ele era o Dia da Faxina. No Dia da Faxina, ele cuidava de todos os troféus, polindo-os e lustrando-os e, é claro, a tirava da prateleira e a deitava na cama, onde eles faziam amor. Reluzente e polida, com brilho e vigor renovado, ela voltava a subir na prateleira.

Eles se casaram, ela largou o emprego, amamentou os filhos, embalou-os, passou noites sem dormir cuidando deles na prateleira, então os observou dormir, balbuciar e crescer no tapete e cercadinho abaixo dela. Ronald gostava que ela ficasse sozinha na prateleira, então contratou babás para que ela pudesse ter seu próprio espaço, para que pudesse ficar no lugar que ele criara para ela, para que ele não perdesse uma parte dela para os filhos, nem que sua relação especial fosse alterada. Ela já ouvira falar de casais que haviam se separado depois de criarem família, maridos que se sentiram excluídos quando os bebês chegaram. Não queria que isso acontecesse, queria estar disponível para ele, continuar se sentindo adorada. A prateleira era seu lugar. Ela velava intensamente por todos dali, e por causa de sua posição na casa, todos sempre a olhavam de baixo, como que com admiração. Foi apenas mais tarde, quando os filhos já haviam crescido e saído de casa, vinte anos depois do dia em que subira pela primeira vez na prateleira, que a solidão a dominou.

Tão subitamente quanto o alarme de um despertador.

Começou com o ângulo da TV. Ela não conseguia ver o que Ronald estava assistindo. Nunca a incomodara antes porque ela sempre se contentara em ver o rosto das crianças assistindo à TV em vez de a própria TV. Mas agora o sofá estava vazio, a sala silenciosa, e ela precisava de distração, escapismo. Companhia. Ronald comprou uma televisão nova, uma tela plana que ficava presa na parede, o que significava que ela não podia ser virada e saíra subitamente de seu campo de visão, assim como seus filhos. Então vieram as reuniões que Ronald organizava sem convidá-la ou informá-la, que aconteciam ao redor dela, envolvendo pessoas que ela nunca conhecera, e algumas mulheres das quais desconfiava, bem ali em sua casa, literalmente embaixo de seu nariz.

Ela observava de cima enquanto a vida dele seguia abaixo dela, como se ela não estivesse no cômodo, como se não fizesse parte da vida dele. Sorrindo para disfarçar a confusão, ela tentava persistir, tentava participar, mas as pessoas não a ouviam dali da prateleira, e ficavam cansadas de olhar para cima, de erguer a voz. Elas desistiam. Ronald se esquecia de encher seu copo, de perguntar como ela estava, de apresentá-la. Era como se tivesse se esquecido de que ela estava ali. Então ele construiu o anexo; levou meses, mas, quando terminou e a cozinha passou a se estender até o jardim dos fundos, de repente todas as sociais e os jantares foram transferidos para lá. A sala de TV, que já fora a sala de estar, o centro da casa, agora se tornara um recanto pequeno e aconchegante. Perdera seu esplendor. Ela havia chegado ao ponto de sentir que não fazia mais parte da vida dele.

Agora é sábado à noite, e ela passou o dia todo sozinha enquanto ele jogava golfe, enquanto os filhos se ocupavam com as próprias vidas.

— Ronald — diz ela.

Ele está no sofá, assistindo alguma coisa que ela não consegue ver. Ele faz um som em resposta, mas não ergue o olhar para ela.

— Algo não parece certo aqui em cima. — Ela ouve o tremor na própria voz, sente o aperto no peito. *Quando você me colocou aqui em cima, foi para todo mundo me ver, para eu ser o centro de tudo, mas agora... agora tudo está seguindo sem mim, fora de vista. Eu me sinto tão desconectada.* Ela não consegue dizer isso, as palavras não vêm. Até pensar nisso a assusta. Ela gosta da prateleira, está confortável na prateleira, a prateleira é seu lugar, é onde ela sempre esteve, é onde sempre deveria ficar. Ele a colocou ali para tirar todas as preocupações e responsabilidades da vida dela, *para* ela.

— Quer outra almofada? — pergunta ele. Ele pega uma almofada ao seu lado e a joga para ela. Ela a pega e olha para a almofada, então para Ronald com surpresa, o coração martelando, as entranhas doendo. Então ele se levanta.

— Posso comprar uma nova para você, uma maior — diz ele, silenciando a televisão com o controle remoto.

— Eu não quero uma almofada nova — fala ela baixinho, espantada com a própria resposta. Normalmente, ela adora essas coisas.

É como se ele não a ouvisse, ou talvez ouça e ignore. Ela não consegue definir.

— Vou sair por algumas horas, nos vemos mais tarde.

Ela encara a porta fechada, ouve o motor do carro sendo ligado, em profundo choque. A percepção vem crescendo lentamente ao longo dos anos, mas esse é seu momento de compreensão. Todos os pequenos sinais se ligam e a atingem agora, quase a derrubando de seu poleiro. Ele a colocara nessa prateleira, uma mulher estimada que ele adorava e queria proteger e exibir, e agora que todo mundo a viu, a admirou, o parabenizou por suas conquistas, não sobrou nada. Agora ela só faz parte da mobília, um enfeite de prateleira como o resto dos troféus, enfiado numa velha salinha confortável. Ela nem se lembra do último Dia da Faxina; quanto tempo fazia desde que ele a pegou para polir?

Ela está tensa. É primeira vez que se dá conta disso. Seu corpo precisa se mover. Ela precisa se alongar. Precisa de espaço para crescer. Passara tantos anos sentada ali em cima, representando uma extensão de Ronald, de suas conquistas, que não faz mais a menor ideia do que representa para si mesma. Não pode culpar Ronald por isso; ela subiu na estante voluntariamente. Foi egoísta ao aceitar avidamente a atenção, os elogios, a inveja e a admiração. Gostava de ser nova, ser celebrada, ser dele. Mas foi tola. Não tola em pensar que isso era uma coisa bonita, mas tola em pensar que deveria ser a única coisa.

Enquanto sua mente dá voltas, a almofada que ela estava abraçando para se reconfortar cai de suas mãos e aterrissa suavemente no chão. Faz um *ploft* no carpete felpudo. Ela olha para o objeto no chão, e, ao fazê-lo, é tomada por outra percepção.

Ela pode sair da prateleira. Pode descer dali. Sempre tivera a habilidade de fazer isso, é claro, mas de alguma forma aquele parecia seu lugar, o lugar natural a se ocupar, e por que alguém sairia de seu lugar para ficar deslocado? Sua respiração acelera diante do novo pensamento perigoso, a poeira faz sua garganta coçar e ela tosse, ouvindo um chiado no peito pela primeira vez.

Seu lugar não é ali, juntando poeira. Ela desce. Um pé na poltrona abaixo, onde Ronald costumava se sentar segurando seus pés enquanto assistia à TV — até a nova tela plana ser instalada, claro. Ela busca a parede para se firmar. A única coisa que consegue alcançar é a truta-marrom. Seu pé de meia-calça escorrega no braço da poltrona. Ela estende a mão, em pânico, buscando algo onde se agarrar, e segura a boca aberta da truta. Sob seu peso, a truta oscila na parede. Passou todos esses anos presa só por um prego. Tão precário. Algo de tanta importância, seria de se pensar que seu marido a teria firmado melhor. Sorri com o pensamento. A truta se solta do prego e ela deposita sua fé na poltrona, caindo em cima dela, enquanto observa a truta cair no armário embaixo. Quebra o vidro do armário, que abriga os troféus de futebol e golfe. Estilhaços, cacos, tudo vem abaixo. Então há silêncio.

Ela dá uma risadinha nervosa, quebrando o silêncio.

Então baixa lentamente um pé para o chão. E o outro. Ela se levanta, sente as articulações rígidas estalarem. O chão que observou por tanto tempo, tão familiar aos seus olhos, parece desconhecido sob seus pés. Ela flexiona os dedos dos pés no carpete felpudo, planta as solas em suas fibras, verdadeiramente se enraíza nessa nova superfície. Olha o cômodo ao redor, que lhe parece tão estranho do novo ponto de vista.

E, de repente, ela se sente impelida a fazer algo com sua nova vida.

Quando Ronald volta do pub, ele a encontra com um taco de golfe na mão, seu melhor *driver*. Seus troféus de futebol e golfe estão caídos no chão, cobertos de vidro quebrado. A truta-marrom o olha do meio da bagunça com seus olhos mortos.

— Estava empoeirado demais ali em cima — diz ela, sem ar, ao golpear de novo a prateleira de madeira.

A sensação é tão boa que ela a golpeia mais uma vez.

A prateleira se estilhaça, pedaços voam para todo lado. Ela se abaixa. Ele se encolhe.

Quando Ronald afasta lentamente os braços do rosto, ela não consegue se impedir de rir de sua expressão chocada.

— Minha mãe costumava deixar todas as suas bolsas chiques em capas protetoras. Ela as armazenava no guarda-roupa, reservando-as para ocasiões especiais, mas elas continuaram lá até o dia de sua morte. Todas essas coisas lindas e estimadas, nunca vendo a luz do dia, porque mesmo as raras ocasiões especiais de sua vida não eram consideradas excepcionais o suficiente. Ela vivia esperando que algo mais extravagante acontecesse, em vez de usá-las para alegrar o dia a dia. Ela me dizia que eu não dava valor o suficiente às coisas, que eu deveria apreciar mais os meus pertences, mas se estivesse aqui agora eu lhe diria que ela estava totalmente enganada. Ela deveria ter apreciado mais as coisas cotidianas, notado seu valor, as aproveitado ao máximo. Mas ela não o fez; ela deixou o potencial trancafiado.

A boca de Ronald se abre e fecha sem emitir nenhuma palavra. Ele parece a truta empalhada que despencou no chão.

— Então — ela golpeia a parede novamente e declara com firmeza —, eu ficarei aqui embaixo.

E assim foi.

A mulher que criou asas

O médico disse que era hormonal. Assim como os pelos aleatórios que haviam brotado do queixo dela depois do nascimento dos filhos, ao longo do tempo os ossos em suas costas haviam começado a se salientar da pele, se projetando para fora da coluna como galhos de árvore. Ela optou por não fazer a radiografia sugerida pelo médico, tampouco deu ouvidos aos alertas sobre densidade óssea e osteoporose. O que ela sente no corpo não é um enfraquecimento, mas uma força crescente, alastrando-se a partir de sua coluna e se arqueando ao longo dos ombros. Na privacidade do lar, seu marido passa os dedos na linha dos ossos das costas dela, e quando está sozinha, ela fica nua diante do espelho para analisar seu corpo em transformação. De lado, consegue ver o formato que emerge por baixo da pele. Quando se aventura fora de casa, fica grata pelo hijab que cai frouxamente sobre os ombros, escondendo o calombo misterioso.

Ela ficaria com medo dessas mudanças, não fosse pela imensa força inflando dentro dela.

Não faz muito tempo que mora nesse país, e as outras mães da escola a observam, mesmo que finjam o contrário. O encontro diário no portão da escola a intimida. Ela se flagra prendendo a respiração e apertando o passo ao ver o portão; baixando o queixo e evitando olhares, ela aperta as mãos das crianças com mais firmeza ao levá-los às salas de aula. As pessoas dessa boa cidade se consideram educadas e corteses, então raramente algum comentário é feito, mas elas transmitem seus sentimentos pelo clima que criam. O silêncio pode ser tão ameaçador quanto as palavras. Consciente dos olhares de soslaio e dos silêncios desconfortáveis, ela tolera a tensão enquanto a cidade sorrateiramente cria planos e regulamentações que dificultam ainda mais que uma mulher como ela esteja lugar como esse, que uma mulher com a aparência dela se vista como ela num lugar como esse. Seus preciosos portões escolares. Os portões protegem seus filhos, e esses aglomerados de mães são seus guardiões. Se elas ao menos soubessem o quanto têm em comum.

Por mais que não sejam essas mães que tentam passar propostas para dificultar a vida dela e da sua família, são pessoas como elas. E os homens com quem dividem a cama à noite. Talvez, depois de suas partidas de tênis e bules de chá, eles tomem banho e vão aos seus escritórios para implementar regras, impedir refugiados e imigrantes de entrarem em seu país; esses cidadãos de bem, esses bebedores de cappuccino, jogadores de tênis, organizadores de cafés da manhã para angariar fundos que se importam mais com semanas literárias e vendas de bolos do que com a decência humana. Tão letrados que começam a ter crises de raiva quando as invasões alienígenas de sua ficção começam a se manifestar na vida real.

Ela sente o filho a observar enquanto eles andam; seu filho da guerra, como a família dela o chamava, nascido durante a guerra, numa vida consumida por dor em todos os níveis: econômico, social, emocional. Seu menino ansioso, sempre tão tenso, sempre tentando olhar à frente e prever que coisa terrível pode acontecer em seguida, com que coisa aterrorizante e degradante seus companheiros humanos podem surpreendê-lo, a crueldade inesperada da vida. Ele vive se preparando, quase nunca consegue relaxar e desfrutar das alegrias de ser criança. Ela sorri para ele, tentando esquecer seus pesares, tentando não transmitir essas mensagens negativas para ele através de sua mão.

É a mesma história todo dia de semana de manhã, e novamente na hora de buscá-lo; a ansiedade a domina e seu filho da guerra a sente. Então de novo no supermercado, quando ela recebe algum comentário ofensivo, ou quando seu marido engenheiro qualificado está educadamente tentando convencer alguém de que é capaz de muito mais do que varrer ruas ou qualquer outro trabalho braçal que paga o mínimo. Ela ouviu um boato uma vez de que as mesquitas do Canadá não ficam viradas para Meca, que elas estão tortas por alguns graus. No mínimo angustiante; mas ela poderia ir mais longe, tem uma teoria de que o mundo também está fora de eixo. Se pudesse, ela voaria até o espaço e consertaria o eixo do mundo, de modo que ele girasse de forma justa.

O marido dela é grato por tudo o que eles recebem, o que apenas alimenta sua fúria. Por que eles deveriam ser tão gratos por coisas pelas quais trabalharam com tanto afinco, como se fossem pombos catando migalhas jogadas no chão por transeuntes?

Ela vira a esquina com sua menininha e seu menininho e avista a escola. Ela se prepara, mas suas costas estão latejando. Passaram a noite todo doendo, apesar das massagens delicadas do marido; ela esperou até que ele tivesse adormecido, então se deitou no chão para não o atrapalhar. Por mais que latejem e doam o tempo todo, há momentos em que a dor piora. Ela notou que fica mais intensa sempre que a fúria se ergue dentro dela, quando as coisas a enfurecem tanto que ela precisa resistir ao impulso de erguer as mãos e dar uma boa sacudida no mundo.

Por insistência do marido, ela fora ao médico para ver as mudanças nas costas. Fora tamanho gasto de dinheiro por uma ajuda tão pequena que ela se recusou a voltar para uma consulta de acompanhamento. Eles precisavam economizar o pouco que tinham para emergências. Além disso, o latejar e a dor a lembram de como ela se sentira durante as duas gestações; não é a dor da deterioração, mas da vida florescendo dentro dela. Só que dessa vez a nova vida que seu corpo sustenta é dela própria.

Ela estica a coluna, mas sente as costas pesadas e é forçada a se curvar de novo. O portão da escola está à vista agora, cercado por aglomerados de mães, que conversam de pé. Há alguns olhares bondosos, é claro que há; ela recebe um oi, um bom-dia. Alguns olhos simplesmente não registram sua presença, só passam direto, preocupados em se ater à programação estressante, perdidos em pensamentos, fazendo planos, tentando acompanhar o próprio ritmo. Essas pessoas não a ofendem. São as outras. O aglomerado. As bolsas de tênis nas costas, as saias brancas esticadas sobre os traseiros firmes e as leggings de ginástica, a carne esmagada nas costuras, tão apertada que tenta encontrar uma saída. Esse grupo.

Uma delas a nota. Seus lábios mal se mexem enquanto ela fala. A ventríloqua da discriminação. Outro par de olhos. Então outro. Um pouco mais de ventriloquia, menos talentosa dessa vez. Os sussurros entre si, as encaradas. Essa é a realidade diária de sua vida escrutinada; ela é observada em tudo o que faz. Ela não é dali, nunca poderia mudar isso, não quer ser como elas, não quer fazer parte do grupo delas, e elas desconfiam dela por isso.

Está atrasada hoje, e irritada consigo mesma. Não porque seus filhos chegarão alguns minutos atrasados, mas porque está chegando durante os minutos mais perigosos. As mães, já tendo levado seus filhos para suas salas, agora perambulam pelos portões, de cabeças reunidas, fazendo planos, organizando encontros, programas com as crianças, festas nas quais os filhos dela não serão incluídos. Ela não vê maneira de entrar na escola sem passar por elas, mas as mulheres estão num grupo grande e o caminho é estreito, então precisaria se espremer ao longo da parede, andando em fila única com os filhos, ou ao longo dos carros, se esfregando nos SUVs sujos. Ou pelo meio das mulheres. Ela poderia passar pelo meio delas. Todas essas coisas significariam chamar a atenção, possivelmente ter que falar com elas.

Ela fica com raiva de si mesma por hesitar, pelo medo crescente diante do pequeno aglomerado de mulheres tolas. Ela não fugiu de um país destruído pela guerra, deixando tudo e todos que ama para trás, para isso. Não se sentou naquele bote inflável superlotado, levando nada de sua antiga vida exceto as roupas do corpo, enquanto a água do mar empoçava a seus pés ameaçadoramente e seus filhos tremiam em seu enlaço. Na escuridão. No silêncio. Torcendo para avistar a costa. Suportar isso e depois se sentar num contêiner, no escuro, sem ar nem comida o suficiente, o fedor de seus excrementos num balde no canto e o medo em seu coração — não pela primeira vez — de que selara o destino dos filhos, de que cavara suas covas com essa decisão. Ela não passou por tudo isso para ser paralisada por essas mulheres.

O latejar nas costas se intensifica. Ele se propaga da lombar até os ombros. Uma dor aguda que machuca, mas também traz um alívio estranho. Como contrações durante o parto, indo e vindo, mas crescendo em intensidade; ondas poderosas de força extraordinária.

Ao se aproximar das mulheres, elas param de falar e se viram para ela. Estão bloqueando o caminho, ela precisará pedir licença. É infantil, mas é verdadeiro. A dor nas costas é tão intensa que a impede de falar. Ela sente o sangue subir à cabeça, o batimento alto nos ouvidos. Sente a pele das costas se esticando, retesando. Sente como se fosse rasgar, assim como quando seus bebês nasceram. E é por isso que sabe que a vida está chegando. Ela ergue o queixo, estica a coluna, olha as mulheres bem nos olhos, sem medo, sem intimidação. Sente um poder imenso, uma liberdade imensa, algo que essas mulheres não entendem; e como poderiam entender? Elas nunca tiveram a liberdade ameaçada, não têm qualquer ideia de como a guerra é eficiente em transformar homens, mulheres e crianças em fantasmas, em transformar a mente numa cela de prisão, e a liberdade numa fantasia zombeteira.

A pele de suas costas está retesada agora, e ela sente o tecido de sua *abaya* preta se esticando e esticando. Então um som de algo se rasgando e uma corrente de ar em suas costas.

— Mamãe! — exclama o filho, erguendo os olhos arregalados para ela. — O que está acontecendo?

Sempre ansioso sobre o que vem a seguir. Ela o levou à liberdade, mas ele continua aprisionado, ela vê isso todo dia. Nem tanto sua filha, que é mais nova e se adaptou com mais facilidade, por mais que saiba que ambos sempre enxergarão a vida através do prisma da verdade.

A *abaya* se rasga completamente, e ela sente um impulso poderoso por trás ao ser puxada para cima. Seus pés saem do chão com a força, então aterrissam de volta. Ela leva as crianças consigo.

Seu filho parece assustado, sua filha dá risadinhas. As mulheres com bolsas de tênis a olham em choque. Atrás dela, ela vê uma mulher solitária, se afastando apressada da escola, que para e sorri, levando as mãos à boca com surpresa e encanto.

— Ah, mamãe! — sussurra sua filhinha, soltando sua mão e a rodeando. — Você criou asas! Grandes e lindas asas!

A mulher olha por cima do ombro, e ali estão: penas majestosas brancas como porcelana, mais de mil delas em cada asa, com dois metros de envergadura. Ao contrair e relaxar os músculos das costas, ela descobre que consegue controlar as asas, que por todo esse tempo seu corpo vinha se preparando para o voo. Suas penas encostam na ponta de seus dedos. Sua filha solta gritinhos satisfeitos, seu filho se agarra a ela com força, desconfiado das mulheres que os encaram.

Ela relaxa os músculos, dobra as asas perto do corpo e as envolve ao redor dos filhos, protegendo-os. Ela abaixa a cabeça e se aconchega junto a eles; existem apenas os três, circundados num deleite emplumado branco e aquecido. A filha ainda rindo. A mulher olha para o filho, que sorri, tímido, se rendendo ao milagre. Segurança. O tesouro elusivo.

Ela reabre devagar as asas, em sua envergadura máxima, e ergue o queixo, sentindo-se como uma águia no topo da montanha mais alta. Orgulhosa, restaurada.

As mulheres continuam bloqueando o caminho, perplexas demais para se mexer.

A mulher sorri. Sua mãe lhe disse uma vez que o a única forma de chegar a algum lugar é caminhando. Sua mãe estava errada; ela sempre pode se erguer acima.

— Segurem firme, meus amores.

Ela sente os dois se segurando com confiança em suas mãos; eles não podem ser separados.

A envergadura de suas asas é enorme.

Aquelas mãozinhas agarradas às suas são toda a motivação de que ela precisa. Tudo foi sempre por eles. Sempre foi e sempre será. Uma vida melhor. Uma vida feliz. Uma vida segura. Tudo a que eles têm direito.

Ela fecha os olhos, inspira, sente seu poder.

Levando os filhos consigo, ela se iça para o céu e voa.

*A mulher que foi alimentada
por um pato*

Ela se senta no banco do parque todo dia de semana na hora do almoço, o mesmo banco, o mesmo parque, à beira do lago. O banco de madeira está frio. Ela pragueja, levanta, puxa o casaco mais para baixo e volta a se sentar, um pouco mais protegida pelo tecido acolchoado. Desenrola a baguete com presunto e queijo e estica o papel alumínio no colo. Um tomate esmagado escorre pela parte de baixo do pão, deixando-o empapado. Isso a tira do sério.

— Porra de tomate de merda escroto.

Ela conseguia tolerar seus colegas de trabalho intoleráveis. Conseguia tolerar o homem nojento ao lado dela no ônibus que cutucou o nariz a viagem inteira e enrolou a meleca com os dedos como se ela não conseguisse vê-lo. Mas o tomate. A porra do tomate é a cereja no bolo. Ela só queria queijo e presunto, e essa adição indesejada transformara seu pão numa papa, esmagando o queijo e grudando-o no pão como se eles fossem uma única coisa molenga.

— Maldito tomate. Pode ficar para os patos — resmunga ela, jogando a baguete inteira no chão.

Ela visita o parque da cidade todo almoço. O escritório fica perto. Ações, negociações, colegas babacas. Esse banco é o mais tranquilo, fica longe de todo mundo. Ela vem aqui para alimentar os patos e, ao fazê-lo, murmura sobre as pessoas que a aborrecem. Bota para fora as frustrações com o chefe imbecil, os colegas iludidos, o mercado de ações turbulento. Alimentar os patos é seu saco de pancadas.

Muitos dos seus colegas vão à academia no horário de almoço, correm por 45 minutos para suar os problemas e voltam às mesas se achando fodões e cheirando a gel de banho esportivo e desodorante, latejando de testosterona. Ela prefere o ar fresco, a paz, não importa o tempo. Precisa resmungar e falar sozinha, e com cada pedaço de pão que joga, um problema é eliminado e um pouco da frustração se dissipa. Só que ela não tem tanta certeza de que funciona; às vezes se flagra entrando num frenesi raivoso quando sua cabeça se enche de todas as coisas que ela deveria ter dito, argumentos e réplicas que ela deveria ter feito lá no escritório.

Ela encara o bolo de pão empapado que jogou no chão. Alguns patos o disputam, o bicam, mas nada comparado à batalha épica que ela pensou que causaria, o que só serve para provar o quanto a baguete é pouco apetitosa.

— Você deveria tê-la partido em pedaços — diz uma voz masculina, interrompendo seus pensamentos. Ela olha para cima e para os lados com surpresa. Não há ninguém ali.

— Quem disse isso?

— Eu.

Seus olhos recaem sobre um marreco-selvagem, afastado dos outros patos bicando o pão e uns aos outros.

— Oi — diz ele. — Pela sua cara, presumo que consiga me ouvir.

O queixo dela cai. Ela está sem palavras.

Ele ri.

— Beleza, bom papo — diz ele, então sai bamboleando em direção ao lago.

— Espera! Volta! — Ela desperta do choque. — Eu te dou um pouco de pão!

— Não, valeu — diz ele, mas bamboleia na direção dela. — Você não deveria alimentar os patos com pão, sabe. Além do fato de que pão não comido causa mudanças químicas e bacteriológicas na água, o que, por sua vez, eleva os riscos de doença aviária, ele é nutricionalmente pobre. Os alimentos recomendados para patos são ervilhas, milho ou aveia. Esse tipo de coisa.

Ela o encara, completamente muda.

— Não se ofenda, até que é fofo da sua parte, mas pão branco é péssimo, não tem nenhum valor nutricional. Já ouviu falar de asa de anjo?

Ela balança a cabeça.

— Foi o que pensei. É uma doença causada por um desequilíbrio de nutrientes na dieta de um pato. Causa deformidade nas asas, pode dificultar nosso voo ou nos impedir totalmente de voar, o que é, sabe, uma merda.

— Nossa, eu sinto muito. Não fazia ideia.

— Tudo bem. — Ele a avalia. Não consegue se segurar. — Posso me sentar com você?

— Claro.

Ele voa para cima do banco.

— O trabalho está te chateando de novo?

— Como você sabe?

— Você vem aqui todo dia. Colin escroto. Peter escroto. Mercado mundial escroto. Dieta escrota. Tomates malditos.

— Você ouve tudo isso?

— Ouvir? Nós sentimos. Toda vez que a ouvimos chegando, nos preparamos. Você joga esses pedaços de pão na gente como se fossem granadas.

— Desculpa — responde ela, mordendo o lábio.

— Tudo bem. Imaginamos que faz algum bem a você, mesmo que cegue um pato ou outro.

— Obrigada por compreender.

— Somos todos humanos, afinal — diz ele.

Ela olha para ele, perplexa.

— Isso foi uma amostra de humor de pássaro para você. — Ele dá uma risadinha. — Mas, sério, todo mundo precisa de um lugar onde possa relaxar. Onde se sinta seguro. — Ele está com um olhar distante.

A mulher o avalia.

— Você tem um lugar assim?

— Sim, claro, tem uma ótima região ribeirinha no Senegal aonde eu vou todo inverno. Tem uma marreca-arrebio com quem me encontro. Assistimos ao pôr e ao nascer do sol, ficamos juntos no rio. Aquele é o meu lugar.

— Parece lindo.

— É mesmo.

Eles ficam em silêncio.

— E se trocarmos de lugar? — pergunta ele subitamente.

— Você quer que eu voe para o Senegal? Não sei bem se faço o tipo da sua marreca.

O pato ri.

— Estou falando sobre a alimentação.

Ela dá uma risadinha.

— Você vai jogar pão para mim?

— De certo modo. Vou jogar uma ideia.

— Tá bom.

— Não é da minha conta, e é por isso que eu nunca disse isso antes, mas você parece mais aberta hoje, já que conseguiu me ouvir e tudo mais. Você parece irritada. Muito estressada, frustrada. Tenho a impressão de que não gosta muito do seu trabalho.

— Eu gosto do meu trabalho. Se não houvesse ninguém no escritório, eu o amaria.

— Ei, olha com quem você está falando! Se eu fosse o único pato nessa lagoa, a vida seria muito mais fácil, pode acreditar, mas eu passo o tempo observando as pessoas e notei você. Você não é muito boa com pessoas.

— Ou patos, ao que parece — diz ela, tentando não se ofender. Sempre se considerara boa com pessoas. Não se metia no caminho de ninguém, nunca fazia perguntas, nunca se desentendia com ninguém...

— Você será melhor com patos depois de hoje. Quanto às pessoas; você deveria dizer ao Colin que ele precisa confiar nos seus instintos. Dizer a ele que você estava certa sobre a conta de Damon Holmes. Aquele prejuízo não teve nada a ver com você e tudo a ver com o terremoto no Japão.

Ela faz que sim.

— Diga a Paul para parar de te interromper em reuniões. Diga a Jonathan que você não gosta de e-mails sacanas, que não curte asnos. Diga a Christine do grupo de emagrecimento que você agradeceria se ela parasse de dizer às pessoas que seu marido foi o primeiro namorado dela. Ela pode ter conquistado a virgindade dele, mas você conquistou o coração. E diga ao seu marido que não gosta de tomate; ele os está adicionando à baguete porque sente que está estressada. É o jeito dele de deixar as coisas mais especiais para você. Ele não sabe que o pão fica empapado até a hora do almoço, ou o quanto isso a incomoda.

A mulher concorda, processando tudo.

— Pare de se esconder aqui e piorar as coisas. Lide com elas de frente. Com calma. Exija seus direitos. Fale com as pessoas. Seja adulta. Então venha para cá e só desfrute de alimentar os patos.

Ela sorri.

— Com aveia, milho e ervilha.

— Seria ótimo.

— Obrigada, pato. Obrigada pelo conselho.

— Imagina — diz ele, voando para o chão e rebolando até o lago. — Boa sorte — adiciona ele, nadando até o centro e se desviando por pouco de um pedaço de pão voando de outra direção para a cabeça dele.

A mulher se levanta, fica zonza, se senta de novo rapidamente. Algo que o pato disse cutucou uma ferida.

Pare de se esconder. Fale com as pessoas.

Ela já tinha ouvido aquele conselho antes, mas foi há muito tempo. Quando criança, as palavras pareciam passar pelos lábios de todos; de sua mãe em festas infantis, de seu pai ao levá-la em qualquer lugar, de professores, de todo adulto com quem ela já esbarrou até decidir, ainda bem jovem, não esbarrar mais com ninguém. Depois disso, a única vez que ouvira essas palavras na vida adulta fora de um namorado, que logo se tornou ex-namorado, ainda que suas palavras exatas tenham sido: *Pare de se esconder. Fale comigo.*

Ela sempre fora de se esconder e nunca queria falar. Quando criança, tinha medo de se manifestar porque sabia que não tinha permissão para dizer o que queria. Queriam que ela fosse normal e agisse normalmente, mas nada era verdadeiramente normal, e ela não podia dizer isso a eles. Se ela não podia dizer o que era verdade, não sobrava nada a ser dito, e seu único objetivo passou a ser a evasão. Só havia uma única pessoa que sempre a entendera de verdade, nunca proferindo tais palavras, nem em sua infância. Seus olhos se encheram de lágrimas ao pensar nele: vovô.

O casamento dos pais dela fora instável. Ela era filha única, e quando as coisas esquentavam em casa, seu avô ia buscá-la e eles davam uma volta de carro. Tinham conversas simples, inocentes. Ela se sentia segura na companhia dele porque *estava* segura na companhia dele. Amava o cheiro de seus cardigãs de lã e a maneira como ele tirava as dentaduras e as estalava na frente de seu rosto para fazê-la rir. Amava a sensação de suas mãos gordas e enrugadas quando a mãozinha dela se perdia em seu aperto, e o cheiro de charuto em sua jaqueta impermeável. Amava ficar longe de casa, e ainda mais ser *levada* embora. Sempre sentia que ele a estava resgatando, aparecendo na hora certa como mágica. Só agora lhe ocorria que o mais provável era que ele viesse porque sua mãe o chamava; uma conclusão surpreendente a se chegar depois de tantos anos vendo os mesmos acontecimentos com o mesmo par de olhos.

Quando ela estava com o vovô, ele a ajudava a esquecer das coisas que temia. Não era tanto uma questão de não iluminar os cantos escuros de sua mente, e mais de fazê-la esquecer de que existia algo como a escuridão.

Ele não a pressionava para explicar nada. Ele já sabia. Não lhe dizia para parar de se esconder porque a ajudava a fugir, e essa fuga na infância havia se tornado seu esconderijo na vida adulta.

Ele a levava para alimentar os patos.

Quando a gritaria começava, trazendo o bater de portas, os insultos e as lágrimas, ele chegava, ela escutava a buzina do carro dele e saía correndo escada abaixo e porta afora, prendendo a respiração feito um soldado fugindo de um campo de batalha, desviando de granadas, nunca olhando para trás. Ela entrava no carro e encontrava paz. Silêncio à sua volta e em sua mente.

Eles alimentavam os patos juntos e ele a fazia se sentir segura.

Ele soava muitíssimo como o pato com quem conversara.

Então agora ela se senta no banco do parque à beira do lago, atônita, sentindo o cheiro dele, ouvindo-o, sentindo-o por todo lado de novo. Ela chora enquanto sorri e sorri enquanto chora, então, se sentindo mais leve, se levanta e caminha de volta para o escritório.

*A mulher que encontrou marcas
de mordidas na pele*

Ela notou a marca na pele em seu primeiro dia de volta ao trabalho depois de nove meses de licença-maternidade. Fora uma manhã estressante. Ela havia arrumado e rearrumado a bolsa do trabalho na noite anterior como uma criança ansiosa antes do primeiro dia de aula e, ainda assim, apesar do planejamento interminável, de pensar e repensar, apesar da papinha recém-feita em potes no congelador e um na geladeira para o dia seguinte, dos almoços preparados, mochilas escolares prontas, bolsa de fraldas cheia, mudas de roupa para o caso de manchas de grama em esportes extracurriculares, fracassos de desfralde e diarreias explosivas por causa da fórmula nova, o uniforme da escola lavado e passado, o agasalho pronto para atividades pós-aula, ainda assim, depois de toda essa organização, das constantes análises de cenários hipotéticos, eles acabaram atrasados.

Ela não conseguiu dormir com todo o pensamento, planejamento, organização, preparação, criação de planos B; tudo passava pela cabeça dela e, além do mais, ela precisava lidar com a ansiedade em relação a seu primeiro dia de volta ao trabalho. Será que conseguiria continuar de onde havia parado? Será que confundiria as coisas como vinha fazendo em casa, adicionando produtos para fazer bolhas de sabão ao frango do jantar e só percebendo quando foi para o jardim soprar uma lata de tomates cortados na direção de seus filhos confusos? Será que conseguiria acompanhar? Será que ainda era relevante? Será que seus portfólios teriam sido passados adiante? Será que seus clientes ficariam felizes em vê-la voltar?

E se seu substituto fosse mais eficiente, mais rápido, *melhor*? E se estivessem procurando por defeitos, a examinando sob o microscópio, procurando por uma razão para se livrar da mulher com três filhos? Havia pessoas que queriam sua vaga, pessoas que podiam trabalhar até mais tarde, chegar mais cedo, mudar a agenda em cima da hora. Homens jovens, homens mais velhos com crianças, mulheres jovens, mulheres sem filhos porque não quiseram tê-los, não conseguiram tê-los, ou que tiveram medo de arriscar tudo.

Ela deixara o filho de seis anos na escola, o de três na escolinha Montessori e o de nove meses na creche. Todas as despedidas tinham partido seu coração, uma mais do que a outra. Todas as crianças choraram quando ela as deixou, encarando-a com olhos tristes e inquisitivos como se dissessem: "Por que você está me abandonando desse jeito?". Sua mente estava carimbada de imagens de seus rostos franzidos, sofridos e acusadores. Por que ela estava fazendo isso com eles? Passar nove meses em casa tinha sido adorável; estressante às vezes, mas adorável, com ao menos um episódio por dia de gritos psicóticos que a assustavam mais do que às crianças, mas, ainda assim, eles tinham ficado juntos e ela os amara e eles se sentiram amados. Então por que os estava fazendo passar por isso? A maior parte do salário dela ia para escola e creche. Ela conseguiria não trabalhar se precisasse, se eles economizassem ainda mais. Não era pelo dinheiro. Bem, um pouco, mas não completamente. Ela estava voltando ao trabalho porque precisava. Amava seu emprego. Queria seu emprego. O marido dela queria que ela tivesse esse emprego, não só para ajudar na hipoteca, mas porque amava a mulher que ela se tornava quando trabalhava, aquela que se sentia um pouco mais realizada, um pouco mais útil, satisfeita, relevante, um pouco menos rabugenta. Por mais que ela certamente não se sentisse desse jeito no primeiro dia de volta.

Ela olhou seu bebê nos braços da desconhecida em cujo crachá se lia *Emma* e sentiu o coração se torcer. Ela odiava Emma. Ela amava Emma. Ela precisava de Emma. O bebê gritou e ela sentiu os mamilos se contraírem e vazarem. Sua camisa de seda já estava suja, não pelas crianças, para variar, mas pelo próprio corpo. Ela colocou o aquecimento no máximo, apontou a ventilação para os peitos molhados, colocou uma folha de repolho em cada bojo do sutiã e ligou o rádio à procura de qualquer coisa que a distraísse do abandono dos filhos.

Naquela noite, ao inspecionar seu corpo depois do banho, ela notou uma marca vermelha. Estava no seu seio direito, a parte mais carnuda de seu corpo.

— É uma brotoeja — disse o marido.

— Não é.

— Você sempre fica com essas manchas quando toma banho quente.

— O banho não estava muito quente. Eu já saí há vinte minutos.

— É de ressecamento, então.

— Não é. Acabei de passar hidratante.

— Ora, então o que é?

— É o que estou te perguntando.

Ele aproximou a cabeça do seio dela e estreitou os olhos.

— O Dougie te mordeu? Parece uma marca de mordida.

Ela balançou a cabeça. Não que ela se lembrasse. Mas talvez tivesse. Por mais que ele mal a tivesse olhado quando ela o buscou na creche naquela tarde e tivesse adormecido no carro a caminho de casa, de forma que ela o colocara direto na cama. Ela se lembrou da resistência ao entregá-lo para Emma, na creche. Não se lembrava de ele a ter mordido, mas talvez.

Ela dormiu bem naquela noite depois do dia emotivo, apesar de um incidente de xixi na cama, uma mamadeira noturna não programada e um episódio de sonambulismo. Os dois mais velhos acabaram na cama com o pai enquanto ela acabou no quarto extra com o bebê. Ainda assim, a melhor noite de sono que alguém poderia desejar nessas circunstâncias.

No dia seguinte, a marca em seu peito tinha assumido um tom arroxeado e ela encontrou outra. Notou depois do almoço, quando conseguiu se sentar sozinha no restaurante e pedir comida para si mesma, consigo mesma, conseguiu até terminar sua xícara de chá enquanto ainda estava quente, então foi ao banheiro sozinha pela primeira vez em muito tempo. Achou que tivesse se sentado num alfinete ou numa tachinha, mas não encontrou nada em sua cadeira. No cubículo do banheiro, ela pegou seu espelhinho e encontrou uma marca oval e vermelha ainda maior em sua nádega branca. Não mostrou essa ao marido, mas tomou cuidado com as crianças, se certificando de que nenhuma a estivesse mordiscando enquanto ela não olhava.

Foi durante uma viagem de negócios com pernoite em Londres que ela começou a ficar realmente preocupada. Olhares excessivos no avião — onde ela pôde se sentar sozinha, sem precisar compartilhar um cinto de segurança ou um assento, ou distrair os filhos para que não chutassem o banco da frente ou corressem de um lado para o outro pelo corredor ou gritassem com toda a força — a fizeram correr para o banheiro assim que pousaram. Descobriu que seu pescoço estava coberto de marcas vermelhas, muito maiores do que as anteriores e definitivamente marcas de mordida, com minúsculas incisões de dentes claramente visíveis. Ela escondeu o pescoço sob o cachecol, apesar do calor abafado no carro que compartilhou com seus colegas homens, e mais tarde no hotel percebeu que as marcas haviam se espalhado por todo o braço esquerdo. Enquanto falava no Skype com as crianças, que estavam alvoroçadas demais para lhe dar qualquer atenção, ela mostrou as marcas de mordidas ao marido.

Seu aborrecimento e desconfiança ficaram evidentes.

— *Quem* está viajando com você?

Eles discutiram e ela não conseguiu dormir, furiosa e magoada, na única noite em que teve uma cama só para si. Para completar, à uma hora da manhã o alarme de incêndio do hotel disparou e ela acabou de pijama do lado de fora do hotel, no frio, por trinta minutos antes de poder voltar para o quarto.

Quando voltou para casa, seu bebê não queria ir para o colo dela, só ficava nos braços do pai e, sempre que ela se aproximava, ele gritava como se suas pernas estivessem sendo serradas. Que era como ela se sentia. O marido a encontrou chorando no banheiro; quando viu seu corpo, coberto de hematomas de vários tons e níveis de inchaço, ele soube que havia algo errado. A dor era agonizante.

Ela foi ao médico no dia seguinte. Era sábado, e ela não queria ir — só o que queria era ficar com os filhos —, mas cedeu quando o marido insistiu e a mãe dele se ofereceu para ficar com as crianças durante a tarde. A dor piorava a cada hora.

A médica ficou igualmente confusa, mas mais desconfiada. Ela confirmou que se tratava de marcas de mordida, receitou analgésicos e uma pomada, então enfiou alguns panfletos sobre violência doméstica em sua bolsa enquanto saía, lhe dizendo para entrar em contato se a situação continuasse.

Três semanas depois, ela estava irreconhecível. As marcas haviam se espalhado para seu rosto; havia hematomas em suas bochechas e queixo, e a ponta de suas orelhas parecia ter sido mastigada. Ela não faltara nenhum dia de trabalho, não podia, não depois de nove meses de licença-maternidade; tinha muito a provar, muito para compensar. Mas estava exausta. Esgotada e pálida. A médica pediu exames de sangue. Tudo parecia normal, nada que pudesse ter qualquer relação com as marcas em sua pele. Ela e o marido dedetizaram a casa, se desfizeram do carpete e instalaram piso de madeira para o caso de sua irritação cutânea ser causada por ácaros. E todo dia útil de manhã ela se despedia dos seus bebês, que não choravam mais quando ela os deixava, o que fazia com que ela se sentisse ainda pior e chorasse por todo o caminho até a cidade, onde aplicava uma camada extragrossa de base para poder se passar como uma profissional competente no escritório. Quando socializava nos fins de semana, ela se emplastrava de maquiagem para encobrir as pernas mordidas e assumia o papel da esposa e amiga superatenciosa.

Em algumas noites ela tentava manter o bebê acordado no carro a caminho de casa, às vezes abrindo as janelas para deixar o ar fresco entrar, cantando alto, botando o rádio nas alturas, qualquer coisa para ter tempo com ele acordado. Mas não importava o que ela fizesse, suas pálpebras tremulavam, incapazes de se manterem abertas após as 18h30. Ela dirigia para casa rápido, evitava conversas ou ligações perto das dezessete horas. Saía do prédio em disparada para buscar seu bebê o mais depressa possível, mas toda vez o movimento do carro fazia os longos cílios dele tremularem e se fecharem.

Não demorou até que ela estivesse no hospital, ligada a fios e máquinas. Incapaz de ficar em casa com os filhos, ou no trabalho, a culpa era esmagadora. Eles a visitavam, mas era desolador. Não poder brincar com eles e abraçá-los como queria doía na alma. O trabalho tentou acomodar seu novo esquema temporário "remoto", mas ela não conseguia se dedicar totalmente. Sentia que estava decepcionando todo mundo.

Sua carne fora dominada por centenas de marcas de mordidas raivosas que começaram como mordiscadas e acabaram em feridas de tirar sangue. A dor física era paralisante, mas a incapacidade de ser tudo para todo mundo o tempo todo era ainda pior. Desde que entrara no hospital, sua condição se deteriorara; a quantidade de marcas aumentava diariamente, e naquela noite uma ferida inflamada brotara em seu braço, logo acima do pulso, enquanto ela observava, horrorizada.

Exames de sangue e de imagem podiam não ter apresentado nenhum resultado até então, mas ficar sozinha no hospital lhe dera tempo para pensar, horas preciosas que ela não tivera desde que se tornara mãe. Presa à cama por fios e tubos, ela não conseguia se mexer, não conseguia sair da cama sem alertar as enfermeiras e criar uma cena. Ela não estava trabalhando e, como não tinha outros seres humanos para ajudar e reconfortar, sobrava só ela, sozinha num quarto com seus pensamentos. Todo o caminhar em círculos era feito dentro de sua cabeça, e depois de um tempo até sua mente se cansava, parava, sentava. Tamborilava os dedos. Esperava.

O sufocamento passou e a respiração começou. Com o fluxo de inala-exala, os pensamentos começaram a mudar. Tudo foi separado, organizado, colocado nas caixas relevantes: o momento em que isso aconteceu, o momento em que aquilo aconteceu, as coisas que ela disse e deveria ter dito, e experiências que ela resolvera deixar para trás ou ressignificar. Uma faxina em sua mente, até que estivesse tudo arquivado ordenadamente e a superfície estivesse limpa. Uma mente limpa num quarto limpo.

Ela olhou ao redor. O que a levara até ali?

Verificou a pulsação e descobriu que tinha se acalmado. A máquina ao lado dela, ligada a seu indicador por um fio, confirmava isso. O tigre enjaulado dentro dela parara de andar em círculos. Ao sentir a pulsação com o dedo que não estava ligado ao oxímetro, ela tocou levemente a marca de mordida mais recente. Passou a ponta do dedo pelas marcas de dentes irregulares, para a frente e para trás, delicadamente, lentamente, metodicamente, e lembrou do momento em que ela aparecera.

Ela recebera uma visita do marido e dos filhos naquela tarde. Eles estavam empolgados para visitá-la, alvoroçados, pulando pelo quarto, criando aventuras para bonecos de personagens dentro, em cima, ao redor do equipamento do hospital; Barbie enrolada em seu novo vestido de cateter intravenoso, Batman Lego em profundo sofrimento sob a roda da cama, um ursinho de pelúcia pulando no controle remoto, tentando inventar um novo algoritmo para aplicativo de jogos. Seus filhos tinham se aconchegado ao seu lado na cama, roubado a gelatina com creme da bandeja, falado e balbuciado a cem por hora sobre suas vidas empolgantes e agitadas. Ela escutara, com o coração quente, amando o som de suas vozinhas, suas palavras em desenvolvimento, sua gramática confusa porém prática que ela nunca queria consertar. Seu marido se sentou na poltrona ao lado da cama, deixando o holofote nela, seu momento com seus bebês, observando-a, tentando disfarçar a preocupação.

Então o tempo acabara, a hora de visitação chegara ao fim e a enfermeira, que havia gentilmente feito vista grossa para o número de visitantes no quarto, bateu de leve na porta para avisá-los. Ela observou enquanto eles se agasalhavam em seus casacos, gorros de lã que espremiam suas bochechas macias, suas mãos desaparecendo em luvas. Beijos molhados em suas bochechas e lábios, bracinhos que mal conseguiam envolver seu corpo; ela os cheirou e quis nunca soltar. Mas precisava.

Ela passou os dedos pela marca de mordida.

Uma sensação familiar vinha se acumulando, a sensação que a avisava quando uma nova marca misteriosa surgia em sua pele. Era a primeira vez que ela a identificava, antes pensara que fossem espontâneas, esporádicas, sem qualquer padrão, mas agora ela entendia que havia um padrão.

Ela havia beijado o marido, a vez dele de receber atenção, e pedido desculpas de novo.

— Pare de pedir desculpas — dissera ele com delicadeza. — Só se recupere.

Ela pedira desculpas para as crianças também.

— Não é culpa sua que você está doente, mamãe — respondera uma vozinha.

Ela os observara ir embora, ouvira seu falatório barulhento e o começo de um desentendimento no corredor, e se sentiu tão mal. Mal por se sentir mal. Mal por se sentir culpada.

Seus dedos pararam de se mover pelo pulso. Culpa. Quando deixou seu bebê na creche, ela se sentiu culpada. Quando não pôde buscá-los na escola, se sentiu culpada. Quando eles estavam doentes e ela não pôde tirar um dia de folga, se sentiu culpada. Ela se sentia culpada por sua casa bagunçada. Sentia-se culpada quando descobria que um amigo passara pelo momento mais traumatizante da vida sem contar para ela e ela não percebera, não notara os olhos cansados, a falta de brilho reveladora ou as palavras que mascaravam a verdade. Sentia culpa por se esquecer de ligar para os pais, por fazer uma nota mental e depois se permitir se distrair. Ela se sentia culpada no trabalho por não estar em casa, se sentia culpada em casa por não estar no trabalho. Sentia-se culpada por gastar dinheiro demais num par de sapatos. Sentia-se culpada por roubar a pizza das crianças. Sentia-se culpada por sair da rotina de exercícios.

Ela acumulara tanta culpa que sentia como se fosse a culpa encarnada.

Odiava como, sempre que estava num lugar, estava pensando onde deveria estar. Odiava sentir que precisava se explicar, justificar tudo, odiava ser julgada, odiava se sentir julgada quando sabia que não estava sendo. Odiava viver na própria cabeça.

Estava errado. Estava tudo errado. Ela sabia que esses pensamentos eram irracionais, porque gostava de sua carreira e era uma mãe competente cheia de amor no coração.

Voltou a acariciar o pulso com a ponta dos dedos. Virou a mão e examinou a pele. A mordida mais recente parecia mais clara. Não havia sumido, mas não estava tão irritada, empolada e vermelha quanto antes. Ela se sentou na cama, o coração martelando, tentando desacelerar a respiração e a mente de novo. Os números na máquina a alertavam sobre sua frequência cardíaca. Nada de bom vinha de sua mente ocupada.

Culpa.

Era a culpa.

A culpa estava, bem literalmente, *devorando-a viva*.

A pele dela se tornara uma colcha de retalhos de culpa.

Isso a aterrorizava, mas perceber a raiz da misteriosa doença de pele foi o suficiente para lhe dar uma faísca de esperança. Ela só precisava descobrir o que havia de errado, então poderia consertar. Era o que dizia aos filhos quando estavam remoendo alguma preocupação. Era o grande desconhecido que alimentava o medo.

Empolgada, ela arregaçou as mangas da camisola e examinou a pele. As marcas também sumiam ali; as mais violentas tinham se tornado menos vermelhas e inflamadas. Ao estudar cada uma, ela se lembrou do momento, do momento específico em que cada uma surgira. A viagem de negócios para Londres. A segunda noite consecutiva em que contratou uma babá. O passeio da escola ao museu ao qual ela não pôde ir. A noite do aniversário de dez anos de casamento deles, quando ela ficou tão bêbada que vomitou nos narcisos do jardim e acabou dormindo no chão do banheiro. O terceiro "não" consecutivo a um convite de uma amiga para jantar.

Todas essas marcas de mordida eram momentos, momentos em que ela sentira que não era o bastante para quem precisava dela.

Mas ela sabia que isso não era verdade. As pessoas que a amavam lhe diziam isso. Eles lhe diziam isso todo dia, e era a voz deles que ela precisava ouvir.

Ela saiu da cama, desconectou o soro da veia, tirou o oxímetro do dedo. O apito maníaco da máquina começou. Ignorando-o, ela pegou calmamente a bolsa e começou a guardar suas coisas.

— O que você está fazendo? — perguntou Anne, a enfermeira maravilhosa que cuidara dela durante sua estadia.

— Obrigada por tudo o que você fez, Anne, sinto muito por ter desperdiçado seu tempo... — Ela se interrompeu. A culpa de novo. — Na verdade, eu não sinto. Obrigada. Te agradeço pela gentileza e pelo cuidado, mas preciso ir agora. Estou melhor.

— Você não pode ir embora — respondeu Anne suavemente, ao seu lado.

— Olha. — A mulher estendeu os braços.

Annie os olhou com surpresa. Passou os dedos pelas marcas fracas de mordida. Ela se ajoelhou, ergueu a barra da camisola da mulher e inspecionou suas pernas.

— Como pode?

— Deixei a culpa me atingir — explicou a mulher. — Deixei que me consumisse. Mas não vou mais deixar.

Ou pelo menos tentaria não deixar. Ela era capaz. Ela era capaz de tudo, porque queria e porque precisava. Porque aquela era a vida dela, a única que ela tinha, e ela a viveria da melhor forma que pudesse, acolhendo cada momento, indo ao trabalho, ficando com sua família e se recusando a pedir desculpas para qualquer um por isso, principalmente para si mesma.

Annie percebeu sua determinação e sorriu.

— Então por que está correndo para casa agora?

A mulher parou e pensou. Estava fazendo a mesma coisa de novo.

— As marcas estão sumindo, mas ainda não sumiram. Se forçar a barra, pode ser que voltem. Sugiro que volte para a cama, permita-se melhorar, aí, sim, volte para casa. Descansada.

Sim, decidiu a mulher. Mais uma noite, livre de culpa, repleta de sono. Então ela voltaria. Voltaria para casa. Voltaria para si mesma. Celebrando tudo, sem culpa.

*A mulher que pensou que seu
espelho estivesse quebrado*

— X, R, S, C, B, Y, L, R, T.... — diz ela, lendo as letras no cartaz à sua frente.

— Certo, pode tirar a mão agora — fala o oculista, então ela abaixa a mão do olho direito e o encara com expectativa.

— Sua acuidade visual é muito boa — declara ele.

— Não sei o que isso quer dizer.

— Refere-se à clareza da visão dependente de fatores ópticos e neurais; a nitidez do foco da retina dentro do olho, sua saúde e funcionamento e a sensibilidade da faculdade interpretativa do cérebro.

— Harry, eu já fui sua babá. Peguei você dançando Rick Astley na frente do espelho, cantando com o desodorante, sem camisa.

Ele pisca, corando. E reformula:

— Isso quer dizer que você enxerga bem. Tem a visão perfeita.

Ela suspira.

— Não tenho, não. Já te falei. Os olhos são meus. Eu que sei.

— Sim. — Ele se remexe na cadeira, seu lado profissional desaparecendo, substituído pelo garotinho ansioso. — É isso que eu não entendo direito. Você parece ter tanta certeza do seu problema de visão, mas não está tendo dores de cabeça, dores nos olhos, visão borrada, consegue ler perfeitamente bem. Você não tem problemas para enxergar objetos distantes, na verdade, você leu a última linha do quadro, que muitas pessoas não conseguem ler. Não entendo onde está sua dificuldade.

Ela lhe lança o mesmo olhar de quando o encontrara com a cabeça pendurada para fora da janela do banheiro, fumando escondido. Ele gritara que estava com dor de barriga, mas ela usara uma moeda para destrancar a porta pelo lado de fora. Se ele não estava com dor de barriga antes, ficou depois. Ela fora uma babá assustadora. Apesar de ambos serem vinte anos mais velhos agora, o olhar intimidador dela continuava tendo o mesmo poder sobre ele.

Ele tenta se lembrar de que é um homem adulto agora, casado, com dois filhos. Casa de veraneio em Portugal. Meia hipoteca paga. Ela não pode mais machucá-lo. Ele estica as costas.

Ela inspira e expira. Conta silenciosamente até três. Ele é qualificado, um acadêmico, mas claramente continua sendo o adolescente idiota que ela pegou batendo punheta numa meia.

— Começou há algumas semanas — explica ela.

— O quê?

— O problema com meus pés.

Ele a encara sem expressão.

— Você está sendo sarcástica, não está?

— É óbvio. O que me fez vir aqui?

— Seus olhos.

— Meus *olhos* — repete ela com rispidez.

O Harry adulto, marido e pai, desapareceu. Ele voltou a ser o adolescente humilhado. A lembrança da meia.

— Não sei definir exatamente, mas eu diria que começou há três semanas. Acordei na manhã seguinte à minha festa de aniversário me sentindo péssima. Mal consegui me reconhecer, mas botei na conta da tequila, sabe, então deixei alguns dias passarem até perceber que não era só uma ressaca, realmente havia algo de errado.

— E o que há de errado exatamente?

— Eles estão me vendo errado.

Ele engole em seco.

— Seus olhos estão te vendo errado?

— Eles não estão me vendo como deveriam. Estão me mostrando uma versão diferente de mim. É a versão errada. *Não* sou eu. Tem algo errado com eles. Talvez não seja a visão, talvez eu precise de uma radiografia ou ressonância. Talvez não sejam as lentes; e se forem as pupilas ou as íris ou... outra parte.

— Deixa eu ver se entendi direito... — Ele se inclina para a frente, cotovelos nos joelhos, coxas longas, braços e dedos longos, bem bonito, na verdade, para alguém que era tão pé no saco. Há um rastro de sorriso em seus lábios, e isso a tira do sério. Ela percebe que ele está tentando não rir. Ela não devia ter vindo aqui.

— Você está aqui porque se olha no espelho e se vê diferente?

— Sim — confirma ela calmamente. — Meus olhos não estão me mostrando como eu me sinto. Portanto, a mensagem que meus olhos estão me mandando está errada. Você entende? A minha aparência está diferente, nada a ver com como eu me sinto. Eu meio que levei um susto com o que vi, na verdade. — Ela ouve o tremor na voz, assim como ele, que para de sorrir. A expressão dele suaviza, parece um pouco preocupada. Ela pensa nele se aconchegando nela com pipoca amanteigada e pijama de flanela de macacos quando acordava de um pesadelo. Ele não era sempre um merdinha.

— Não acha que pode haver outra explicação? — A voz dele é gentil.

Ela pensa intensamente, ele está tentando lhe dizer alguma coisa. Está agindo com delicadeza, então, de repente — *pá!* —, tudo fica tão claro. Como foi idiota! Ela joga a cabeça para trás e dá uma risada.

— É claro! Por que não pensei nisso antes? É tão óbvio! O problema não tem nada a ver com meus olhos.

Ele parece aliviado ao ver que ela não vai enlouquecer na cadeira dele, no consultório dele. Ajeita a postura e sorri.

Ela junta as mãos alegremente e se levanta.

— Muito obrigada por seu tempo, Harry, você me ajudou incrivelmente.

Ele também se levanta, sem graça.

— É mesmo? Que bom. Quer saber, eu não vou te cobrar por essa consulta.

— Ah, não seja bobo. — Ele pega a bolsa. — Já recebi muito dinheiro seu, ou ao menos da sua família, pelos últimos anos, e nós dois sabemos que eu não valia aquilo tudo. — Ela ri, feliz por ter resolvido a questão. Satisfeita por não ter um problema na visão.

Ele aceita o dinheiro, sem jeito. Ela dispensa o recibo com um gesto.

— Então... o que você vai fazer, se me permite perguntar?

— Ora, se não são meus olhos, Harry, o que mais poderia ser? — diz ela. — Eu vou consertar o espelho, é claro!

O vidraceiro, Laurence, para diante do espelho de corpo inteiro em seu quarto, coçando a cabeça.

— Você quer que eu faça o quê?

— Conserte-o, por favor.

Silêncio.

— É isso que você faz, não é? De acordo com o site, vocês são uma empresa de vidro e espelho artesanal.

— Bem, sim, eu geralmente projeto obras personalizadas. Mas também fazemos instalações e substituições de vidro e espelho, reparos em molduras, vidros lascados, esse tipo de coisa.

— Perfeito.

Ele continua parecendo confuso. Dera uma olhadela ao redor do quarto ao entrar, ela não sabe bem se notou que só uma pessoa dorme aqui, só ela, nenhum marido, não mais. Aparentemente, a pior fase está quase acabando; seus amigos separados dizem que a luz está no fim do túnel. Ela certamente torce por isso, já está chegando ao seu limite, e pensar que está com problema na vista não ajuda.

— Qual é o problema? — pergunta ela.

— O problema é que eu não vejo problema nenhum com esse espelho.

Ela ri.

— Eu vou pagar por esse diagnóstico?

Ele sorri. Tem covinhas. Ela sente uma súbita vontade de ajeitar o cabelo. Queria ter prestado mais atenção à aparência antes de ele chegar.

— Bem, tem um problema, acredite em mim. Você pode substituir o vidro? Gostaria de manter a moldura. Era da minha mãe. — Ela abre um sorriso, maior do que pretendia; o sorriso dele é contagioso. Ela morde o interior da bochecha para se impedir, mas não funciona. O sorriso dele só aumenta. Seus olhos começam a vagar pelo corpo dela, provocando arrepios por sua pele.

— Está rachado? — Ele desvia o olhar dela e avalia o espelho, passando as mãos pelo acabamento. Ela não consegue parar de observá-lo.

— Não. Não está. Mas está quebrado.

— Quebrado como? — Ele franze a testa, coçando a cabeça de novo. Então ela lhe conta sobre como foi ao oculista, mas não parecia haver nenhum problema com seus olhos; então a conclusão lógica à qual tanto ela quanto seu oculista chegaram era que o espelho devia estar quebrado.

Ele a encara com curiosidade; mas com gentileza, não julgamento.

— Talvez você já tenha ouvido falar sobre esse problema? — pergunta ela.

Ele começa a dizer algo, então se interrompe.

— Claro — responde enfim. — É um problema comum.

— Ah, que bom — diz ela, aliviada. — Se não for o espelho, eu não sei mais o que pode ser.

— Esse é o único espelho que você usa? — pergunta ele.

— Hum… — Parece uma pergunta estranha. Ela nunca pensou nisso antes. — Sim. É, sim. — Ela vinha evitando espelhos havia um tempo. Desde que tudo em sua vida degringolara, ela não se dera ao trabalho de se olhar. Foi só quando voltou a se olhar que notou o problema.

Ele faz que sim com a cabeça. Dá outra olhadela pelo quarto. Talvez agora perceba que só uma pessoa dorme nele. Não é óbvio? Ela quer que seja óbvio.

— Vou precisar levá-lo comigo, de volta à oficina. Vou precisar tirar esse vidro, cortar outro do tamanho certinho. E poderia revitalizar a moldura também, reavivá-la.

Ela hesita.

— Vou mantê-la em segurança, não se preocupe. Sei que é importante para você.

A mulher vê sua mãe posando na frente daquele espelho. Imagina-se menina, sentada no chão ao lado dela, observando-a se arrumar para sair, desejando poder ir com ela também, pensando que sua mãe é alguma criatura exótica com quem ela nunca se parecerá. Sente o cheiro do perfume da mãe, aquele que ela reserva às suas noites especiais.

Gira, mamãe.

E ela girava. Ela sempre girava. Pregas rodopiantes. Saias esvoaçantes. Fendas laterais reveladoras.

Ela volta a olhar para o espelho. Não vê a menina. Não estava esperando vê-la, estava? Ela tem uma visão de si mesma que a desagrada. Mais velha. Ela desvia o olhar. Não é ela mesma. Não. Esse espelho precisa ir embora.

— Suponho que eu possa usar outro espelho...

— Não, não faça isso — diz ele. — É esse que você quer. — Ele acaricia a moldura com carinho, delicadeza. — Vou deixá-lo perfeito para você.

Ela reprime uma risadinha de menina.

— Obrigada.

E, antes que ela feche a porta às suas costas, ele diz:

— Promete que não vai se olhar em nenhum outro espelho até esse ficar pronto?

— Prometo. — Ela assente. Quando fecha a porta, seu coração está martelando.

Ele liga no dia seguinte para lhe dizer que gostaria que ela passasse na oficina para escolher um espelho. Ela se pergunta se é necessário. Ela se pergunta se é um pretexto para encontrar com ela de novo, torcendo para ser o caso.

— Eles não são todos iguais? — pergunta ela.

— Iguais? — exclama ele em ultraje fingido. — Nós temos espelhos planos, espelhos esféricos, espelhos bidirecionais e convencionais. Não quero que decida até ver um de que gosta.

Ela encosta o carro em frente ao endereço comercial dele no dia seguinte. Dedicou mais tempo à sua aparência. Usou o espelho do banheiro, que também parecia meio estranho, mas certamente mais próximo da versão de si mesma à qual estava acostumada, para aplicar maquiagem, se sentindo inebriada, e também uma idiota por tirar conclusões precipitadas.

Ela esperava um armazém sujo ou uma loja de varejo, um lugar frio com superfícies duras, sem alma, mas não é o que encontra. Seguindo por uma bela rua arborizada, ela vai até um celeiro repaginado que ficava anexo a um chalé com telhado de palha. O interior parece ter saído de uma revista de decoração; uma oficina repleta dos espelhos mais esplendorosos que ela já viu.

— Uso madeira reaproveitada nas molduras — conta ele, levando-a num tour ao redor da oficina, coberta de espelhos em todos os formatos e tamanhos. — Essa é a mais recente. Está quase terminada, a madeira veio de uma raiz de árvore que encontrei durante minhas buscas — explica ele, apontando para o bosque além do celeiro. — Não precisa ser uma madeira pomposa. — Ele aponta para um espelho de banheiro. — Aquela foi feita a partir de um pallet de madeira reaproveitado.

Ela passa as mãos por todas as molduras, impressionada pela maestria, um pouco envergonhada por ter contatado um homem com tal dom para consertar um vidro.

Ele próprio projetara o celeiro, conta, explicando sobre janelas e refração de luz. Ela não fazia ideia do que ele queria dizer exatamente, mas o resultado era lindo. E se existe um homem feito para passar seus dias trabalhando com espelhos, esse homem é ele. Ela sente algo ao olhar para ele, algo que não sentia havia muito tempo, séculos, quando ainda era outra pessoa. A pessoa com quem ela não mais se parece.

Ele se aproxima, coloca as mãos nos braços dela e a vira. O toque íntimo a surpreende.

— Seu espelho está ali — diz ele, apontando.

Ela vê o espelho dela no canto do cômodo. Ele fez exatamente o que disse que faria, o reavivou. Foi lixado e envernizado, e ela o vê como ele era, no quarto dos pais, ao lado do armário, os sapatos do papai enfileirados ao lado, o modelador de cachos da mamãe no chão, ligado na tomada.

Ela se aproxima e para na frente do espelho, vendo o reflexo dele atrás dela. Ela olha para seu reflexo. Ela se observa, se avalia.

— Você já o consertou — diz ela com um sorriso. Ela voltou. É ela novamente. Parece rejuvenescida, como se tivesse feito um tratamento facial ou investido num hidratante caro, o que ela não fez. Era o espelho desde o começo, ela sabia. — Achei que eu estivesse aqui para escolher um vidro, você me enganou! — exclama com uma risada.

— Ficou feliz? — pergunta ele, seus olhos brilhando conforme a luz de dezenas de espelhos se reflete pelo cômodo e faz com que pareça que ele está reluzindo.

— Sim, está perfeito — diz ela, examinando-o de novo.

Ela vê um ponto vermelho no vidro e estende a mão para tocá-lo. Sua mão atinge o vidro, sem sentir ponto algum. Confusa, ela dá um giro para olhá-lo de frente.

— Que tipo de espelho você usou?

— Olhe para ele de novo — pede ele, com uma expressão estranha.

Parece um truque. Ela se vira lentamente e volta a encarar o espelho. Examina a moldura, o vidro, tudo menos o próprio rosto, porque ele está atrás dela e ela está sem graça e com frio na barriga. O ponto vermelho continua no vidro, e ela se pergunta se é um teste, por mais que já tenha tentado tocá-lo e descoberto que não estava fisicamente ali.

— Já ouviu falar de uma coisa chamada contraste simultâneo? Ela nega.

— É um termo de pintura.

— Você também pinta?

— Só como hobby. É um termo para descrever como algumas cores parecem diferentes ao nosso olho quando colocadas lado a lado. As cores não se alteram, só nossa percepção.

Ele espera que a informação seja absorvida.

— Vire-se e olhe de novo — pede ele suavemente.

Ela se vira lentamente e se observa de verdade dessa vez. Seus olhos esquadrinham seu rosto mais velho, suas bochechas mais cheias, as rugas ao redor dos olhos, a barriga maior. Ela afasta a blusa da cintura desconfortavelmente e, ao fazê-lo, vê o ponto vermelho de novo. Em vez de estender a mão para o vidro, ela baixa os olhos para o próprio corpo e encontra um adesivo no braço.

— Como isso veio parar aqui? — pergunta ela, arrancando-o. Ele dá um sorrisinho.

— Você o colou — diz ela, lembrando de sua surpresa quando ele a tocou para girá-la. Ele usou a oportunidade para colar o adesivo vermelho no braço dela.

— O teste do espelho. Todos nós, artistas que trabalhamos com espelhos, o fazemos — diz ele, brincando.

75

— Da primeira vez que eu vi o adesivo, pensei que estivesse no espelho — diz ela, entendendo o teste. — Da segunda vez, percebi que estava em mim.

Ele faz que sim.

— Não é o espelho, sou eu — repete ela, e a ficha cai. — Não era o espelho que estava quebrado, era eu desde o começo.

Ele volta a assentir.

— Mas eu não diria que você estava *quebrada*. É tudo uma questão de perspectiva. Eu não quis mexer no espelho. Ele está perfeito como está.

Ela se vira e encara o espelho. Estuda o próprio rosto, o próprio corpo. Ela está mais velha. Sente que envelheceu mais esse ano do que nos últimos cinco, mas essa é ela agora. Ela está mudando, está envelhecendo, mais bonita de algumas formas, outras formas são mais difíceis de aceitar.

— E aí? — pergunta ele. — Ainda quer substitui-lo?

— Não. Está perfeito, obrigada — diz ela.

*A mulher que foi engolida
pelo chão e encontrou várias
outras mulheres lá embaixo*

Foi tudo por causa da apresentação de trabalho. Ela odiava apresentações, sempre odiara desde a época da escola, quando os dois idiotas no fundo da sala dela ficavam sibilando "tsssss" para seu rosto vermelho-fogo. Eles ofendiam todo mundo, mas ela era um alvo fácil; o rosto dela pegava fogo, vermelho-vivo, assim que ouvia o som da própria voz e sentia o poder penetrante de outros olhos nela.

Com a idade, a vermelhidão reduzira, mas o nervosismo se canalizava por seu corpo e se manifestava num forte tremor nos joelhos. Ela não sabia o que era pior. O rosto vermelho que não afetava sua fala ou o tremor nos joelhos que fazia seu corpo inteiro vibrar, estremecendo como se estivesse com frio, apesar das axilas suadas. A saia dela balançava como se ela fosse um personagem de desenho animado; ela quase conseguia ouvir o som de ossos chacoalhando, como um saco de ossos sendo sacudido. Também precisava esconder as mãos, ou fechá-las em punhos. Era pior quando ela precisava segurar papéis, porque o papel nunca mentia. Sempre melhor manter o papel na mesa, mãos fechadas em punhos, ou segurando uma caneta. Se possível, ficar sentada. Calças eram preferíveis a saias, e melhor usar uma calça com pernas bem-ajustadas, porque quanto menos tecido solto para balançar, melhor; no entanto, a cintura precisava ser frouxa para ajudá-la a respirar fundo. Melhor ser o mais casual possível, beber café ou chá em copos descartáveis para evitar balançar a xícara e o pires nas mãos trêmulas.

Não era como se ela não soubesse do que estava falando. Ela sabia bem pra caramba. Andava de um lado para o outro do apartamento como se estivesse dando um TED Talk. Em seu apartamento, ela era a funcionária mais competente e inspiradora que o mundo já vira entregando números de vendas trimestrais. Ela era Sheryl Sandberg dando seu TED Talk, era Michelle Obama dizendo *qualquer coisa*, era a guerreira distribuindo fatos e números, tão confiante em sua própria casa, à noite, sozinha.

A apresentação estava indo bem, talvez não tão inspiradora e impressionante quanto o ensaio da noite anterior, com menos comentários criativos sobre sua vida pessoal e absolutamente nenhum humor, ao contrário da improvisação cômica que fizera para sua plateia fantasma. Estava sendo definitivamente menos arriscada e mais direta, tão perfeita quanto poderia esperar, exceto por sua repetição irritante da expressão "per se", que ela nunca usara em qualquer situação da vida, mas que ali estava agora, acompanhando praticamente todas as frases. Ela já estava animada para os drinques mais tarde com os amigos, em que eles dariam risadinhas de sua autocrítica severa, porém hilária. Eles brindariam dizendo "Per Se!" e passariam a noite usando a expressão em todas as frases, talvez criando um desafio, até um jogo de beber.

Com licença, sr. Bartender, ela imaginou um amigo se debruçando sobre o bar, com uma sobrancelha arqueada. *Pode me ver outro Cosmo, per se?*

E todo mundo se acabaria de rir.

Mas ela fora confiante demais em seus pensamentos, ficara convencida demais. Tudo estava indo bem na apresentação dela até ela mergulhar num devaneio e perder o foco. Ela havia se distraído. Estava cercada de sua equipe de doze pessoas, alguns aliviados por terem terminado sua parte da apresentação, outros ansiosos para ter seu momento sob o holofote, quando a porta se abriu e Jasper Godfries entrou. O CEO. O novo CEO que nunca na vida participara de uma reunião de vendas. O coração dela acelerou.

Seguido por joelhos bambos e dedos trêmulos. Pele quente, respiração curta. Seu corpo inteiro subitamente em modo de fuga.

— Peço desculpas por interromper — anuncia Jasper para a sala surpresa. — Eu estava preso numa ligação com a Índia.

Não há cadeiras vazias porque ninguém o esperava. As pessoas mudam de lugar, abrindo espaço, e ela se encontra de pé, de frente para todos eles e seu novo CEO. Joelhos batendo, coração martelando.

Seus colegas olham para os papéis em sua mão, alguns com divertimento, outros com pena, fingindo não notar como tremem violentamente. Jasper Godfries mantém os olhos nos dela. Ela tenta relaxar o corpo, controlar a respiração, acalmar a mente, mas não consegue pensar com clareza. Só o que consegue pensar é *o CEO, o CEO, o CEO*. Ela não se planejara para isso em nenhum dos cem possíveis cenários que passou a semana ensaiando.

Pense, pense, diz ela a si mesma enquanto todos os olhos apontam para ela.

— Que tal começar de novo? — diz Claire, sua chefe.

A filha da puta da Claire.

A voz dentro da cabeça dela se esgoela de pânico, mas ela sorri e responde:

— Obrigada, Claire.

Ela baixa o olhar para as anotações, volta para a primeira página e sente tudo embaçar. Ela não consegue enxergar, não consegue pensar, só consegue sentir. Sua ansiedade é física. Tudo acontece no corpo dela. Ela sente um tremor nos joelhos, nas pernas, nos dedos. O coração bate tão rápido que eles devem conseguir ver a vibração pela blusa. Uma cólica apertando seu estômago. Nada, nada em sua mente.

Claire diz alguma coisa para incitá-la a começar. Todo mundo vira as páginas. Voltam para o começo. De volta ao começo. Ela não é capaz de fazer isso. Não tudo de novo. Ela não se preparara para fazer isso duas vezes.

Sua garganta se aperta, seu estômago se afrouxa. Pânico. Ela sente uma bolha de ar, lenta e silenciosa, saindo de seu traseiro. Ela fica grata por ser silencioso, mas não demora para que o cheiro quente e denso do pânico dela circule a sala. Ela o vê atingir Colin primeiro. Vê como ele se mexe bruscamente e leva a mão para perto do nariz. Sabe que foi ela. Logo vai chegar em Claire. E chega. Ela arregala os olhos e leva a mão ao nariz e à boca, sutilmente.

Ela olha para o papel, tremendo violentamente, pior do que em qualquer situação anterior, e pela primeira vez em 25 anos sente o rubor vermelho-fogo voltar às suas bochechas, onde queima, queima e queima sua pele.

E ouve as palavras "per se" saírem de seus lábios, seguidas por uma risadinha nervosa. Todo mundo ergue o olhar das anotações e a encara. Absolutamente todos os pares de olhos surpresos, entretidos e irritados a avaliam. Julgam-na. É um silêncio terrível, intenso, longo, pesado, e tudo o que ela quer é sair correndo da sala ou desejar que o chão se abra e a engula.

E é isso o que acontece. Um belo e convidativo buraco negro se abre entre ela e a mesa da sala de reunião. Escuro e promissor, fundo, acolhedor. Ela mal pensa. Preferiria estar em qualquer lugar que não esse.

Ela pula para dentro.

Cai em meio à escuridão, e na escuridão aterrissa.

— Ai. — Ela massageia as nádegas. Então se lembra do que aconteceu e cobre o rosto com as mãos. — Puta merda.

— Você também, é?

Ela ergue o olhar e vê uma mulher ao seu lado, usando um vestido de noiva, com um crachá onde se lê *Anna*. Ela não quer saber o que Anna fez, não quer pensar em nada além do próprio erro imbecil de novo e de novo.

— Onde estamos? — pergunta a mulher.

— Terra da Vergonha — geme Anna. — Ai, meu Deus, eu sou tão idiota. — Ela ergue o olhar, o rosto contorcido de constrangimento. — Eu o chamei de Benjamin. Eu o chamei de Benjamin — diz

Anna, surtando, olhando para a mulher como se ela fosse capaz de entender a gravidade do erro dela.

— O nome dele não é Benjamin? — pergunta a mulher.

— Não! — esbraveja Anna, fazendo-a pular. — É Peter. *Peter.*

— É, realmente, não tem nada a ver com Benjamin — concorda a mulher.

— Não tem. Benjamin foi meu primeiro marido. — Ela seca os olhos. — Bem no meio do meu discurso de casamento, eu chamei meu novo marido *pelo nome errado*. A cara que ele fez...

— Que o Benjamin fez?

— Não! Que o *Peter* fez.

— Ah.

Anna fecha os olhos, aperta-os com força como se tentasse fazer tudo desaparecer.

— Coitadinha. — A mulher se encolhe de vergonha por ela, se sentindo ligeiramente melhor sobre o próprio constrangimento. Pelo menos o momento dela não fora no dia do casamento, fora só na frente do CEO e das pessoas que ela vê e com quem trabalha todos os dias da vida dela. Não, ainda é ruim. Ela suspira e se encolhe de novo.

— O que você fez? — pergunta Anna.

— Entrei em pânico e peidei durante uma apresentação de trabalho na frente dos meus colegas e do novo CEO que eu estava tentando impressionar.

— Ah.

A voz de Anna treme, e a mulher percebe que ela está prendendo o riso.

— Não tem graça. — Ela se encolhe, cobrindo as bochechas ruborizadas de novo. De repente, o teto se abre acima delas, deixando entrar um raio de luz forte e um pouco de areia. Elas protegem os olhos. Uma mulher cai junto com a areia no chão ao lado delas.

— Ah, meu Deus — choraminga a mulher. Está escrito *Yukiko* no crachá dela.

— O que houve? — pergunta a mulher a Yukiko, ansiosa para esquecer a própria humilhação e a lembrança da cara dos colegas quando o pum dela chegou à mesa.

Yukiko ergue o olhar com uma expressão sofrida.

— Eu acabei de atravessar a praia do hotel inteira com o peito para fora. — Ela ajeita o biquíni com a lembrança. — Fiquei me perguntando por que todo mundo estava sorrindo para mim. Só achei que todos fossem muito simpáticos... Desejei que o chão se abrisse e me engolisse — explicou ela, olhando ao redor.

O teto volta a se abrir e elas ouvem o som de um piano, sentem um cheiro delicioso de comida.

Uma mulher pula para baixo e cai de pé. *Marie*. Ela começa imediatamente a puxar a saia, que está presa em sua calcinha, revelando sua bunda, e sai andando sozinha em direção à escuridão, murmurando em francês. As outras três mulheres nem se dão ao trabalho de perguntar.

— Então, nós vamos ficar quanto tempo aqui embaixo? — pergunta Yukiko.

— Para sempre, espero — responde a mulher, se acomodando num canto escuro. Ela volta a pensar em sua apresentação, nas expressões dos colegas, e estremece.

— Já estou aqui há um tempo. O teto se abre para o lugar de onde você fugiu e você escala de volta. Duas mulheres já saíram antes de mim — explica Anna. — Acho que souberam quando era a vez delas de ir.

— Provavelmente quando a vergonha passa — adiciona a mulher, torcendo para que isso aconteça pelo menos nessa vida.

— Nunca vai acontecer — diz Yukiko, se sentando e envolvendo os braços ao redor do corpo quase pelado. Ela revive seu momento na praia. — Meu mamilo estava para fora e tudo... — Ela grunhe antes de esconder o rosto.

Outro buraco se abre, e uma mulher cambaleia para dentro do fosso.

— Meu Deus. — Ela segura a cabeça entre as mãos. — Você é muito idiota, Nora, por que não pensa antes de falar?

Anna ri, não de ninguém em particular, mas da situação.

— Talvez Peter ache engraçada minha menção a Benjamin. Fizemos piada com a possibilidade de eu cometer esse erro, mas nunca pensei que fosse de fato acontecer. Talvez eu deva fingir que foi uma piada.

Um buraquinho se abre acima dela.

— Ou admitir a verdade — sugere a mulher.

— O que houve? — pergunta Yukiko.

— Ela confundiu o nome do marido com o do ex-marido nos votos de casamento.

Os olhos de Yukiko se arregalam.

O buraco no alto se fecha instantaneamente. Anna ainda não está pronta para ir, e todo mundo aprende como funciona. Ninguém sai do buraco da vergonha até estar pronto para sair do buraco da vergonha. Pode ser que fiquem ali por um bom tempo.

— Vocês duas não estão ajudando — diz Anna, cobrindo o rosto. — Ah, meu Deus — grunhe ela. — Os pais dele, os irmãos, a irmã horrível, eles nunca vão me deixar esquecer isso.

— Mas não é o pior erro do mundo, é? — pergunta a mulher.

— Peter não vai te deixar só porque você cometeu um erro. Um casamento é um momento emocionante, você estava nervosa. Era provavelmente o único nome que você não queria dizer, e ele escapou. Colocando em perspectiva, não é como se um de vocês estivesse doente, ou tivesse traído, ou brigado.

— Ou andado até o altar com o peito para fora — adiciona Yukiko.

— Ou peidado na frente da congregação inteira — adiciona a mulher, e Yukiko a olha com o nariz franzido agora que sabe a história vergonhosa dela.

Anna dá uma risada.

— Verdade.

— Foi só um erro com um nome — diz a mulher com gentileza.

— Acho que sim. — Anna sorri, seu rosto tomado por uma expressão aliviada. — Você tem razão. Obrigada, meninas.

O mesmo buraco se reabre no teto acima deles. Eles ouvem uma descarga. Um homem chamando:

— Anna! Anna! Por favor, sai daí!

— Você está escondida no banheiro? — perguntou a mulher. Ela faz que sim e olha para cima.

— Hora de enfrentar a realidade.

— Boa sorte — fala a mulher.

— Obrigada. Para você também.

Ela ergue o vestido de noiva acima dos joelhos para poder escalar até o buraco, e elas a observam ajeitar o vestido e a si mesma enquanto encara a porta do banheiro trancada. Quando ela respira fundo e estende a mão para a tranca, o chão se fecha novamente e a tira de vista.

Assim que Anna desaparece, outro buraco se abre e eles veem uma privada.

— É a Anna de novo? — pergunta Yukiko.

— Não. Outra privada — responde a mulher, se aproximando para espiar.

O cheiro que desce é tão horrível que elas recuam cobrindo o nariz e a boca.

A mulher que caiu pelo buraco se levanta e olha para o buraco que está se fechando e então para todas elas. *Luciana*.

— Puta merda. — A mulher faz uma careta, prendendo a respiração. — Que fedor.

— Eu sei. — Luciana se encolhe de vergonha. — E tem uma longa fila de mulheres que acabou de me ouvir no banheiro e estão esperando para entrar. Está nojento. Vou ficar aqui embaixo até o cheiro passar.

— Talvez você precise começar a pagar aluguel — resmunga Yukiko, tapando o nariz.

Outro buraco se abre e uma mulher cambaleia para dentro, xingando. Olha para as três mulheres que a encaram. Ela anda em círculos, mordendo o lábio, então finalmente para e olha para elas. No crachá se lê *Zoe*.

— Eu acabei de perguntar a uma mãe no portão da escola quando o bebê vai nascer. Não tem bebê nenhum, ela só está muito gorda. Tipo, parece grávida. Eu a vejo todo dia, e foi na frente das outras mães. — Ela geme.

Outro buraco se abre e mais uma mulher cai no chão, choramingando.

— Escorreguei a caminho do bar, passando pela mesa dele.

Uma voz vem da escuridão, do outro lado do buraco.

— Eu não conseguia parar de rir num funeral.

E uma voz mais distante, oca, atormentada.

— Fui dar um abraço e acabamos beijando na boca.

— Ah, por favor, isso não é nada — diz Marie, a mulher com o vestido preso na calcinha. Ela tem sotaque francês e emerge da escuridão fumando um cigarro, como uma cena clichê de um filme de espião.

— Não é como se vocês tivessem andado pelo restaurante inteiro com a parte de trás da saia enfiada na lingerie — adiciona ela entredentes.

As outras mulheres sugam o ar.

O teto se abre e outra mulher cai, pelada, enrolada num lençol, com uma expressão atormentada. Em seu peito exposto há um crachá com o nome *Sofia*. Ninguém pergunta, elas não precisam saber de que situação acabou de fugir, e ela ignora as outras, perdida demais em pensamentos.

Uma voz frágil das profundezas escuras se pronuncia, e quando os olhos da mulher se ajustam à escuridão, ela subitamente vê alguém que não notara antes sentada no chão. Percebe que devia estar ali desde que ela chegara. A figura obscura coloca alguma coisa no chão e a desliza para a frente. O objeto para aos pés das mulheres. Ela pega o crachá e lê. *Guadalupe*.

Quando Guadalupe fala, sua voz é rouca, grossa, como se ela estivesse ali há um tempo, sem água.

— Desliza de volta para mim.

Identidade confidencialmente compartilhada, a mulher desliza o crachá pelo chão e Guadalupe o pega, ocultando-o na escuridão novamente. Ela nem consegue se forçar a usá-lo.

— Mandei um e-mail para a pessoa errada. A mensagem era sobre ela, ela nunca deveria ter visto — conta ela, encarando-as com olhos arregalados. — Não paro de reviver o momento em que apertei o botão de enviar. Queria poder voltar no tempo. — Ao terminar de falar, ela se arrasta de volta para o canto escuro onde vinha se escondendo.

— Há quanto tempo você está aqui? — pergunta a mulher.

— Eu nunca vou sair — foi a resposta rouca de Guadalupe.

Marie solta um som de desdém e traga o cigarro. A mulher decide que não vai ficar nesse buraco por tanto tempo assim, não pode se encolher e se arrepender do erro para sempre. Ela tem uma vida a viver.

Outro buraco se abre, e uma mulher glamorosa cambaleia para dentro. Está usando um lindo vestido de gala. Olha para elas em choque.

— Eu ganhei.

— Você ganhou? — pergunta a mulher. — Parabéns. O que você ganhou?

— Um prêmio. O prêmio pelo qual trabalhei a vida toda.

— Que incrível. Mas você não parece muito feliz.

— Eu caí — sussurra ela, ainda atônita. — Tropecei nos degraus a caminho do palco. Na frente de todo mundo. *Todo mundo*.

— Aaah — dizem todas em uníssono.

— Ai. — Luciana se retrai.

O teto se abre acima dela de novo. A mulher vê o painel de madeira da sala de reunião, a mesa, identifica o pé de Colin, sua meia com listras das cores do arco-íris. Ela não quer ficar, mas ainda não está pronta. Entra em pânico.

— Ei, respira fundo — sugere Zoe.

A mulher obedece e, juntas, elas começam a respirar fundo.

— Inspira pelo nariz — diz Marie.

— Expira pela boca — completa Yukiko.

A mulher ergue o olhar para o buraco. São apenas pessoas, pessoas que ela conhece. Ela domina o assunto, está mais do que preparada, sempre se prepara excessivamente para o caso de momentos como esse. Ela consegue.

Ao menos não chamou o marido pelo nome errado no dia do casamento, ao menos sua saia não ficou presa na calcinha, ao menos seu peito não estava para fora. Ela não perguntou à mulher acima do peso se ela estava grávida. Não mandou um e-mail confidencial para a pessoa errada. Ela estragou sua apresentação, passou vergonha. Mas não foi na televisão, ao vivo. É contornável.

As outras mulheres no buraco a observam, ansiosas para saber seu próximo passo. Outro buraco se abre, e uma jovem cai lá embaixo, confusa.

— O Canadá fica nos Estados Unidos, né? — pergunta ela em tom de súplica, mas vê pela cara das outras que está errada. — Não! É claro que não. Sua idiota. — Ela bate na cabeça e murmura: — Pior entrevista de emprego da vida.

A mulher volta a erguer o olhar para o buraco. Pelo menos ela domina o assunto. Sempre poderia ser pior. Todo mundo fica nervoso às vezes. Mas o pum… ela vai ter que fingir que foi outra pessoa. Precisa aceitar esse momento e seguir adiante.

— Você acabou de descer ou vai subir? — pergunta Marie, dando o último trago no cigarro.

A mulher sorri.

— Vou voltar lá para cima.

— Bem, boa sorte, eu nunca mais vou voltar — diz Yukiko.

— Vai, sim, confia em mim. Sempre poderia ter acontecido algo pior — responde a mulher.

A distância, ela ouve uma mulher cair no chão com um gritinho:

— Mas a mulher parecia um homem!

Ela respira fundo e escala o buraco.

Num instante, volta para onde estava, em frente à mesa de reuniões, papéis nas mãos. Por mais que o tempo tenha passado para ela, para seus colegas é como se ela nunca tivesse saído da sala. Todos os olhos continuam fixos nela. O tremor parou. O pior aconteceu. Ela o ultrapassou. Ela sobreviveu.

— Desculpa, gente — diz ela com firmeza. — Vamos recomeçar, pode ser? Eu retratei as vendas da África do Sul no gráfico e, como podem ver, testemunhamos um aumento acentuado em relação aos números do último trimestre, o que me deixa satisfeita. Ainda assim, há muito espaço para crescimento, e é aí que entra a proposta da página dois.

Ao virar a página, as mulheres no buraco negro sorriem para ela, fazem sinais de aprovação, e o chão se fecha.

A mulher que pediu o salmão especial

Sarah, a jovem garçonete, se afasta da mesa de empresários, com as bochechas queimando. Ouvira os comentários sobre ela, de um homem para o outro, sussurrados. Passara a vida ouvindo comentários assim. Queria que outra pessoa pudesse atendê-los, mas eles foram colocados na zona dela. Se os tivesse recebido na porta e os levado a uma mesa, teria direcionado os homens para outro lugar, mas ela estava na cozinha entregando um pedido, e agora é obrigada a lidar com esse grupo arrogante do qual ao menos um integrante acha o ceceio na fala dela engraçado. Sempre tem um.

Sarah sente um par de olhos nela ao levar o pedido para o chef. Está sendo observada por uma mulher sozinha numa mesa para um. Ela entra na cozinha, entrega o pedido, tenta se recompor, reprime o tremor no corpo e a fúria que sente por dentro, então vai atender a mulher solitária.

— Gostaria de uma bebida enquanto espera? — pergunta Sarah à mulher.

— Um suco de limão, por favor, sem gelo.

O pedido a pega de surpresa. A cliente também ceceia. Ela se pergunta se está sendo zombada de novo, mas a mulher parece séria.

Enquanto vai atrás do bar buscar a bebida, Sarah observa a mulher sozinha. Ela tira os saltos altos embaixo da mesinha quadrada e gira lentamente os tornozelos, para a frente e para trás, de um lado para o outro. Solta o cabelo, o sacode para deixá-lo cair às costas. Alonga o pescoço.

Fica claro que teve um dia longo, mas não mostra sinais de estresse, só tensões físicas no corpo. Ela volta a prender o cabelo, de um jeito mais descontraído dessa vez, bem alto, longe do rosto.

Ela tira um tubinho de hidratante da bolsa de couro, o espreme de leve e massageia as mãos, lentamente, calmamente, enquanto olha para o nada, perdida em pensamentos. A garçonete a observa, não consegue desviar o olhar, há algo hipnótico em seus lentos e confiantes movimentos ritmados. O creme volta para a bolsa e um protetor labial aparece, que ela passa ainda perdida num olhar hipnótico. O tubo desaparece na bolsa e a garçonete espera pelo que virá em seguida. Provavelmente um celular. Talvez um diário. Tem uma pasta de trabalho estufada aos seus pés, uma cara, de couro com fivelas douradas e algumas marcas de uso. Ela é usada regularmente, não só para ocasiões especiais, como se a pasta e tudo o que houvesse dentro dela fosse importante, assim como a mulher. Sarah percebe pela maneira como a mulher a protege com as pernas, pressionando-a contra a parede, se certificando de que não caia e de que ninguém a roube. Documentos jurídicos, provavelmente, que estariam de acordo com a capa preta usada por advogados no tribunal que ela tirou ao entrar e pendurou nas costas na cadeira. Advogados vivem de falar, um fato que Sarah considera impressionante, considerando que ela própria evita falar, principalmente em público, desde que se lembra.

Sarah, dezenove anos, teve a língua solta a vida toda, uma língua que nunca a obedeceu apesar das sessões de fonoaudiologia às quais foi mandada. Uma língua que insiste em se projetar e tocar seus dentes frontais, direcionando o ar para a frente sempre que ela faz o som do "s" ou do "z". Esse ceceio interdental ou frontal deveria ser tratável, esse distúrbio funcional de fala, como é chamado agora, não mais o hábito fofo, engraçado e adorável que ela tinha quando criança. Quando as pessoas que se divertiam com ele começaram a dizer que ela já estava muito grande para falar daquele jeito, ela soube que estava na hora de consertar o problema.

94

Mas ele não foi embora, se recusava a ir embora, e ela começou a ser constantemente ridicularizada na escola. Agora, como uma adulta que entrara recentemente na universidade e nesse trabalho estressante de meio período, a ridicularização se tornara menos escancarada; mas as sobrancelhas erguidas continuavam presentes, os olhos entretidos, os caras que ela conhecia em boates que perdiam o interesse quando ela falava.

Seu fonoaudiólogo dissera que era sua mente, e não sua língua, que se recusava a obedecer. Seria quase de se pensar que ela queria falar assim. Mas ela sabia que não queria. Desde que o ceceio parara de ser fofo, ela aprendera a falar apenas quando realmente importava. Foi impressionante descobrir o quanto a fala não importava para ela. Em vez disso, se tornara uma boa ouvinte e uma observadora perspicaz.

Sarah analisa as roupas da mulher. Terno preto, sob medida, caro; assim como o hidratante e o protetor labial. Ela imagina que a mulher tenha vindo direto do tribunal; às vezes advogados vêm para almoçar e jantar, mas normalmente optam por restaurantes mais próximos. Ela não consegue desviar o olhar da mulher e da maneira como ela se porta. E teve aquele pedido de suco de limão sem gelo, feito com tanta confiança e nenhum pedido de desculpa. Sarah pronuncia quase todas as palavras com um pedido de desculpa desde a infância. Até seu nome representa um desafio. Às vezes ela dá um nome diferente, dependendo de quem está perguntando e do nível da confiança dela. Briana é seu pseudônimo favorito; ela fala esse nome com a confiança de uma jovem chamada Briana, e já se perguntou muitas vezes o quanto sua vida seria diferente, não sem o ceceio, mas com um nome que ela ao menos conseguisse pronunciar.

Finalmente, a cliente dobra o menu, fechando-o com as mãos de unhas feitas. Unhas verdadeiras, esmalte translúcido, pontas brancas naturais.

— Está pronta para pedir? — pergunta Sarah, se aproximando da mesa, servindo o suco de limão sem gelo. Ela nota o tom da própria voz, está diferente. Ela quer agradar essa mulher, quer que a mulher goste dela, quer ser amiga dessa mulher. Ela tem uma autoridade que Sarah queria ter. Ela admira como a mulher fala sem vergonha alguma.

— Sim, obrigada — responde a mulher em tom agradável, erguendo o olhar.

Sarah ouve o ceceio de novo, e seu coração dá um salto. Não foi uma piada, e ela não esperava por isso.

— Excelente — diz ela, um tanto sem fôlego. Uma palavra que ela nunca teria usado antes, que pega ela mesma de surpresa.

A mesa grande cai na gargalhada, dominando o espaço do pequeno bistrô. Não estavam rindo de Sarah, mas ela não consegue se impedir de pensar que toda risada é direcionada a ela.

A mulher olha para a mesa de homens, reabre o menu, parece repensar o pedido, então, como se tomando uma decisão, sorri.

— Pode dizer ao chef que eu gostaria do salmão especial, por favor, acompanhado de espinafre salteado e salada de salsão.

Os olhos da garçonete se enchem d'água, arrepios brotam em sua pele. Ela odeia perguntar às pessoas se elas querem saber o prato especial. Evita aquela palavra todo dia, tentando pensar em outras formas de apontar a comida na lousa do bistrô. *E aqui: o prato do dia.*

— Pode fazer isso, certo? — pergunta a mulher. Mas não está perguntando, está afirmando, com um tom de apoio, encorajamento.

Sarah se remexe desconfortavelmente de um pé para o outro.

— Vou escrever aqui.

— Você deveria dizer a ele.

O chef é temperamental. Ele deve ser evitado; essa foi a primeira coisa que lhe disseram quando ela aceitou esse emprego. Ele não é paciente, com ela ou com outros, especialmente não com ela. Um garçom gago já trabalhara ali, mas ele não aguentou as provocações, então pediu demissão, foi para outro lugar onde não fosse obrigado a falar. Ninguém nesse bistrô tem tempo para escutar, e isso se estende ao mundo real. Sarah é frequentemente interrompida por pessoas ansiosas para concluir suas frases por ela, às vezes para facilitar a vida dela, mas frequentemente porque não têm paciência para alguém que precisa de um pouco mais de tempo. Ela está acostumada a pessoas virando as costas para ela no meio da conversa, ou olhos observando sua boca enquanto ela fala. Dificuldades de fala aborrecem as pessoas. E às vezes um comentário pode bastar para calar uma pessoa para sempre.

— Você consegue — afirma a mulher.

Sarah concorda, respira fundo e caminha com determinação até a cozinha, o pedido na mão.

O chef não está gritando, está com a cabeça baixa, suando, fazendo os retoques finais nos pratos principais da mesa de sete.

— Chegou na hora certa — diz ele, salpicando sal sobre o último linguado e acenando para ela com a cabeça.

Ela deve estar com uma cara engraçada.

— O que houve? — pergunta ele.

— Eu gostaria de te dizer meu próximo pedido.

Ele franze a testa. Não tem tempo para essa palhaçada.

— A mulher na mesa quatro gostaria... — Sarah baixa o olhar para ler o pedido em sua mão levemente trêmula, mas o sabe de cor, então volta a encarar o chef e ergue o queixo. — Ela gostaria de um salmão especial com espinafre salteado e salada de salsão.

Ele a avalia por um segundo. Ela coloca o pedido no balcão, e ele o olha, o lê como se para confirmar. Ela fica parada, esperando. Não sabe bem pelo que espera, mas esse foi um momento revolucionário em sua vida. O que vem depois de momentos revolucionários?

Normalidade, ao que parecia.

— Ótimo. — Ele faz que sim, finalmente. — Leve esses pratos antes que esfriem — diz então, e toca a campainha do balcão.

Ela sorri, ergue os pratos e avança a passos largos pelo restaurante, bochechas coradas, cabeça erguida, sentindo-se exultante como se tivesse feito seu primeiro salto de paraquedas, plainando em alturas vertiginosas.

— Agora me diga — fala a mulher para Sarah quando ela volta à mesa dela com o salmão especial. — O que você recomenda para a sobremesa?

Sarah se prepara.

— Pessoalmente, eu recomendaria a mousse de cereja seca com sorbet de groselha.

A mulher solitária junta as mãos com alegria.

Ela come lentamente, pensativa, ritmada e metódica. Então calça os sapatos e a capa preta de tribunal e paga, deixando uma gorjeta generosa.

Sarah cumpre os deveres do resto do dia como se flutuasse. Algo fora destravado nela, como se um código secreto tivesse sido transferido de uma mulher para a outra, um código que a ensinou a se aceitar e não pedir desculpas por ser como é, a falar quando quer falar, nunca reprimir suas palavras por medo de como as pessoas vão tratá-la.

Tudo por causa da mulher com a língua solta que pediu o Salmão especial com espinafre Salteado, um Suco de limão Sem gelo, e para sobremesa, um mousse de Cereja Seca com Sorbet de groselha.

A mulher que comia fotografias

Ela vinha procurando uma foto de bebê do filho para um projeto de escola, e assim que abriu a primeira página do álbum, ficou perdida em memórias, sugada num vórtice temporal e incapaz de escapar. Foi uma foto em particular que causou isso. Scott com quatro meses, suas bochechas tão enormes que ele poderia armazenar comida nelas para um ano, suas pernas com dobrinhas chutando o ar, seu rosto iluminado por uma risada estridente. Os olhos nela. Sempre a seguindo para todo lado como se ela fosse a coisa mais importante do mundo dele. Ela queria mordiscar aquelas bochechas, aquelas pernas, beijá-lo de novo e de novo e inspirar seu cheirinho delicioso de talco de bebê.

Antes que percebesse o que estava fazendo, ela já tirara a foto do plástico, colocara-a na boca e a estava mastigando. Ela parou de mastigar, os olhos arregalados ao perceber o que estava fazendo. Mas então, num instante, um maremoto de emoções, cheiros e lembranças a envelopou, envolvendo-a num casulo quente e aconchegante de amor e nostalgia. Ela fechou os olhos e engoliu.

Sua cabeça girou, ela sentiu como se estivesse drogada. Recostou-se no sofá e sentiu aquele bebê agitado em seus braços, sentiu seus dedos puxarem seus lábios, agarrarem seu cabelo, sentiu-o balançar para trás tão subitamente que ela precisou abraçá-lo mais perto do corpo, dar apoio ao seu pescoço. Ela sentiu o hálito dele tão perto do rosto quando ele se aconchegou nela. Aquele cheiro, a sensação de sua pele macia, os sons de sua laringe em desenvolvimento. Sentiu o tecido de seu antigo sofá de veludo sob as pernas, as mesmas preocupações familiares na mente, nas quais ela nem pensava havia tanto tempo. Ela passou quinze minutos sozinha, presa em sua vida passada. Então, subitamente, a sensação sumiu. Ele sumiu.

Os olhos dela se abriram bruscamente, o coração batendo descontrolado. Na mesma hora, ela olhou para o álbum de fotos, lambendo os lábios avidamente, os dedos trêmulos pairando sobre as fotos como se encarasse, faminta, uma caixa de chocolates. Ela escolhe a próxima iguaria cuidadosamente. Scott, nascido há quatro dias, recém-chegado do hospital. Ela pega a fotografia, mantendo o olhar na porta ao enfiá-la na boca, incapaz de ser rápida. Mastigar papel fotográfico é difícil. É preciso muita força para rasgá-lo, o maxilar dela dói, o gosto lhe dá ânsia de vômito, mas quando ela chega ao outro lado, os cheiros, os sons, as visões se acendem em sua mente enquanto a dor no maxilar e o gosto ruim se dissipam.

Esse recém-nascido grita. Mais leite, ele nunca estava satisfeito. Ela volta às mamadas de meia-noite e três da manhã, ainda não tomada pelo cansaço, já que permanece extasiada há duas semanas, desde que deu a luz. Sentimentos de pura alegria, propósito, anseio.

— Mãe. — Uma voz a interrompe. — Você está bem?

Ela abre os olhos. Vê Scott, agora com quinze anos, parado à porta. Ele sente desgosto pela maioria das coisas ultimamente, inclusive por ela, mas agora exibe um olhar de preocupação. Ela deve estar um caco.

— Sim, estou ótima… — Ela ajeita a postura e percebe que tem uma camada de suor na testa. Ela está grudenta embaixo dos braços. — Eu só estava procurando pela foto de bebê que você pediu.

Ele suaviza o rosto e entra. Senta-se ao lado dela, mas quando estende a mão para o álbum, ela instintivamente o segura com mais força. Ele olha para ela e dá um puxão no álbum. Percebendo sua idiotice e chocada com sua possessividade, ela finalmente cede. O estômago dela ronca e o coração martela enquanto ele vira as páginas; ela precisa de mais. Precisa ficar chapada de nostalgia, precisa da onda que sente ao ser transportada para outro lugar.

102

— Cadê as fotos de recém-nascido? — pergunta ele, olhando para as primeiras páginas vazias do álbum.

Ela reprime um arroto.

Mais tarde naquela noite, quando todos estão dormindo, ela se senta, completamente desperta, sentindo um anseio esmagador. Observa o marido, lembrando de como ele era quando eles se conheceram, antes que os anos o alterassem. Afasta as cobertas e se retira para a sala de estar escura com o álbum de fotos nas mãos. Ela o folheia animadamente até o verão em que eles se conheceram.

Muita paixão, sexo emocionante, olhares secretos de fazer formigar a coluna e toques suaves. Ela revive tudo, comendo uma foto depois da outra, então se deita no sofá para sentir tudo do passado; a sensualidade, o formigamento de empolgação, a incerteza, a esperança para o futuro.

Seus pais. Já falecidos. Ela passa um dedo por seus rostos antes de devorá-los amorosamente, revivendo cada momento da infância com eles; festas de aniversário e feriados, manhãs de Natal e primeiros dias de escola. Dias depois, ela já avançara por toda a infância, parando ao chegar à adolescência. Complicado demais. Ela não deseja revisitar esses anos. Segue em frente. Sua necessidade por mais fotografias cresce, é constante, e por mais que a sensação de se perder em nostalgia seja maravilhosa, o ato de comer as fotos é uma tarefa difícil.

Com o tempo, ela fica mais esperta.

Derrama fios de azeite sobre as fotos, as tempera com sal e pimenta e coloca numa assadeira no forno. Quando estão bem secas, ela as bate num liquidificador e salpica sobre seu jantar. Enquanto a família está sentada ao redor da mesa, ela se perde no próprio mundo, secretamente, mas ainda na companhia deles, sem mais motivo para se esconder à noite. É empolgante porque ela não sabe em que lembrança vai se perder, não rotulou os farelos, então os sentimentos que a atingem, os anos e momentos que revive, são inesperados. Ela se torna tão atraída pela sensação de surpresa quanto pela onda da lembrança em si.

Ela descobre novas maneiras de consumir suas lembranças, misturando as fotos trituradas com folhas de chá, deixando que infusionem na água fervente. Leva tempo para se certificar de que as lembranças não fiquem diluídas demais, mas chega lá, quer que fiquem tão fortes quanto o momento em que as viveu. Deixa o chá embebido durante a noite, se acostuma a bebê-lo frio. Armazena sachês de papel triturado em saquinhos plásticos, para levar consigo aonde vá. Isso ajuda quando ela está na rua com a família, por horas a fio sem acesso aos seus álbuns; ela pode adicionar os sachês a água fervente quando o desejo a toma. E ele é intenso. Vem em forma de dores atrás dos olhos, cólicas intestinais, um tremor vindo de dentro como se causado por fome extrema. O que começou como um hábito uma vez ao dia cresceu agora que os chás permitem que ela se entregue a ondas mais regulares.

Ela sente a preocupação do marido, mas finge não perceber. Sabe que tem andado distraída. Tem evitado a companhia de amigos, preferindo ficar em casa e se retrair em sua nostalgia. Não planeja que seja um hábito permanente, é só temporário, para ajudá-la a aguentar o dia. Têm acontecido tantas mudanças. Os filhos viraram adolescentes, não precisam mais tanto dela, não como antigamente. É claro que sua relação com o marido mudou, é o esperado ao longo de 25 anos. Ela está notando essas mudanças e imagina estar passando por uma época de transição, uma que exige reflexão. Pensar em como as coisas costumavam ser, aquela sensação quentinha e aconchegante de ser querida, necessária, realmente desejada, a faz se sentir mais segura.

É o rosto do marido que a assusta quando ela chega em casa depois de algumas horas fora. Ela se esquecera do sachê de fotos trituradas que carregava consigo como se fosse um tempero, então não pôde salpicá-las sobre a salada na hora do almoço como costumava fazer. Em vez de ter gosto de êxtase, a salada continuou fria. O chá que ela bebeu não a ajudou em nada, o almoço inteiro foi uma experiência entediante, sentada no restaurante, presa no presente sem nada para entreter a mente. Ela voltou para casa como uma viciada que precisava de uma dose, então encontrou o marido sentado à mesa da cozinha com os álbuns vazios à sua frente.

— Cadê as fotos? — pergunta ele. Sem raiva na voz, mas talvez medo.

Ela segue para a chaleira, precisa de algo que a acalme para essa conversa, talvez a bela foto da lua de mel deles na praia que ela vinha guardando, aquela tirada no momento em que ela sentia que ele poderia protegê-la de tudo.

— Não. — Ele estende a mão e delicadamente a impede de esvaziar o sachê na caneca. — Esse negócio agora não. Não sei o que é, mas te deixa distante. Converse comigo.

Ela se senta ao lado dele, sentindo a resistência se esvair do corpo.

— O que você vem fazendo com as fotos? — pergunta ele de novo. — Eu vejo você com esses álbuns o tempo todo. — Ele passa as páginas. — Todas as nossas lembranças sumiram. O que fez com elas? — Seus olhos se enchem de lágrimas.

— Eu as comi — responde ela, baixinho, e ele a olha com surpresa. — É verdade. Eu comi todas elas.

— Eu estava com medo de você as ter jogado fora, de as ter queimado — fala ele. — Mas fico aliviado ao ouvir isso, mesmo que seja…

— Estranho. Eu sei — diz ela. — Começou quando Scott precisou de uma foto de bebê para a escola. Peguei os álbuns de foto no sótão; por que nós os guardamos lá, onde não podemos vê-los? — pergunta ela, e ele balança a cabeça, incerto. — E me deparei com aquela dele no primeiro Natal.

O marido ri, lembrando.

— Fantasiado de pudim natalino.

— Você lembra? — Ela se anima. — Ele era um pudinzinho. Dobras nas pernas, nos braços.

— Aquele garoto não parava de mamar, eu achava que ele te secaria até desaparecer completamente — lembra ele, e os dois riem.

— Ele estava tão delicioso na foto, e eu lembrei daquela época. — Ela olha para ele, olhos cheios d'água. — Não faz tanto tempo assim, mas faz uma eternidade. E sumiu. Nunca vai voltar. Não consegui me segurar. — Ela limpa o nariz com um lenço. — As coisas progrediram demais, elas não param de mudar... Quando eu as como, volto para aquela época, e estar de volta lá, onde sei o que está acontecendo e o que vai acontecer, parece mais seguro do que aqui. Sinto saudade desses momentos.

— Ainda estamos criando momentos — diz ele com suavidade. — E o passado não sumiu. Nós vivemos esses momentos, eles já são parte de nós; somos feitos deles.

Algo novo para digerir.

— Mas ainda temos novos momentos para criar, acho que você se esqueceu disso. Estamos todos aqui, com você, criando momentos todo dia, e ultimamente nós a perdemos. Sei que as crianças também sentem. Aqui, olha isso.

Ele pega o celular e começa a passar pelas fotos. Ou ela não está presente nelas ou, quando está, parece distante, perdida, correndo atrás do passado.

Ela analisa sua imagem e sente os olhos se encherem de lágrimas. Não gostaria de comer essas fotos dali a dez anos. Ela parece tão triste. Seu marido estende a mão para ela.

— Sentimos sua falta. Queremos você de volta.

Ele a puxa para si, como na noite em que a chamou para dançar pela primeira vez. Ele a beija, como no dia em que caminharam na praia de mãos dadas pela primeira vez; passa os dedos por seu cabelo e a abraça mais forte, como da primeira vez que fizeram amor. Um beijo intenso e longo, uma mensagem, uma conversa silenciosa parecida com as que eles tinham nos velhos tempos, como quando foram ao primeiro casamento juntos e assistiram aos amigos se casarem, ambos desejando a mesma coisa. O beijo que revelou o desejo compartilhado pela primeira vez. Todos os momentos que ela consumira recentemente.

Eles se comunicam por esse beijo agora. Um novo momento. É mais gostoso do que qualquer fotografia.

*A mulher que esqueceu
o próprio nome*

Ela está um caco. Só tem vinte minutos para se arrumar e sair. Um sábado de atividades com as crianças: teatro, futebol, arte, então duas festas de aniversário, um horário de chegada complicado que se justapôs com um horário de saída, então ela fez um acordo com outra mãe, o que significou que ela ficou responsável por mais duas crianças, uma que bateu a cabeça ao sair do carro porque prendeu o pé no cinto de segurança e caiu no chão. Drama resolvido, visita ao hospital evitada e, de repente, já era hora de jantar. Ela deixa as crianças comendo para tomar um banho rápido, torcendo para a babá já ter chegado quando sair do chuveiro.

O taxista chega mais cedo e começa a ficar impaciente porque ela não está pronta. Cinco minutos depois, ele alega que ela o deixou esperando por dez minutos, o que causa uma discussão sobre se o atraso dela foi de cinco ou dez minutos. Com o sangue latejando de raiva e irritação, ela sente que sair para jantar é a última coisa que quer fazer. Mais conversas, mais estímulos mentais, sem espaço para pensar sozinha, sem espaço para nada. Nada seria bom.

Ela entra no restaurante, já suando apesar do banho, tendo saído de um secador de cabelo quente demais para um táxi aquecido demais, para o ar frio, para o ar-condicionado do restaurante. A cabeça dela está quente do secador de cabelo, ela está de casaco, cachecol e luvas; consegue sentir a maquiagem derretendo. Está estressada, distraída, zonza, não totalmente presente. O gerente do restaurante a encara com expectativa.

— Desculpe — diz ela, tirando o cachecol do pescoço, desfrutando da sensação do ar na pele. Ela olha para o gerente de novo. Franze a testa. Tira as luvas e o casaco, ganhando tempo. Um funcionário do restaurante aparece para buscar a roupa.

— Obrigada.

Ela se sente menos zonza agora, sua pele menos grudenta, sua temperatura corporal abaixa, ela deveria conseguir pensar com mais clareza, ainda assim... volta a olhar para o gerente do restaurante. Lê o crachá dele: *Max*.

— Desculpe. — Ela franze a testa. — O que você me perguntou?

— Seu nome. — Ele sorri com educação. — Ou o nome da reserva.

Nada vêm à mente dela.

Nada.

— Eu fiz a reserva no meu nome — responde ela, ganhando mais tempo.

— Que é...

— Para as oito horas. — Ela relanceia para o relógio. Apesar de tudo, ela só se atrasou cinco minutos.

— Para quantas pessoas? — pergunta ele, tentando ajudar.

— Duas pessoas. — Ela tem certeza disso, mas não consegue se lembrar de com quem vai jantar. Fecha os olhos com força. Não. Nada. Por que não consegue se lembrar do próprio nome? Ela pensa intensamente. Imagina sua casa. Seus três filhos. Seu trabalho. Seu escritório. Sua escrivaninha no canto com os sapatos de salto alto que ela deixa ali embaixo ao fim do dia. É um par de sapatos pretos confiável, combina com quase tudo; não que isso importe, ninguém nunca vê a parte de baixo do seu corpo, ela está sempre atrás da mesa, transferindo ligações. Metade do tempo ela nem usa sapatos. Tenta pensar em seus colegas, relembrar suas conversas, visualizar seus dias. Se conseguir vê-los falar com ela, então certamente vai se lembrar do próprio nome.

Pode fazer isso? Pode fazer aquilo? Pode ser um amor e fazer...?

Ela não os ouve dizer o nome dela.

Leva os pensamentos de volta à casa. Imagina seus três meninos. *Mamãe. Mamãe. Mamãe*. Sempre Mamãe.

— Imagino que não esteja reservado em nome de Mamãe?

Max dá uma risada.

— Sinto dizer que não.

— Talvez você possa me dar uma dica — diz ela, se debruçando sobre a bancada para olhar as reservas. Ele bloqueia a página com a mão. Ela recua imediatamente.

— Desculpe.

Ela pensa no marido. Seu rosto bonito. Do que ele a chama? *Amor. Querida. Meu bem.* Abraçando-a pelas costas pela manhã, enquanto ela faz os sanduíches para o almoço. *Oi, sexy.*

Ela sorri para si mesma.

— Há três reservas para dois às oito horas — diz Max, tentando ajudar. — Uma pessoa já chegou. Talvez você o conheça?

Eles entram no restaurante, e o homem solitário se levanta assim que a vê. O rosto dele se ilumina como se a conhecesse.

Max dá um sorrisinho e a deixa enquanto o garçom puxa uma cadeira para ela. Ela cumprimenta o cavalheiro com um sorriso tenso, buscando-o no banco de memórias dela, em todo lugar, em qualquer lugar, nos cantos escuros, embaixo das camadas. Ele é pelo menos vinte anos mais velho que ela, cabelos falhos, bem-vestido num terno não particularmente novo ou estiloso, mas certeiro, limpo e elegante. Ela procura pistas no rosto dele ao se aproximar, agarrada com força à bolsa.

— Olá — diz ela.

— Sou eu, Nick — responde ele, erguendo as mãos como se para exibir as mercadorias.

Ela dá uma risada nervosa.

— Nick, eu sou… — Ela enrola.

— Karen, é claro — conclui ele. — Sente-se, sente-se.

— Karen. — Ela diz seu nome, sentindo-o na boca, revirando-o, vendo se encaixa. Não tem certeza, mas sua mente continua repleta de nada; quem é ela para discutir se esse homem que a conhece diz que seu nome é Karen?

— Desculpe por ter atrasado alguns minutos — começa ela. — Houve uma confusãozinha com a mesa.

— Ah, não precisa se desculpar. Eu cheguei cedo. Ansioso demais. Ou nervoso. É tão bom finalmente te conhecer depois de tanto tempo.

— Quanto tempo faz? — pergunta ela, estreitando os olhos, tentando imaginá-lo como um homem mais jovem, um homem que ela talvez já tenha conhecido um dia.

— Três meses? Nós teríamos nos encontrado antes, é claro, mas isso foi culpa minha. Estou meio nervoso para sair desde que Nancy morreu.

— Nancy... — Ela o analisa, o pesar e desalento em sua expressão. — Sua esposa.

— Nancy era minha melhor amiga — diz ele com tristeza. Seus olhos se enchem d'água. — Foi exatamente isso que meus amigos me disseram para não fazer. Eu não deveria falar sobre ela.

— Fale sobre ela! — encoraja ela. — É totalmente compreensível — diz, instintivamente, estendendo a mão por cima da mesa para segurar a dele.

— Obrigado. — Ele tira um lenço do bolso com a mão livre e enxuga os olhos. — Regra Número Um do que não fazer num encontro. — Ele sorri, arrasado. — A primeira coisa que eu faço é falar da minha esposa.

Ela se retesa, congela, então retrai a mão lentamente, arrastando-a sobre a mesa como uma cobra, sem querer ser vista. Um encontro? O coração dela martela. Ela pensa no marido. Seu rosto bonito. *Oi, sexy.* Ela não o trairia, trairia? Ela se lembraria se fosse o caso, certo?

112

— Nigel — diz ela, interrompendo a história dele sobre sua última promessa a Nancy no leito de morte.

— Nick — corrige ele, olhando-a com certa frieza.

— Nick, sim, é claro, foi o que eu quis dizer. — Ela olha para o balcão de recepção, onde Max está parado, de costas para ela. Esperava chamar a atenção dele, mas ele está com a cabeça baixa sobre o livro de reservas. Ela pensa em seu celular, pode buscar seu nome nas mensagens. Ela pega a bolsa, e Nick a observa enquanto ela a revira.

— Você está bem?

Nada de celular. Ela o deixou em casa ou no táxi. Em casa. Consegue vê-lo subitamente. Na pia do banheiro, ao lado da maquiagem e dos pincéis espalhados. Torce para que a babá ligue para o restaurante caso aconteça algum problema. Apesar de que, se chamarem seu nome no restaurante, será que ela vai saber que é para ela? Isso a preocupa. Ela ergue o olhar para o homem sentado à sua frente, que alega estar num encontro com ela.

— Niall...

— Nick. — Ele franze a testa.

— Nick. Sim. Nick, você é um homem adorável, mas acho que não sou a mulher certa para você. Quer dizer, eu *literalmente* não sou a mulher certa para você. Acho que não me chamo Karen.

— Não?

— Não. Estou passando por uma certa crise de identidade no momento. Por favor, me ouça. Nós já nos encontramos pessoalmente antes?

— Bem, não... você me mandou uma foto por e-mail, apesar de você de fato parecer, ouso dizer, *mais jovem* do que na foto, e normalmente acontece o contrário. — Ele franze a testa, confuso.

Max aparece, guiando uma nova cliente pelo restaurante. Ela parece estressada, reclamando de trânsito por causa de um acidente. Ao se aproximar, Max arregala os olhos, aponta para a recém-chegada e articula *Karen*.

A mulher se levanta e pega a bolsa. Nick a olha com surpresa.

— Já vai embora?

— Nick, você é um homem maravilhoso. Espero que encontre felicidade. — Ela se debruça para lhe dar um abraço e sussurra: — Não conte a história sobre o desejo de Nancy no leito de morte.

— Não?

— Não — confirma ela com delicadeza.

As bochechas dele coram quando ele olha por cima do ombro dela, e é como se ela tivesse desaparecido, porque só o que ele vê é Karen.

— Karen! — exclama ele, chocado. — Você é uma linda.

O estresse de Karen se reduz visivelmente, e ela dá uma risadinha nervosa.

A mulher que não consegue se lembrar do próprio nome se apressa de volta à mesa de reservas com Max.

— Então, aquela não era minha mesa — diz ela com nervosismo, mordendo o lábio.

Ele ri.

— Não me diga. Ora, que diversão. — Ele se inclina de um jeito conspiratório e observa o restaurante. — Temos mais duas mesas de dois. Uma pessoa está esperando na mesa cinco e ninguém chegou ainda para a mesa oito. Se o cliente não chegar logo, vai perder a mesa.

— Mas eu poderia estar aqui.

— Você está aqui.

— Você entendeu.

— Entendi. Tem razão.

— Você sabe que poderia simplesmente me dizer os nomes das reservas para me ajudar — diz ela, espiando a lista de novo. Ele bloqueia rapidamente a página.

— Quem disse que você lembraria?

— Eu poderia me lembrar.

— E poderia não lembrar. E acho que você vai descobrir melhor desse jeito. — Ele olha ao redor, um brilho nos olhos. — Tente ela, na mesa cinco.

A mulher analisa a outra da mesa cinco. Ela é incrivelmente estilosa, com roupas que parecem ter vindo do futuro mas que provavelmente estarão na Madison Avenue na próxima estação. Ela é chique, tudo nela parece caro, do corte de cabelo à armação dos óculos.

A mulher suspira.

— Ela não me parece familiar.

— Você nem se lembra do próprio nome, a familiaridade já foi para o brejo. Tente falar com ela — diz ele, então a ignora para receber um grupo que chega.

A mulher respira fundo e ajeita a roupa. Gosta do que está vestindo, mas se tivesse tido mais um minuto para se arrumar, poderia ter colocado algo melhor. A outra mulher está vestida de preto dos pés à cabeça, tão elegante, e a mulher que esqueceu o próprio nome se sente uma palhaça em sua saia colorida de pregas e blusa. Deveria ter escolhido algo mais simples, tem vontade de tirar o colar, mas é tarde demais, a mulher está olhando para ela.

Ela para na mesa, esperando que a mulher lhe diga para ir embora, que está esperando outra pessoa.

— Olivia? — pergunta a mulher à mesa quando ela se aproxima.

A mulher que esqueceu o próprio nome franze os lábios e se senta. Olivia também não lhe parece familiar.

— Olá.

— Veronica Pritchard. Muito obrigada por ter vindo.

— De nada, Veronica — diz a mulher, pigarreando. Max chega à mesa para encher o copo dela de água.

A mulher sofisticada parece subitamente nervosa, uma minúscula rachadura em seu exterior impecável. A mulher que esqueceu o próprio nome espera que ela fale.

— Acho que eu deveria lhe dizer por que a contatei.

— Sim, por favor. — Ela dá grandes goles na água.

— Bem, me disseram que você é a melhor, naturalmente.

A mulher engasga, então baixa o copo enquanto Max revira os olhos e se afasta.

— Já faz trinta anos que trabalho na minha empresa, e nunca antes cheguei a um ponto como esse. Para ser sincera, achava que era para os de cabeça fraca, e eu nunca tive a cabeça fraca.

A mulher espera por mais.

Veronica limpa a garganta. Seus dedos estão pesados com anéis em quase todas as partes.

— Trinta anos de fragrâncias. Trinta fragrâncias, sem contar com as edições especiais de Natal, que criei sem problemas. Em alguns anos eu tive tantas opções que precisei escolher entre elas. Agora já usei todas essas opções, por mais que não fossem as melhores. Preciso admitir: estou sem inspiração. É por isso que a contatei. Dizem que você é a melhor musa do país.

A mulher que não se lembra do próprio nome a encara.

— Musa?

— Influenciadora, seja lá como chamam. — Ela faz um gesto de dispensa. — Já ouvi falarem de você, discretamente no nosso meio, é claro, não se preocupe. Sei que gosta de trabalhar em segredo.

— Em segredo. Sim. — A mulher está nervosa. Revira a mente. Ela se vê à mesa do trabalho, transferindo ligações, marcando compromissos, mas não, não se sentindo muito uma influenciadora. Certamente não em casa com três meninos e um marido. Há muito a ser feito para ter tempo de influenciar outros por aí.

— Conte-me sobre suas fragrâncias — pede a mulher, pegando o pão e enfiando-o na boca para não precisar falar.

— São luxuosas. Caras. Cada uma transporta as pessoas para uma época e um local de esplendor e grandeza, para além de suas vidas diárias, além do comum.

— Qual é o problema com o comum? — pergunta a mulher, franzindo a testa.

— Perdão? — Veronica fica abalada ao ser interrompida bem quando começava a chegar a algum lugar.

— Por que você quer ir além do comum?

— Para que as pessoas possam ser transportadas. Para que as pessoas possam escapar. Quero que minhas fragrâncias movam as pessoas. Que transmitam uma sensação especial. Extravagante.

— Penso que a magia de uma fragrância é poder te levar de volta a um momento de sua memória, um momento de tanta importância na sua vida que você aparece ali instantaneamente, magicamente... — A mulher estala os dedos. — Nada nos move como isso. A não ser uma música, talvez.

Veronica pensa.

— Mas o que me diferencia dos outros é o luxo.

— Não estou dizendo para fazer uma fragrância de ensopado. — A mulher ri. Então pensa antes de contar: — Quando conheci meu marido, achei que sua pele cheirava a marshmallow. Sempre tão doce e macia. Então o mesmo com meus filhos. Fizemos bebês fofinhos e cheirosos. Sempre que vejo marshmallows, lembro deles. Veja, é um cheiro comum, mas uma sensação extraordinária.

— Marshmallows... — repete Veronica lentamente. — Interessante. Na verdade, muito interessante... — Ela se debruça para a frente, como se um fogo houvesse se acendido dentro dela. — Venho brincando com algo por um tempo, mas nunca consegui chegar à conexão certa. Era champanhe, mas com que harmonizá-lo? Morangos seriam muito óbvios, muito... popular. Não é meu estilo. Mas agora que você falou, lembrei que minha mãe sempre fazia marshmallows de champanhe caseiros! — Seus olhos se iluminam, e ela junta as mãos com alegria. — Marshmallow de champanhe, ah, nossa, minha irmã vai amar! Vai levá-la direto para a nossa cozinha, logo antes dos jantares que minha mãe costumava organizar... — Ela faz uma pausa e olha para a mulher que não lembra o próprio nome. — Olivia, obrigada. Você é espetacular. De verdade. Se importa se pularmos o jantar? Eu realmente preciso voltar ao estúdio.

Ela se levanta, sopra um beijo para a mulher e sai correndo do restaurante. Max se junta a ela.

— O que você fez?

A porta do restaurante se abre, e uma mulher muito estilosa com óculos escuros enormes olha ao redor.

— Ah. Essa deve ser madame Olivia Moreau — diz Max.

A musa. A mulher que não se lembra do próprio nome ergue o olhar para Max, irritada.

— Moreau? Você sabia que essa não era minha mesa. Eu nem sou francesa.

— Você poderia ter se casado com um francês. — Ele dá de ombros com uma expressão travessa.

— Acho que você está gostando demais dessa situação — responde ela, se levantando e seguindo-o de volta ao livro de reservas.

— Acho que você também — diz ele, sorrindo. Ele risca um nome da lista. — Musa para a perfumista, conselheira romântica para um viúvo perdido.

— Você estava escutando — sibila ela.

— Deve ser bom se esquecer de si mesmo. — Ele a analisa de novo, sério dessa vez.

Ela franze a testa.

— Você acha que tem algo errado comigo?

— Você me parece bem, só meio esquecida. Quer se sentar à mesa oito? Vou dá-la para outra pessoa se o cliente não chegar.

— Mas *eu* estou aqui desde as 20h05.

— Verdade.

— Max, me diga, qual é o nome da última reserva?

Ele o tapa com a mão, seus dedos se contraem quando ele pensa em afastá-la.

— Posso te dizer, se quiser. Ou...

— Ou o quê? — Ela estreita os olhos com desconfiança.

— Ou você poderia esperar para ver. Ver se a última pessoa que chegará para a mesa oito a lembra de quem você é.

A mulher fica nervosa.

— E se não me lembrar? E se a pessoa nem aparecer?

— Bem, então você vai para casa. Lembra onde mora, não lembra?

O endereço lhe vem à memória na mesma hora, ela vê a casa, sente seu cheiro, sua sensação. Ela faz que sim.

— Você decide se quer arriscar.

Ela se senta à mesa oito, nervosa, olhando do relógio para a vela que queima calorosamente no centro da mesa, bruxuleando loucamente quando os garçons passam. E se ela não conhecer a pessoa? E se nunca se lembrar do próprio nome? É claro que seu marido lhe dirá, mas ela preferiria se lembrar, precisa haver um valor e uma importância em lembrar o próprio nome.

A porta do restaurante se abre e uma mulher entra. Elegante, bonita, afobada por estar atrasada, sacudindo um guarda-chuva, reclamando do trânsito causado pelo acidente. Max olha para a mulher que não se lembra do próprio nome com esperança, e ela vê que ele realmente se importa, quer que ela lembre. Está torcendo para que ela saiba. Ela sorri.

Assim que vê o rosto da mulher, tudo lhe volta num instante.

Seu próprio nome lhe vem imediatamente, mas é claro que viria, essa foi a primeira mulher a abraçá-la, a confortá-la, a beijá--la, a lhe dizer seu nome, a lhe *dar* seu nome.

— Oi, mãe. — Ela se levanta, abrindo os braços para abraçá-la.

A mulher que tinha um relógio tiquetaqueante

A mulher herdara o relógio de sua tia Crystal; um lindo medalhão dourado em forma de concha com um relógio com mostrador pérola do lado de dentro. Ela se lembra do relógio aninhado no meio dos seios generosos da tia. Quando criança, ela se sentava no colo da mulher, encantada, abrindo e fechando o medalhão, acreditando na história da tia de que havia magia dentro dele.

Crystal o dera para ela semanas antes de falecer, lhe dizendo que não tinha mais uso para ela agora que seu tempo chegava ao fim. Sua tia morou sozinha a vida toda, nunca se casou, nunca teve filhos, e, se já amara um homem, ela nunca o conheceu. Crystal sempre dissera que queria essas coisas, mas que nunca encontrou o momento certo. Ele acabou lhe escapando e passando direto.

O mesmo relógio que se pendurara ao redor do pescoço da tia por quase sua vida toda e se aninhara em seu seio, próximo ao coração, como um marisco numa pedra, agora descansa sobre a pele da mulher, perto do seu batimento cardíaco.

Com 37 anos, ela escuta o relógio tiquetaqueando mais alto do que nunca. É tão alto que a mantém acordada enquanto observa o namorado dormir com a cabeça coberta, se perguntando quando as coisas vão mudar entre eles, quando seu relacionamento vai avançar, como ela poderá tocar no assunto sem provocar outra crise emocional que o faz sair tarde da noite e voltar para casa cheirando a álcool e esbarrando nos batentes das portas. Ele está feliz como as coisas estão, e ela também, mas ainda assim... não há relógio ao redor do pescoço dele, nenhum dedo cutucando suas costelas.

Ela fica acordada à noite, inquieta, concha na mão, sentindo a vibração. Será que imaginara ou o tique-taque ficara mais alto enquanto tomava café com suas amigas e seus bebês? Todas as novas mães jovens em licença-maternidade, ela é a única que sobrou sem filhos.

Tique. Taque. Tique. Taque.

— Que barulho é esse? — perguntara uma amiga, olhando ao redor loucamente.

— Eu estava me perguntando a mesma coisa — respondeu a outra amiga, com o mamilo na boca de um neném de bochechas gorduchas. Com olheiras, exaustas, ambas procuram ao redor, então olham para ela.

— Esse tique-taque está vindo de *você*?

Ela havia enfiado a concha dentro do suéter de caxemira, torcendo para que fosse absorver o som. Tinha ajudado um pouco, mas por sorte suas amigas estavam tão distraídas com os filhos que não investigaram mais a fundo.

O volume do tique-taque se elevara de novo durante sua entrevista para uma promoção para arquivista sênior na biblioteca. Não foi só ela que ouviu. Eles estavam num cômodo grandioso com painéis de madeira, piso de mármore e pé direito alto, janelas grandes e muita luz para refletir nas superfícies de madeira escura, para iluminar as partículas de poeira pelo caminho. Superfícies duras, espaços vazios, acústicas perfeitas para que os sons reverberassem pelo cômodo.

— Você sabe que esse trabalho exigirá mais horas? — perguntara um entrevistador atrás da mesa de reunião.

— Sim, é claro.

Tique. Taque. Tique. Taque.

— Você ficará responsável por licitar fundos, gerenciar orçamentos e supervisionar os funcionários. Cuidará da estratégia de forma geral. Mais responsabilidade — adicionara outro.

— Sim, é claro. — Ela sabia o que eles estavam perguntando de verdade. Uma equipe de homens não ia querer contratar uma mulher que precisaria sair de licença-maternidade de repente. Mas ela queria esse emprego *e* queria ter um bebê. Ela queria ambas as coisas, mas precisava mais de uma.

TIQUE. TAQUE. TIQUE. TAQUE.

Ele precisara erguer a voz para ser ouvido acima do tique-taque que emergia do colar ao redor do seu pescoço, alto mesmo coberto por três camadas de roupa; ele reverberava em todas as superfícies rígidas. Concluíram a entrevista rapidamente.

Ela pensa nisso tudo deitada na cama, observando o rosto do namorado coberto por um travesseiro, abrindo e fechando a tampa da concha.

— Não aguento mais! — grita o namorado de repente, assustando-a. Ele joga o travesseiro do outro lado do quarto e se levanta pelado à sua frente.

Ela achou que ele estivesse adormecido, mas ele está bem desperto, pupilas dilatadas com algum tipo de fúria maníaca, peito subindo e descendo como se tivesse corrido.

— Henri — diz ela, a voz baixa e assustada. — O que você está fazendo?

— Não aguento mais, não aguento.

— Não aguenta o quê? Não estou te pedindo nada, estou?

— Não, mas eu sinto. Eu escuto. — Ele aponta para o relógio ao redor do pescoço dela. — Parece que tem alguém parado atrás de mim, lendo por cima do meu ombro, respirando na minha nuca, o tempo todo. Não consigo me livrar da sensação. Não estou pronto para um bebê. Não estou onde você está. Não sei se jamais estarei.

Ela o encara com surpresa, por mais que realmente não devesse estar surpresa, deveria ter sabido que isso estava por vir. Ele não pode deixá-la, pensa ela. Eles investiram três anos nessa relação, três longos anos, e, se ele a deixar, ela levará mais três anos para encontrar outra pessoa, para chegar a esse ponto. Ela faz os cálculos na cabeça. Recuperar-se do término com Henri, superar a tristeza, ficar pronta para voltar a ter encontros, achar a pessoa certa, firmar um compromisso, sossegar. Levará tempo demais. Ela não tem tempo. Ele não pode deixá-la.

De repente, Henri solta um rugido e ela olha para ele, com as mãos nos ouvidos, o tique-taque tão alto que ela mal consegue ouvi-lo gritar, mas consegue ver as veias pulsando no pescoço dele e suas narinas infladas. Ele segura a cabeça como se estivesse com enxaqueca, como se o tique-taque tivesse se esgueirado para dentro dele.

— Tire as baterias — ela lê nos lábios dele.

— Não posso! — Ela balança a cabeça, agarrando o relógio com ainda mais força.

Ele faz um movimento para tirá-lo do pescoço dela, e ela dá um impulso para trás.

— Não vou! — grita ela. Tirar a bateria seria como perder Crystal de novo. O tique-taque desse relógio é como o batimento cardíaco da tia. Ela não consegue pará-lo. Mas não consegue explicar bem esse pensamento no momento. O som é alto demais, ele está em pânico e ela confusa.

— Foi um presente, Henri!

— É uma maldição! — grita ele. — Sou eu ou o relógio. — Ele a encara, perfurando-a com os olhos castanho-escuros.

— Os dois! — responde ela.

— Você não pode ter os dois. — Ele balança a cabeça, começando a se vestir.

Ela o observa enquanto ele joga roupas numa bolsa. Ela não tem poder para fazer nada, para dizer nada, só o que pode fazer é pensar nos dias e anos perdidos, no tempo que investiu nele, torcendo, rezando para que ele fosse o homem certo; não de uma forma espiritual, mas o homem certo para dar o próximo passo com ela. O momento deveria estar certo. Três anos, na idade deles. Deveria ser agora.

Um bebê. Ela quer um bebê. Seu corpo o anseia tanto que dói. A cabeça dela está bem como as coisas estão, mas algo dentro dela anseia. Como uma fome que só pode ser aplacada por comida e uma sede que só pode ser suprida por água... esse vazio em seu corpo, em seu coração, em seu útero, só pode ser preenchido por outra vida, uma vida que ela criou e nutriu. O amor de seu amado não basta, ela precisa de mais.

A ausência de vida dentro dela assumiu vida própria e cresce a cada dia. O tempo a alimenta. Ela não consegue ignorá-la. Se ignorá-la por ser inconveniente para outra pessoa, será tarde demais. Ele não sabe como é viver com o arrependimento de algo que ainda não aconteceu. Medo, pânico de que tudo esteja lhe escapando por entre os dedos.

O tique-taque fica tão alto quando Henri sai de casa que a polícia faz uma visita; um vizinho denunciou o barulho. Assim que os policiais entram na casa dela, também tapam os ouvidos. É insuportável.

A policial se senta com ela até que o tique-taque silencie. Tem olhos preocupados e gentis, olhos cansados. Fala em tons tranquilizantes, faz chá de camomila. Eles a deixam dormindo no sofá com a concha ao redor do pescoço aninhada em sua mão.

No trabalho, ao ajudar um grupo de estudantes com uma pesquisa, a mulher se abaixa no chão da biblioteca. Não há mais pertences de Henri no apartamento, ela está cercada por buracos e espaços onde ele deveria estar, tanto em sua casa quanto em seu coração. Ela está exausta e mal dormiu uma noite inteira desde que ele foi embora. Já faz um mês.

Tique. Taque. Tique. Taque.

Ela está mostrando a uma garota como usar um equipamento quando ouve um som que a interrompe no meio da frase.

Tique-taque. E não vêm da concha em seu pescoço.

Ela olha ao redor em busca da origem. A grandiosa e prestigiada biblioteca é silenciosa, vozes sussurradas, rangidos, guinchos, tosses, pigarros, espirros, assoadas de nariz, arrastar de cadeiras, passos, livros sendo abertos, largados em mesas, devolvidos às prateleiras.

Como se em resposta ao tique-taque distante, seu próprio relógio em forma de concha começa a soar. O tique-taque dela e o tique-taque misterioso estão tendo uma conversa. Ela o segura, usando-o como bússola para guiá-la. Ao passar os olhos pelos estudantes sentados nos computadores, fica óbvio que o som vem de outro lugar. Ela se afasta, serpenteia por corredores silenciosos de estantes de livros empoeirados, seus pés ecoando no chão de mármore. Ela segue o som, errando a direção quando o tique-taque ricocheteia nas paredes e estantes e no piso e a engana. Ao se aproximar, o som fica mais alto, e o colar dela responde. Eles não soam em uníssono, são individuais, fortes, cada vez mais altos.

Finalmente, depois de manobrar pelo labirinto de livros, ela sabe que o dono do relógio está na seção de física, atrás da prateleira que os separa. O dono não tem mais para onde ir, esse é o último canto. Só há uma entrada e saída, e a mulher fica na passagem, com o coração martelando, seu frenesi em contraste com o tique-taque constante e ritmado. O relógio dela é alto, tão alto que quem quer que esteja atrás da estante também deve ouvi-lo. Ele ecoa pela biblioteca silenciosa.

— Olá? — chama a voz de um homem.

Ela sai de detrás da estante e o vê. O dono do relógio tique-taqueante. Ela localiza o relógio no pulso dele, então vê o livro que ele está segurando. Fica sem ar. *A irrealidade do tempo*, o estudo sobre tempo e mudança do filósofo de Cambridge J.M.E McTaggart.

— A Teoria B — diz ela, sem ar.

— Você já leu? — pergunta ele, surpreso.

Os teóricos B argumentam que o fluxo de tempo é uma ilusão, que o passado, presente e futuro são igualmente reais e que o tempo é sem sentido. É claro que ela já pesquisou sobre isso, ela sente o tempo o tempo todo, ele lidera todos os momentos. Ela quer entendê-lo.

— Você está tiquetaqueando — diz ele.

— Você também — responde ela.

— Isso assusta a maioria das pessoas — comenta ele, analisando-a intensamente.

— Não a mim.

Ele é igual a ela. Quer a mesma coisa.

De repente, o ritmo do tique-taque dela se altera; ela não sabe bem se o dela desacelera ou o dele acelera, mas há certa mudança no tempo. Os dois sentem, o dela contra o peito, ao lado das batidas do coração, o dele contra a pulsação no punho, até que seus tique-taques estejam coordenados, em uníssono. Segundo a segundo, momento a momento, o tique-taque deles vai gradualmente silenciando.

Ambos testemunham essa mudança milagrosa do tempo; os tique-taques sincronizados.

Tão rápido quanto uma nuvem passando no alto e o céu se iluminando, a ansiedade dela se atenua, e os dois soltam um longo e lento suspiro de alívio.

Finalmente.

A mulher que semeava dúvidas

A base de Prairie Rock era comunidade, autonomia e sustentabilidade. Cem casas no bairro de vinte hectares. Organizadas ao redor de áreas comuns, os moradores eram responsáveis pela manutenção da própria área. O vilarejo tinha pomares, vinhedos, campos e terreno comunitários onde residentes podiam alugar espaço de plantio. Quando um proprietário morria, caía sobre os descendentes vivos a responsabilidade pela venda da casa e do terreno, que precisava ser aprovada pela comunidade. Ao mesmo tempo, um pedaço de terra dos muitos hectares selvagens era colocado à disposição como sinal de respeito ao falecido, um pedaço de terra até então não cultivado, esperando para ganhar vida e servir à comunidade. A ideia era que, ao se colocar a alma dos seus entes queridos no solo, ele ganharia vida e proveria. Da morte vem a vida.

Ela fizera parte da comunidade a vida toda e, com um grupo pequeno de pessoas com quem interagir, às vezes se sentia sufocada. Os mesmos velhos rostos, as mesmas velhas discussões, por mais que obviamente a familiaridade às vezes também fosse reconfortante. Raramente havia um rosto novo; quando alguém morria, a casa geralmente era passada para um membro da família. Era raro que um forasteiro fosse bem-vindo, apenas uma família, em dez anos, tinha conseguido isso. Ou melhor, até Jacob começar a trabalhar com eles quando o pai dela ficou doente e eles precisaram de ajuda com a parte dele do trabalho no terreno. Jacob foi o primeiro rosto novo que ela viu em muito tempo.

Aos catorze anos, já estava praticamente decidido com quem ela se casaria. Ela e Deacon eram amigos desde o primeiro dia de escola. Nascidos com quatro dias de diferença, brincavam juntos, foram criados juntos, escalavam todas as árvores juntos, ultrapassaram as fronteiras juntos, excederam todos os limites de todas as formas possíveis. Exploraram e aprenderam juntos. Seu primeiro amigo, primeiro beijo, primeiro amor.

Aos dezoito anos, ela se casara com ele. A comemoração acontecera em agosto, na festa da colheita. As damas de honra usaram laranja queimado, os enfeites da mesa eram de palha e milho.

A vida dela estava indo bem, um caminho fácil e sem questionamentos que ela estava satisfeita em trilhar. Sem filhos ainda, mas tudo bem, eles não tinham pressa. Deacon construíra a casa deles no terreno dos pais dela, com ajuda do pai e dos irmãos. Os dois tinham se mudado havia um ano. E justo quando eles estavam se acomodando e a vida parecia começar a caminhar numa nova direção, a mãe dela ficou doente e faleceu. Logo depois que a mãe morreu, o pai adoeceu e a seguiu. Os dois partiram tão depressa. E ela fora deixada com seu luto e uma dor no peito. A morte dos pais havia deixado um buraco surpreendente que ela nunca esperara, e sua mente límpida se tornou subitamente enevoada.

Por mais que fosse adulta, ela sentia que estava ali, naquela comunidade e naquela terra, por causa dos pais. Eles eram os fundadores da comunidade Prairie Rock, pilares de sua pequena, porém importante, sociedade central. Apesar de ter o marido e a esperança de construir a própria família, seus pais eram sua raiz, sua fundação, e eles tinham sido cortados. Sem eles, ela sentia como se estivesse pairando hesitante sobre o chão. Mesmo nos últimos anos, enquanto cuidava dos dois, ela ainda dependia deles de forma primordial. Perdera os dois com meses de diferença. Ficou aliviada pela mãe ser libertada de seu sofrimento, e aliviada pelo pai poder se reunir à amada, mas depois veio a tristeza interminável para ela. Sabia que era de se esperar, mas nunca, nem por um momento, imaginara que se sentiria tão deslocada sem eles. Tão vacilante, tão insegura, tão cheia de dúvidas sobre tudo. Ela perdera seu suporte.

Os novos pensamentos a assustavam. As dúvidas eram como ervas daninhas envolvendo e estrangulando todos os seus pensamentos, dominando sorrateiramente qualquer ideia desconexa, um invasor em sua mente. Um posseiro que se recusava a ir embora.

Como Jacob, que se mudara para Prairie Rock para ajudar com a propriedade dos pais dela. Ele vivia na mente dela também. Em quase todos os pensamentos, como uma sombra numa sala. Sempre ali, apesar de não ser relevante. Ela não conseguia entender por que a presença dele era tão constante em seus pensamentos. Tentou afastá-lo, mas ele não ia embora. Seus olhos, castanhos e intensos, pareciam ver a alma dela quando a olhavam. Ela sempre desviava o olhar. Mas sempre olhava.

Quando um filho da comunidade de Prairie Rock herda o novo pedaço de terra — em dobro para ela, visto que seu pai e sua mãe haviam falecido —, fica a cargo daquele indivíduo decidir o que semear. Por mais que a decisão seja dela, é claro que ela precisa ter em mente que a colheita deve servir às necessidades da comunidade inteira. Há reuniões toda noite sobre várias questões da comunidade, mas só um encontro semanal ao qual todos precisam comparecer. E é aqui que ela se vê no centro de uma atenção indesejada.

— Árvores frutíferas? — pergunta uma voz, interrompendo seus pensamentos. Barnaby, um homem cujos dedos são como raízes na terra.

— Humm — responde ela, hesitante, enquanto os rostos a encaram com expectativa.

— A terra do norte é especialmente boa para frutas, tem mais sol também, talvez elas se deem melhor por lá.

— Pois no sul estamos muito bem, obrigada. — Harriet franze a testa.

— Você está fazendo um bom trabalho, Harriet, só estou pensando no sol e no solo — tranquiliza ele.

É um momento empolgante para todos. A triste perda da mulher é o ganho do vilarejo, algo novo para plantar em honra aos pais dela, uma verdadeira oportunidade de introduzir alimentos novos à dieta deles.

— Ouvi falar de uns pomares de amendoeiras — sugere Gladys.

— Bobby já está cultivando amendoeiras na terra dele — explica Barnaby suavemente.

— Sim, mas não o suficiente.

— Acho que tem o bastante para a comunidade — diz Bobby, um pouco ofendido. — Para que precisamos de mais amêndoas?

— É que tem tanto mais que podemos fazer: óleo de amêndoa, manteiga de amêndoa, leite de amêndoa... por enquanto nós só comemos amêndoas. — Gladys olha o grupo ao redor em busca de apoio. Alguns estão interessados, outros não. Ela dá de ombros. — A decisão é dela.

— Humm — responde a mulher de novo.

— E ameixas? — sugere Dorothy, e começa mais um sermão sobre os benefícios das ameixas, tudo o que ela vem falando desde que seu médico parece tê-la colocado numa dieta exclusiva de ameixas por causa das hemorroidas. Ela parece uma nova mulher desde que as ameixas entraram em sua vida, daria até para pensar que arrumara um novo amor.

Jacob. Ele chega em sua mente. Parado no canto, observando-a.

Todo mundo começa a gritar um por cima do outro como de costume, os insultos de sempre e ataques amigáveis na ponta da língua, até que Barnaby os silencie com um calmo gesto Jedi.

— A decisão não é de vocês — lembra ele a todos, suavemente.

Todos a olham com expectativa.

— Eu realmente não sei — diz ela. — Eu não sei. Eu não sei. — Ela segura a cabeça entre as mãos e fecha os olhos.

Eles se entreolham com preocupação.

— Dê um tempo a ela — declara Barnaby.

— Mas a época de colheita...

— Dê um tempo a ela — repete ele.

No carro a caminho de casa, Deacon fica em silêncio. Ela pega fôlego e abre a boca para falar, mas se interrompe.

— O quê? — Ele olha para ela, atenção total, olhos ansiosos. Até mesmo desacelera o carro.

Ela balança a cabeça.

— Você ia dizer alguma coisa.

— Esqueci — responde ela, olhando pela janela. — Não sei.

A pressão da comunidade se agigantava, apesar dos esforços de Barnaby para acalmar os ânimos.

Todo dia, a mulher viajava para a nova terra no sul, o meio hectare que precisava começar a semear. A terra fora preparada, estava pronta para a semeadura, pronta para o cultivo, mas ela ainda não fazia ideia do que plantar. Levava uma cadeira dobrável e se sentava para observar a terra, torcendo por inspiração, mas em vez disso sua mente vagava, de novo e de novo, de volta à sua própria vida. Tantas perguntas, tantas dúvidas.

Seus amigos e vizinhos da comunidade se revezavam para visitá-la com suas propostas e panfletos, apresentações e ideias bem pensadas para a terra, informações sobre todas as frutas, vegetais e alimentos imagináveis, cada um com suas próprias razões pessoais.

Billy artrítico com a proposta de plantar cannabis, Sally que queria plantar chá para reviver um caso ilícito com um garoto numa plantação de chá na China durante suas viagens de estudante. Todos tinham suas ideias, ideias boas, válidas, mas quando pediam a opinião dela, a resposta era invariavelmente a mesma:

— Não sei.

Nada mais, ela não tinha algo mais para dizer.

E havia Jacob, que ela observava a cada chance que tinha. Esse estranho, forasteiro, exótico e atlético. Bonito, pensativo, frequentemente pouco vestido. Enquanto estava vivo, seu pai a flagrara encarando Jacob vezes demais. Ele lhe lançara aquele olhar sabido. Aquele olhar de alerta. Ela observava Jacob da janela da cozinha que dava para o terreno dos pais. Na maioria dos dias ele trabalhava lado a lado com seu marido, os dois com físicos totalmente opostos. Jacob largo e atlético, músculos saltando dos ombros, braços, costas, sua cintura estreita. O marido forte e magro, mas alto e fino como uma vagem, músculos esguios nos longos braços.

— O que está olhando? — perguntava o pai.

— Não sei.

Começara naquela época. As perguntas e a dúvida. Antes de ele falecer.

Ela repetia tanto aquela frase para todo mundo, o tempo todo. Saía de sua boca sem nem pensar. A dúvida parecia viva dentro dela, como se tivesse vida própria, voando para fora por sua conta, dominando seus pensamentos, dominando suas palavras. Até suas ações. Foi uma surpresa para a maioria das pessoas: a mulher que era tão segura de si, que sempre tinha um plano, que sempre sabia o que fazer, que nunca se preocupava se não soubesse.

Pareceu abalar a comunidade tanto quanto a abalou. A incerteza dela era contagiante, e os forçava a pensar, questionar o que nunca fora questionado. As pequenas decisões do dia a dia se tornavam grandes questões, inspirando debates acalorados na prefeitura.

A mulher, ao que parecia, havia se tornado a rainha, a líder, a presidente de não saber coisas, o que por sua vez a transformou na pessoa com quem todo mundo queria compartilhar as próprias incertezas. A dúvida dela alimentava a deles, e as dúvidas cresciam. E, à medida que a dúvida crescia na mente deles, o terreno que ela encarava diariamente começou a gerar brotos misteriosos.

Ela se sentava ali todo dia, encarando o solo, se perguntando, questionando, tentando organizar os pensamentos, classificá-los. As pessoas viajavam para vê-la; sabendo que ela estaria ali, traziam consigo cestas de piquenique, cantis de café, álcool, fosse lá o que precisassem ou desejassem, e abriam seus corações sobre tudo o que não sabiam. Ela escutava; era só o que podia fazer, pois, assim como eles, ela não tinha as respostas.

Eles não conseguiam decidir se deveriam reeleger a prefeita Alice, que era prefeita deles havia tantos anos. Sob essa nuvem de dúvida, Alice foi até a mulher para confessar que estava dúvida se queria ser reeleita de qualquer forma. A filha dela acabara de ter um bebê, ela queria desfrutar de ser avó. Então Bizzie Brown decidiu que estava na dúvida se queria continuar a morar na comunidade. Ela vinha se perguntando isso havia um tempo, tinha medo da mudança, mas pareciam acontecer tantas mudanças ao redor dela que ela talvez também devesse aceitá-las.

Eles conversavam sobre suas dúvidas enquanto assistiam à plantação se erguer do solo. Era estranha, crescia em direções diferentes como se não conseguisse se decidir, e brotava em cores diferentes. Algumas partes davam flor, outras lembravam um grão, algumas pareciam vegetais ou vinhas. Era tão confuso que ninguém sabia identificar do que se tratava, e duvidava que fosse qualquer coisa específica.

— O que você semeou? — perguntavam a ela ajoelhados, estudando as vegetações peculiares.

— Não sei — respondia ela.

As dúvidas de Bizzie chegaram ao ponto em que ela decidiu ir embora, cinquenta anos depois. Mas, a fim de preencher o lugar dela, a comunidade precisava decidir se seguiria as antigas leis sobre novos vizinhos. A dúvida os fez mudar de ideia; dessa forma, um rapaz e uma moça, recém-casados e na idade habitual de aceitação, foram convidados à comunidade. Os novos vizinhos se reuniram com a mulher, que se perguntou se eles deveriam usar as novas e curiosas plantas para fazer gim. Será que deveriam iniciar uma destilaria artesanal de gim, será que deveriam fazer uma infusão com as ervas e as flores para criar um gim original, uma bebida única que o resto do mundo não poderia oferecer?

Essa incomum plantação de dúvidas era como um baú de tesouros, uma biosfera única abrigando uma mistura de coisas que não sabiam o que eram.

Depois de ouvir a ideia do gim artesanal, Barnaby se perguntou se produzir vinho não seria uma extensão lógica a ela, então se perguntou por que eles não estavam produzindo vinho com os vinhedos maravilhosos deles. Então fizeram isso. Fizeram o mesmo com as azeitonas, que viraram azeite, então o minúsculo lote de amendoeiras de Bobby se tornou um pomar de amendoeiras, que também foram transformadas em óleo, manteiga e leite de amêndoas.

E toda essa dúvida gerou tantas perguntas e tantas reuniões e tantas discussões sobre coisas das quais não tinham certeza, fazendo-os mudar de ideias e atitudes que já tinham sido tão estáveis. Toda essa atividade se desenrolou ao redor de uma mulher imóvel e sozinha que se sentava diariamente numa cadeira dobrável num campo observando uma plantação inidentificável, refletindo e pensando.

— O que é isso? — perguntou ela um dia a Barnaby, que estava de joelhos examinando a vegetação que brotava do solo.

E Barnaby, que sabia tudo sobre o solo, ergueu o olhar para ela e respondeu:

— Não sei.

Ela soltou uma risada, para a surpresa dos dois, e levou a mão à boca, mas não conseguiu reprimir o riso.

— Ora, se você não sabe, como qualquer um de nós pode saber? — perguntou, rindo.

— De uma coisa eu sei — disse ele, se levantando e a fixando com seu olhar sábio. — É um campo de Não Seis. Você plantou as sementes da dúvida, e agora está cultivando uma safra inteira de dúvidas.

Ela olhou para o próspero campo de dúvidas.

— Mas acho que você está enganada sobre não saber — afirmou ele. — Acho que está óbvio que você sabe de uma coisa. Você *sabe* que não sabe. Essa é sua única certeza imutável. Você sabe isso tão bem que cultivou com sucesso um campo inteiro disso, só com seus pensamentos. No entanto, só *você* pode saber exatamente o que não sabe tão bem.

Ele tinha razão.

Ela ergueu o olhar para ele como se suas palavras lhe tivessem provocado uma epifania.

Ele acenou com a cabeça para ela ir.

Ela sai correndo do campo, direto para o carro. Dirige rápido para casa, sabendo exatamente o que não sabe. Precisa chegar imediatamente. Esquadrinha o terreno em busca de Jacob, mas não vê sinal dele. Seu marido também não está em casa.

Ela pensa depressa. Corre pelo campo que o marido e Jacob passaram tantos anos cultivando juntos, direto para a casa de hóspedes nos fundos da casa dos pais dela, onde Jacob está hospedado. Ela dá batidinhas rápidas na porta, e Jacob abre como se a esperasse.

— Preciso falar com Deacon — diz ela suavemente.

Ele dá um passo para o lado e Deacon se levanta, surpreso em vê-la.

— Oi, querida, só paramos para almoçar. Você quer...

— Pare — diz ela, erguendo uma das mãos. — Preciso dizer uma coisa. Algo que você precisa saber.

Jacob olha para baixo. Deacon olha nervosamente de Jacob para a esposa.

— Você tem sido meu marido leal desde o momento em que disse "sim". Meu melhor amigo desde que me lembro. Meu confidente. Meu tudo.

Os olhos dele começam a lacrimejar.

— Não faça...

— Não, me deixe falar. Já faz tempo demais que você vem me perguntando o que está havendo comigo. Está na hora de eu te contar.

Jacob ergue o olhar. Ela vê a esperança no olhar dele.

— Passei muito tempo cheia de dúvidas, provavelmente mais do que me dei conta, mas elas vêm ganhando forma dentro de mim. Eu nem tinha certeza do que não tinha certeza, mas a sensação estava ali mesmo assim, incomodando. Cultivei um campo inteiro de dúvidas, que ficou bem bonito. Brotou rápido, então cresceu mais rápido e se disseminou. Mas não vai mais crescer, Deacon, porque agora eu sei. Eu sei o que não sabia antes.

Ela inspira fundo e expira.

Jacob a encara. Deacon se prepara.

— Sei que está apaixonado por Jacob. Sei que Jacob está apaixonado por você.

Deacon parece assustado, temeroso. Jacob não.

— Consigo ver. Consigo sentir. Venho observando vocês dois todo dia há um ano.

Deacon desmorona suavemente, cobre o rosto.

— Você poderia ter cultivado sozinho campos de dúvida por anos, por todo o topo dessa montanha. Mas a manteve escondida e cultivou o que os outros queriam em vez disso. Já chega, Deacon. Só fiquem juntos. Sejam bons um para o outro. — Ela se virou para Jacob: — Seja bom para esse homem — alerta ela, com a voz embargada.

Deacon pergunta:

— Aonde você vai?

Ela sorri, subitamente repleta de empolgação.

— Não sei. — E tem cem por cento de certeza disso.

A mulher que devolveu e trocou o marido

I

A mulher observa Anita mexer o chá dentro da xícara, a colher tilintando ao bater na porcelana. Doze vezes e três batidinhas na borda para secá-la antes de repousá-la no pires.

Sua outra amiga, Elaine, morde um bolinho; geleia e creme escorrem para fora pelos espaços entre os dentes, caem no lábio dela, sujam o canto da boca. Uma língua rápida como a de um lagarto limpa tudo.

— Mas o vestido ficou lindo em você, por que vai devolvê-lo? — pergunta Elaine para Anita de boca cheia, cuspindo migalhas a cada palavra.

Anita franze o rosto.

— É da mesma cor que a minha pele, me deixou com cara de anêmica.

— Está sabendo que Diane está anêmica?

— Faria sentido. Ela desmaiou duas vezes na aula de spinning.

— Já aconteceu comigo, talvez eu também esteja anêmica — diz Elaine, dando outra mordida no bolinho. As migalhas caem em seus seios enormes.

— Você vai receber um estorno ou vai trocar?

— Estorno total.

— Vou devolver Paddy — admite a mulher finalmente.

As duas a olham com surpresa, como se tivessem esquecido que ela estava ali.

— Você vai o quê? — pergunta Elaine, baixando o bolinho.

— Vou devolver Paddy — repete ela, menos confiante. Foi mais fácil dizer de primeira. — Vou levá-lo de volta à loja.

— A loja ainda existe? — pergunta Anita.

— *Essa* é sua maior preocupação? — pergunta Elaine.

— Ué! Já faz trinta anos. Eu comprei um vestido online e a loja tinha sumido quando fui devolver.

— Maridos têm garantia vitalícia, você pode devolvê-los quando quiser e receber seu dinheiro de volta — afirma Elaine.

— Não é por causa do dinheiro — diz a mulher, irritada.

— É claro que não. — Elaine e Anita trocam um olhar culpado.

— É para recuperar minha vida, recuperar a mim mesma — explica a mulher, sentindo a confiança voltar. — Faço sessenta anos na sexta; isso me fez pensar em algumas coisas, em como quero passar os próximos, e últimos, vinte anos da minha vida.

— Vinte anos se tiver sorte — comenta Anita, e Elaine dá uma cotovelada nela.

— É claro, a gente entende — murmura Elaine em tom afetuoso. — Só se prepare para não receber um estorno. Não é fácil conseguir estorno total em maridos. Eles provavelmente vão te obrigar a trocar.

— Foi assim que Valerie acabou com Earl.

Elas franzem o nariz de desgosto.

— Earl é legal — defende a mulher.

— Ele já foi pego cheirando selins de bicicletas de mulheres. Já levou três advertências.

— Ela deve ter marcado a caixinha de *libidinoso*. — Elas fazem outra cara enojada.

— Eu não quero trocar Paddy — explica ela, tentando manter a calma, se perguntando se elas sequer estão ouvindo e se o próximo passo de sua vida seria se livrar de suas amigas insuportáveis também. Até as amizades dela azedaram. — Não é que eu queira outra pessoa, eu só não quero ficar com ele.

— Você parece ter muita certeza.

— Eu tenho muita certeza.

— Já contou para ele?

— Sim. Vou devolvê-lo amanhã à tarde.

Elas arquejam.

— Se você precisar trocá-lo, vai ter que escolher alguém do mesmo valor — comenta Elaine.

— Você acha que ele vale mais agora? — pergunta a mulher, atraída para esse aspecto mesmo que não queira.

— Menos! — respondem as duas mulheres em uníssono.

— Ele tem quarenta anos a mais — diz Anita. — Não tem muita demanda para um avô de 62 anos.

— Sim, mas eu sempre pensei que maturidade fosse uma qualidade — argumenta a mulher, pensando em Paddy que não vai ser mais o Paddy dela.

Elaine dá uma risada desdenhosa e passa mais geleia e creme no segundo bolinho de frutas.

— Enfim, você pode completar se quiser alguém melhor.

— Eu não vou trocá-lo — diz ela, revirando os olhos. — Vou *devolvê-lo* e ponto final.

— Veremos — fala Anita, escondendo o sorriso atrás da xícara de chá.

— Sabe, também tem mulheres lá — comenta Elaine. — Eles modernizaram desde que as leis mudaram. Você pode querer uma esposa.

— Eu certamente não quero uma esposa — bufa a mulher.

— Wanda Webster comprou uma esposa.

— Ora, Wanda Webster pode fazer o que quiser. Eu não vou comprar uma esposa. Só vou devolver Paddy.

Silêncio.

— Como Paddy se sente sobre isso? — pergunta Anita.

Finalmente, pensa a mulher.

Seus olhos se enchem de lágrimas, sua guarda baixa.

— Ele ficou chateado.

— Ah, olha, ele deveria saber que isso sempre foi uma possibilidade. E seus filhos podem visitá-lo, onde quer que ele esteja, ou se outra pessoa o comprar — diz Anita gentilmente.

A mulher sente a garganta apertar.

— Nunca pensei nisso. Em outra pessoa o comprando.

— Ah, eu não me preocuparia com isso — diz Elaine, mordendo o bolinho e adicionando com a boca cheia: — Tenho certeza de que isso não vai acontecer.

Tem creme no nariz dela. A mulher se sente defensiva em relação a Paddy. Ela decide não avisar sobre o creme. Essa é para Paddy.

II

A mulher encara a papelada à sua frente, com dificuldade de focar. *Razões para devolução/troca.* As palavras se misturam, ela sente dificuldade de respirar no cubículo onde até mesmo a planta verde emborrachada parece deprimida. O teto baixo tem um painel faltando que revela os canos, a poeira, o esqueleto do armazém.

Paddy foi levado para longe dela, escoltado para outro escritório para preencher outra papelada. Ele dera um sorriso triste e bondoso logo antes da porta se fechar. O coração dela se apertara diante da bondade no rosto dele, as lembranças que a inundaram com aquela expressão, a maneira como ele continuava tentando lhe dizer que estava tudo bem, que ele a perdoava, que entendia. De certa forma, depois de toda a culpa, ela se sente aliviada. Pensou nesse momento por tanto tempo, imaginou-o, se perguntou se algum dia conseguiria reunir coragem para fazer uma mudança em sua vida, e aqui está ela, fazendo. É horrível. A coisa mais horrível que já fez, mas ao menos está finalmente fazendo. Em meio ao tornado de terror, há uma empolgação rodopiante. Está acontecendo, e em breve ela chegará do outro lado.

Enquanto os dois estão ali, em escritórios cinza quadrados assinando formulários, a van do Mercado Conjugal, preta e sem logo para ser discreta, está recolhendo os pertences de Paddy. Quando ela voltar, será como se ele nunca tivesse estado ali, como se o casamento deles nunca tivesse acontecido. Uma vida juntos apagada.

Novamente aquele puxão. Quarenta anos, tudo levado embora num caminhão.

— Você está tendo dificuldade de decidir qual caixinha marcar? — A gerente, Susan, com o cabelo bufante e batom vermelho-vivo, interrompe seus pensamentos. — Cá entre nós, querida — ela baixa a voz para um sussurro —, não importa muito qual caixinha você marque.

— Não para você, talvez. — A mulher estica as costas e ergue o queixo. Examina a lista de novo. Há tanta coisa em Paddy que a incomodou ao longo dos anos: sua desorganização, sua bagunça, os rolos vazios de papel higiênico deixados no porta-papel, pacotes vazios guardados de volta na despensa. Sua proximidade com aquela outra mulher há 27 anos. Seus roncos. Sua falta de jeito com assuntos sensíveis. O rádio alto demais, a TV sempre no canal de esportes. Sapatos e casacos abandonados onde quer que fossem deixados. As mesmas longas anedotas com os mesmos velhos amigos. Ela sente como se viesse desmontando-o diariamente, descascando sua personalidade camada por camada para encontrar mais uma parte que a irritava.

Ela se concentra na lista.

- Grande demais
- Pequeno demais
- Caimento
- Diferente da foto/descrição
- Tecido
- Cor

- Qualidade
- Preço
- Problema na entrega
- Não é para mim
- Defeituoso/avariado

Paddy não era defeituoso, não era avariado, não havia nada de errado com o tecido do seu ser, ela só se cansara dele, deixara de amá-lo. E ele deixara de amá-la, ela tem certeza, mas Paddy nunca iria embora. Ele é do tipo que fica. Aguenta as coisas que o incomodam. Por mais que eles irritassem um ao outro, se alfinetassem e provocassem, ela não podia negar que Paddy era um bom homem, um ótimo pai, um avô carinhoso.

Ela marca *Não é para mim* e assina embaixo.

— Ótimo. — Susan pega o documento dela e se ocupa com sua pasta e seus carimbos, remexendo em papéis. Ela fala como se já tivesse proferido as palavras uma centena de vezes, mas nunca tivesse escutado o significado delas. — Certo, você está ciente de que não tem como receber um estorno total a essa altura, então eu vou...

— Não, não, me disseram que eu poderia. Eu o comprei em 1978 e os termos do contrato valem até hoje. Eu conferi tudo com uma agente do serviço ao consumidor chamada Grace. — Ela enfia a mão na bolsa para pegar a agenda com toda a informação.

Susan sorri, mas há impaciência sob o sorriso.

Pessoas se reúnem do lado de fora do escritório, e a mulher tenta ouvir se é Paddy, mas são outros clientes comprando ou devolvendo, ela não tem certeza de qual. Seja como for, Susan está ansiosa para prosseguir.

— De fato, mas ao analisar melhor o seu recibo, descobri que você comprou Paddy na promoção. Ele era uma oferta especial. Itens em promoção não têm direito a estorno total. — Ela continua falando, e a mulher é transportada de volta ao momento em que viu Paddy. Não era que não tivesse dinheiro o suficiente, mas ele era uma oferta especial, e isso pareceu... bem, especial. O fato de ele estar ao lado de uma estrela dourada gigante com *ESPECIAL* gravado na lateral fora um sinal para ela.

— Podemos te oferecer uma troca por um marido ou esposa do mesmo valor, ou um voucher no valor da compra original.

A mulher fica boquiaberta ao encará-la, em choque. Susan se remexe desconfortavelmente na cadeira.

— Mas eu não quero uma troca. Não vim aqui para arrumar outro marido.

— Então será um voucher — decide a vendedora. Ela carimba o formulário com força, encerrando a conversa. Abre a gaveta e pega um envelopinho. Arrasta a cadeira para trás e se levanta, estendendo a mão. — Foi um prazer fazer negócios com você.

— É isso?

A mulher se levanta lentamente.

— É isso. — Susan ri. — Você é uma mulher livre. O estacionamento fica depois da porta verde à esquerda, o mercado fica à direita, se quiser dar uma olhada.

— Cadê o Paddy?

— Ele foi embora — responde ela, surpresa.

— Embora? Mas... — O coração dela bate loucamente, uma sensação de pânico a engolfa. — Eu não cheguei a me despedir.

Susan dá a volta na mesa, avançando para a porta com a mão nas costas da mulher, guiando-a para fora e por um corredor até a porta verde.

— É mais fácil assim, acredite em mim.

Ela pensa no sorriso triste dele. Ele estava dando adeus, ele devia saber.

— Onde ele está? — A mulher para na porta verde.

— Vamos cuidar bem dele agora, não se preocupe. Ele estará limpo, paparicado e descansado antes de voltar ao mercado. — Ela abre a porta verde.

— Voltar ao mercado? — pergunta ela, atônita, sentindo a mão de Susan em sua lombar de novo, guiando-a para fora. — Mas Paddy não vai conseguir lidar com isso. Ele não gosta de começar coisas novas com pessoas novas. Ele tem 62 anos.

— Ele não seria colocado de volta no mercado sem dar permissão, ele é um ser humano... não um pedaço de carne. — Ela dá uma risadinha. — Paddy marcou a caixinha para futuras vendas. E vai fazer muito sucesso. Há muito interesse em maridos recém--devolvidos. Pode acreditar, muita gente quer um homem mais velho, experiente. Os que estão na prateleira há muitos anos é que são difíceis de passar adiante. Tem muita mulher por aí que perdeu o cônjuge e quer alguém que já tenha passado por um relacionamento sério e longo; Paddy tem um ótimo histórico. Tem muita gente buscando uma aventura. Muita gente solitária.

Se a mulher ouvir a palavra *muita* de novo, vai gritar.

Susan dá um sorriso caloroso.

— Boa sorte. Sabe que estamos aqui se escolher usar seu voucher.

Ela fecha a porta verde, que é de ferro não pintado do lado de fora. A mulher se sobressalta quando ela fecha com um estrondo que ecoa no estacionamento vazio. O carro dela está sozinho na seção de devoluções, enquanto o outro canto, da seção de compras, está quase lotado. Ela caminha lentamente em direção ao carro, ouvindo seus passos no concreto, cada passo e momento e som amplificado, seu sentimento de solidão opressivo.

Ela dirige para casa com lágrimas quentes e volumosas escorrendo pelo rosto. Um buraco doloroso se abre em seu peito, seguido por uma torrente de medo e luto. Mas, quando chega em casa, as lágrimas já secaram. A tristeza se transformou em alívio e o pavor se tornou empolgação. Um novo começo.

III

A casa está silenciosa. Os filhos já saíram há muito tempo, casados com filhos, trabalhando, estressados. A vida dela desacelerou; vê--los preocupados com coisas pequenas era um lembrete para ela de como tudo parecia gigantesco naquela época de sua vida. Isso a ajudou a tomar a decisão. Agora está na hora de ela viver, de relaxar, de ser verdadeiramente feliz, de sentir que não deve nada a ninguém, de não se sentir culpada por viver para si mesma. Já passou a hora de culpar outras pessoas por suas próprias frustrações, ela pegou a vida pelos chifres e está assumindo a responsabilidade. Chega de importunar Paddy pelos defeitos dele; ela própria precisa fazer as mudanças.

Ela limpa a casa de cabo a rabo até que não haja mais uma partícula de poeira à vista. Maravilha-se com o espaço em seu guarda-roupa agora que as roupas de Paddy se foram. O quarto de hóspedes poderia voltar a ser um quarto de hóspedes; eles tinham parado de dividir a cama havia cinco anos por causa dos roncos dele, que haviam piorado com o aumento de peso, sobre o qual ele não tomava nenhuma atitude.

Ela bebe uma garrafa inteira de vinho branco e assiste a um reality show tosco sem os suspiros e muxoxos e resmungos de desaprovação. À medida que os dias passam ela janta macarrão malcozido, carne bem-passada e alcachofra; só porque pode. E perde alguns quilos ao comer quando está com fome em vez de quando ele exigia a comida dele. A reciclagem está em ordem, tudo onde precisa estar, tudo em sua casa tem seu lugar e ninguém mexe em nada. Ela existe em seu próprio tempo, não precisa mais pisar em ovos porque ele está de mau humor. Pode receber visita sempre que está a fim, e parou de sair para beber na sexta à noite com amigos dele e suas esposas irritantes. O mundo dela gira de acordo com o gosto dela. Ela não está mais irritada.

Em algumas noites, acorda chorando.

Em alguns dias, se flagra sentada no quarto dele, inspirando os resquícios do cheiro dele.

Ela cheira o pós-barba dele em lojas de departamento. Algumas de suas comidas favoritas vão parar em seu carrinho de compras. Quando seu filho e sua filha fazem uma visita para contar que o pai foi comprado e saiu do mercado, ela chora.

IV

Um dia ela dirige até a loja de construção para devolver as lâmpadas erradas que comprou para a luminária da cabeceira e quase bate o carro. Paddy está cortando a grama no quintal vizinho. Ela está prestes a encostar quando a porta da frente se abre e Barbara, de 46 anos, aparece do lado de fora com um sorriso no rosto e um copo de café na mão.

Ele sorri, o maior sorriso que ela já viu no rosto dele, pega o café e a beija. Um beijo longo, desejoso.

A mulher dá meia-volta e dirige para casa e não sai por três dias.

V

— Entendo que esteja chateada. É difícil seguir em frente, mas já faz mais de um mês e nós estamos seguindo todo o protocolo correto. Paddy foi comprado em seu primeiro dia de volta no mercado.

— Por Barbara Bollinger — diz ela com desprezo.

— Não posso revelar o nome do comprador.

— Eu sei quem ela é, eu os vi juntos. Eles moram a cinco casas de mim. Sou obrigada a vê-los todo dia.

— Estou confusa. Você está chateada com a proximidade ou com o relacionamento?

— Ambos! — grita ela, lágrimas brotando nos olhos.

— Talvez esteja na hora de você usar seu voucher. — Os olhos de Susan brilham maliciosamente.

Susan abre a porta para o supermercado, e a mulher vê que ele virou mais um armazém desde a época em que ela comprou seu marido. Homens de diferentes cores, formatos e tamanhos estão sentados ou de pé em estantes do chão ao teto. Homens e mulheres perambulam pelos corredores como se fizessem as compras da semana. Quando veem alguém de que gostam, leem a informação disponível na placa, como se checassem os ingredientes, então um guindaste se eleva para buscar o homem. Os homens passam o tempo conversando alegremente uns com os outros, digitando em iPads e laptops ou lendo. Alguns saem para intervalos ou voltam deles, seguindo uma programação.

Susan leva a mulher a uma fileira de computadores.

— Nós nos modernizamos desde sua primeira visita há quarenta anos. Aqui é onde você coloca suas necessidades, e o sistema deve encontrar resultados compatíveis com as suas respostas. É mais fácil procurar na base de dados do computador do que nas prateleiras. Tentamos deixar todos os homens acessíveis, mas nem sempre é fácil enxergar a prateleira de cima. Os homens vivem reclamando, e nós estamos tentando melhorar, mas tenho a impressão de que certas mulheres vão direto para a prateleira de cima, como se os mais preciosos estivessem lá por proteção, como nas prateleiras de um jornaleiro, se é que me entende. — Ela dá uma piscadela. — Se as pessoas só estão interessadas na aparência a princípio, elas normalmente procuram, escolhem alguns favoritos e depois olham os detalhes; mas sei que isso não é para você. Você vai querer olhar os detalhes primeiro.

— Como sabe?

— Foram os hábitos de Paddy que te incomodaram. Tenho certeza de que está procurando por traços de caráter e personalidade que faltavam em seu marido anterior. Dê uma olhada no questionário. Se tiver qualquer problema, Candice vai te ajudar.

155

É detalhado, mas divertido. O programa cria cenários, pedindo para ela escolher as atitudes preferíveis que seu provável marido teria numa variedade de situações. Susan tem razão, ela está escolhendo o exato oposto da maneira como Paddy se comportaria.

Quando ele permanecia calmo, ela queria que ele fosse mais passional.

Quando ele perdia a paciência, ela queria que ele fosse calmo.

Quando ele falava demais sobre um assunto, ela desejava que ele a entretivesse de outras formas. Ela o analisou dos pés à cabeça, até que um alarme vermelho soou acima do computador, como se ela tivesse ganhado dinheiro numa máquina de cassino. Ela encontrara alguém compatível.

VI

O nome dele é Andrew, ele é dez anos mais novo do que ela. Guarda as roupas no lugar, sempre enfileira os sapatos organizadamente. Cozinha. Come de tudo, não é cheio de vontades. Recebe visitas em casa, assiste às novelas dela sem comentários irritantes, se inscreve numa aula de aquarela com ela. É maravilhosamente protetor, mas ao mesmo tempo fica orgulhoso quando outros homens prestam atenção nela. É um amante atencioso.

No papel, ou na tela do computador, ele é perfeito para ela.

Ainda assim.... Ainda assim ela continua irritada, frustrada, percebendo que, não importa com quem esteja, *ela* parece ser a mesma pessoa. Não pode continuar mudando todo mundo ao seu redor e esperar uma diferença; é ela quem está dificultando a vida.

Numa manhã, ela ainda está na cama, dormindo até mais tarde, o que é incomum para ela. As cortinas estão fechadas. Ela está deitada no escuro pela quarta manhã seguida depois de ficar mal porque seus filhos e netos passaram o dia na casa nova de Paddy, com a esposa nova de Paddy. Ela vira os carros do lado de fora, ouvira os netos brincando no jardim de Barbara Bollinger, ouvira risadas e conversas saindo pelas janelas abertas e chegando à sua casa. Fossem eles reais ou imaginários, os sons a atormentaram. Andrew bate na porta do quarto e ela se senta, se ajeita. Ele carrega uma bandeja de café da manhã de *huevos rancheros*, algo que Paddy nunca comeria nem em um milhão de anos.

— Obrigada, Andrew, você é tão gentil — diz ela. Por mais que sua gratidão seja genuína, ela ouve o tom forçado na voz. Reúne toda a sua força para lhe dar mais, mais daquilo que ele merece.

Ele se senta na beira da cama, essa coisa linda e bela, e diz o nome dela. O tom dele chama sua atenção, ela reconhece o alerta. Repousa o guardanapo, sentindo um tremor se intensificar dentro de si, então o pega de novo e o agarra com força, torcendo-o ao redor do dedo, observando a pele mudar de branca para roxa à medida que seu dedo é apertado e a circulação é cortada.

— Essa é nossa décima quarta manhã juntos — começa ele.

Ela faz que sim.

— Você sabe o que acontece no décimo quinto dia?

Ela arregala os olhos, subitamente temerosa de que ele vá lhe pedir algo que ela não pode dar. Ela tem gostado de experimentar mais do que com Paddy, mas talvez não muito mais.

Ele dá uma risada suave, roçando os nós dos dedos na maçã do rosto dela.

— Não precisa ficar tão preocupada. É o último dia que você pode me devolver com estorno total.

— Ah.

— Então eu fiz as malas. Estou pronto para a devolução quando você estiver. Primeiro coma um bom café da manhã. — Ele dá um sorriso triste.

— Andrew, acho que há algum mal-entendido. Eu não quero devolver você.

— Não quer? — Ele a analisa.

— Você não... gostou da estadia?

Ele sorri.

— Sim, é claro, acho que isso é óbvio.

Ela cora.

Ele pega as mãos dela e continua:

— Mas nós não somos o par perfeito, e você sabe disso. E sei pela sua relação anterior que você é do tipo de pessoa que permanece. Você permanece porque acha que é o certo, porque acha que é mais fácil, mas não é. Além disso, se eu ficar, vou desvalorizar.

Por mais que seja difícil ouvi-lo dizer isso, ela sabe que ele tem razão.

— Não quero ser desvalorizado. Sou um bom homem. Quero ser apreciado pelo meu verdadeiro valor.

Ela concorda, entendendo. Ficar com Paddy por tanto tempo do jeito que eram havia desvalorizado os dois. Ela ergue a mão de Andrew e a beija. E, com isso, Andrew coloca seus pertences no carro e, pela segunda vez, ela se prepara para devolver o marido.

VII

Do outro lado da rua, Paddy ergue o olhar, tesouras de poda em mãos, e observa. A mulher faz contato visual com ele pela primeira vez em meses e sente o coração martelar, o estômago revirar. Ela se sente viva com o desejo. Sofre de anseio e tristeza pelo o que renunciou, pelo o que voluntariamente dispensou. Estar com ele a faz sentir em casa, mas vê-lo a enche de saudade de casa.

Andrew a flagra encarando.

Barbara sai com uma caneca de café, seu longo cabelo loiro afastado do rosto, o vestido de verão desabotoado da barra até a coxa. A mulher fica enjoada.

— Não tem problema mudar de ideia, sabe — diz Andrew. — Não significa que você estava errada, eu sei o quanto você odeia estar errada. — Ele sorri.

Ela entra no carro e liga o motor.

Quando volta do mercado, ela estaciona o carro e entra na casa vazia que não tem mais sensação de lar. Ela observa o hall de entrada, organizado. Escuta o silêncio. Sabe que essas são pequenas vitórias numa guerra que ela perdeu. Admite o que vem corroendo-a por dentro há algum tempo: ela entregaria tudo isso com todo o prazer para ter Paddy de volta.

Ela abre a porta da entrada e atravessa a rua correndo. Bate na porta de Barbara.

Barbara abre a porta, a olha com surpresa, mas educação.

— Sinto muito por perturbá-la — começa ela —, mas quero Paddy de volta. Preciso dele de volta — adiciona, sem fôlego.

— Com licença, Paddy é meu marido, você não pode simplesmente levá-lo! — diz Barbara, perplexa.

— Com todo respeito, Barbara, ele não é meu. E também não é seu. Ele é o Paddy. Sinto muito, Barbara, entendo que isso seja um grande transtorno para você e sua vida, e eu estava me esforçando bastante para não arruinar a vida de ninguém, mas eu não mudei de ideia; eu tomei uma nova decisão — afirma ela, decidida. — Quero ficar com Paddy. Eu sinto sua falta, Paddy. — Ela ergue a voz para o corredor. — Eu te amo.

Paddy aparece no corredor e abre um sorriso tranquilo e familiar que cresce até ficar de orelha a orelha.

— Aí está ela — diz ele, sorrindo. — Meu herói de cavalo branco.

— Não sabia que você precisava ser salvo — comenta Barbara, ofendida com razão.

— *Nós* precisávamos ser salvos — responde Paddy simplesmente. — Ela foi a única que tomou a iniciativa de fazer alguma coisa. Sinto muito, Barbara.

— Eu não tenho como pagar por você, Paddy — disse a mulher. — Tenho um voucher, mas não é suficiente; eu olhei seu preço. Posso pegar um empréstimo para cobrir o resto. — Ela olha para Barbara. — Vou te dar cada centavo que eu tiver, Barbara, e tudo que eu receber daqui para a frente. Vem para casa, Paddy? Por favor.

Barbara dá um passo para o lado e olha para ele, incapaz de argumentar com a demonstração de amor.

— É tudo o que eu quero — responde ele.

VIII

De volta em casa, Paddy pendura o casaco nas costas da cadeira e deixa a pasta no hall de entrada. Ele a puxa para um beijo. Ele é tão forte e seu movimento é tão súbito que quase a derruba. Eles calculam errado o beijo e a proximidade, esmagando os narizes e batendo os dentes. Ele se aproxima mais rápido do que ela prevê, ela sente o sapato dele pisando nos dedos dos pés dela, o pescoço doer ao se esticar para encontrá-lo.

É desajeitado e imperfeito. É verdadeiro, é honesto, e é tudo o que ela quer.

A mulher que perdeu
o bom senso

Ela foi encontrada andando no meio de uma estrada de três vias às oito horas de uma segunda-feira, na hora do rush. Teria sido mais perigoso se não houvesse acontecido uma colisão numa saída, que congestionou o trânsito. Ela passava andando pelos carros, olhando bem à frente com um olhar determinado — apesar de outros o terem descrito como perdido — no rosto.

Motoristas a encaravam por trás do para-brisa, ainda sonolentos demais para registrar o que viam: uma mulher de trinta e poucos anos de pijama e tênis. Alguns pensaram que ela pudesse estar envolvida no acidente à frente, que fora levar os filhos na escola de pijama e, em choque, vagara para longe da cena. Alguns tentaram até chamá-la para a segurança, mas ela os ignorou. Outros pensaram só que ela era louca e trancaram seus carros quando ela se aproximou.

Só uma pessoa chamou a polícia.

Policial LaVar e sua parceira Lisa estavam mais próximos da cena e foram os primeiros a fazer contato com ela. A essa altura a posição dela se tornava cada mais perigosa. Ela chegara ao final do engarrafamento e caminhava direto para o tráfego que avançava 120 km/h à frente. Os que deparavam com ela freavam bruscamente, buzinavam alto e acendiam o pisca-alerta para avisar os carros atrás, mas isso não a detinha.

Foi só quando LaVar e Lisa chegaram em disparada pelo acostamento, com as sirenes berrando, que ela pareceu acordar do transe. Finalmente parou de andar. Eles conseguiram interromper o tráfego, causando outro engarrafamento, e correram até a mulher, receosos da reação dela.

— Ainda bem — disse ela, abrindo um sorriso aliviado. — Estou tão feliz por vocês finalmente terem chegado.

LaVar e Lisa se entreolharam com surpresa diante da falta de hostilidade dela, e Lisa deixou as algemas às costas. Eles a guiaram para a beira da estrada, para a segurança.

— É uma emergência — disse ela, agora séria. — Preciso denunciar um crime. Alguém roubou meu bom senso.

A preocupação abandonou o rosto de LaVar, mas cresceu no de Lisa. Eles a colocaram gentilmente no carro e a levaram até a delegacia. LaVar sentou-se com ela na cela, porque Lisa não conseguia ficar séria. Havia dois copos de isopor fumegantes de chá com leite diante deles.

— Muito bem, me conte o que você estava fazendo lá — pediu ele.

— Já falei — respondeu ela com educação. — Eu estava tentando denunciar um crime. Alguém roubou meu bom senso.

Ela levou o chá fumegante aos lábios.

— Cuidado, está muito quen... — alertou ele, tarde demais. Ela se encolheu quando o chá queimou sua boca.

— Eu te disse — disse ela finalmente, depois de se recuperar da dor imediata. — Quem faria *isso* se tivesse bom senso?

— Bom argumento — concordou ele.

— Ah, eu sei que você acha que eu estou louca — disse ela, envolvendo o calor da bebida com as mãos. — Quem *roubaria* um bom senso? E como?

Ele assentiu. Boas perguntas. Válidas.

— Como você sabe que foi roubado? — perguntou ele. — Talvez o tenha perdido.

— Eu não perdi — respondeu ela depressa. — Sou muito cuidadosa. Eu me certifico de não perder nada, de colocar tudo no lugar certo, e algo como meu bom senso... não. — Ela balançou a cabeça. — Mantenho meu bom senso comigo o tempo todo, sempre me certifico de que está comigo. É uma necessidade, como meu celular. Eu não iria a lugar algum sem ele.

— Tá bom, tá bom.

— Alguém o roubou — repetiu ela. — É a única explicação lógica.

— Justo — disse ele, se rendendo à convicção dela. — Então estamos procurando um culpado.

— Sim — confirmou ela, aliviada por ser finalmente levada a sério.

— Alguma ideia de quem? Alguém suspeito espreitando por perto?

Ela balançou a cabeça, mordeu o lábio.

LaVar também pensou.

— Vamos pensar assim: você tinha um bom senso especialmente forte? Do tipo que causaria inveja em outros?

— Gosto de pensar que sim — respondeu ela.

— Então talvez você pudesse ter sido conhecida por seu bom senso aguçado? Só estou tentando pensar como o criminoso. Ladrões escolhem casas onde sabem que há objetos de valor para roubar. Se alguém tiver roubado seu bom senso, então ele saberia que você o tinha.

Ela balançou positivamente a cabeça, feliz com a análise.

— Então, houve alguma ocasião em que você demonstrou seu bom senso, onde outra pessoa possa o ter testemunhado e decidido roubá-lo?

LaVar olhou para ela. Sentia que ela estava escondendo algo, e insistiu para que ela contasse.

Ela suspirou.

— É só uma teoria. E não faz sentido sugerir teorias que vão criar problemas para pessoas.

— Ninguém vai ter problemas até descobrirmos o que houve — afirmou ele, gesticulando para ela continuar.

— Eu me separei recentemente do meu marido. Ele estava tendo um caso havia meses com uma garota do trabalho que tinha os pés virados para fora, mas eu o aceitei de volta e nós passamos o último ano tentando consertar as coisas. Mas não estava dando certo. Não para mim. Eu disse a ele que queria me separar.

— Sensata. — LaVar fez que sim com a cabeça.

— Sim — concordou ela. — E essa foi a última vez que me lembro de usá-lo.

— Mais alguém soube dessa decisão?

— Praticamente todo mundo.

— Humm — disse ele. — Isso não reduz nossa lista de suspeitos. Sua decisão foi uma demonstração de ótimo bom senso para uma grande população. — Ele pensou de novo, então continuou na mesma linha. — E seu marido, ficou feliz com a situação?

— Nem um pouco.

— Humm. Continue.

— Ele queria que nós continuássemos a morar juntos, mas eu pensei que era uma má ideia. Nenhum de nós conseguiria seguir com a vida.

— Outra demonstração de bom senso — observou ele.

— Ah, é — percebeu ela. — Então eu ainda o tinha. O que significa… — Um pensamento lhe ocorreu.

— Continue.

— Nós tivemos que vender a casa. Ele encaixotou as coisas dele e eu encaixotei as minhas, e foi aí que eu dei falta do bom senso. Esvaziei todas as minhas caixas na casa da minha mãe; estou ficando com ela por um tempo, até eu me reerguer. Mas ele não estava ali… Eu simplesmente não o tenho mais. Meu ex-marido o deve ter levado consigo, o guardado numa de suas caixas. Se foi de propósito ou por engano eu não sei, mas é minha única teoria. Tenho certeza de que eu o tinha antes de me mudar.

LaVar pensou intensamente.

— E o que a faz pensar que não o tem agora?

— Essa manhã eu andei pela estrada de pijama.

— Verdade — concordou ele. — Ainda assim... — Ele a olhou com mais atenção. — Você parece ter agido com sanidade.

— Ora, não foi minha sanidade que ele tomou! Se fosse, nós estaríamos juntos de novo, morando na nossa casa. Na verdade, foi o que ele fez que restaurou minha sanidade.

Ele concordou. Outra frase racional.

— Me diga, o que você está usando por baixo do robe?

Ela pareceu pega de surpresa e fechou o robe com mais firmeza sobre o peito.

— Minha camisola.

— Por que não saiu só com ela?

— Porque eu teria congelado. E é bem transparente.

— Humm.

— O quê?

Ele olhou para os pés dela.

— E os tênis? Você costuma usá-los em casa com o pijama?

— Não! Eu geralmente uso minhas meias antiderrapantes, aquelas de sola emborrachada, mas elas não eram apropriadas para a estrada.

— Não mesmo. — Ele escreveu algo no caderno. — E para que você andou pela estrada?

— Eu já disse, para denunciar um crime. Eu sei, não faz sentido.

— Você *sabe* disso.

— Sim.

— Bem, se você sabe que não faz sentido, então é certamente seu bom senso que permite que saiba isso.

Ela pensou.

— E se sua intenção era alertar as autoridades, foi exatamente isso que fez.

— Em vez de andar até uma *delegacia* — lembrou ela.

— Olha — disse ele com delicadeza —, eu não posso abrir uma denúncia. Não acho que seu bom senso tenha sido roubado, nem mesmo perdido. Acho que você ainda o tem, com você. Apenas o está usando de maneira diferente.

Ela refletiu.

LaVar explicou sua análise do caso.

— Você usou seu robe porque sabia que sentiria frio, calçou tênis porque sabia que meias antiderrapantes não seriam boas para a estrada, andou pela estrada no trânsito na hora do rush sabendo que alguém alertaria a polícia, de cuja atenção você precisava para denunciar um crime. Parece que você realizou tudo o que se propôs a fazer, apesar do método utilizado para tal.

Ela se recostou e pensou um pouco mais.

— Talvez você tenha razão.

— Diante das circunstâncias, eu vou te liberar com uma advertência séria. Faça o que fizer, não coloque a sua vida ou a dos outros em risco.

Ela concordou, cabeça baixa, se sentindo como uma criança que levou uma bronca.

LaVar abandonou o tom autoritário.

— Seu bom senso está um pouco diferente, com isso eu concordo. Não está linear, e não é o bom senso usado pela maioria, mas não quer dizer que está errado ou que foi roubado ou perdido. Ele é seu e único.

Os olhos dela se encheram de lágrimas, e ele tirou um lenço do bolso. Entregou-o a ela.

— Obrigada — disse ela suavemente.

— Você obviamente passou por uma fase estressante. As pessoas pensam de formas diferentes nessas fases, mas você não está ficando louca.

— Você é um detetive muito esperto. — Ela sorriu.

— Viu, só o fato de você saber isso já me informa que seu bom senso não foi roubado — comentou ele com um sorrisinho.

— Obrigada. — Ela sorriu e soltou um longo suspiro de alívio.

*A mulher que se colocou
no lugar do marido*

Ela já ouvira falar de homens que faziam isso, sabia muito bem que às vezes fazia parte de uma fantasia, às vezes por gratificação sexual, às vezes porque não se identificavam totalmente com o gênero masculino, e outras vezes porque eram de fato mulheres nascidas em corpos de homens. Alguns se sentiam entre o masculino e o feminino, então eram bigênero, tendo tanto o lado masculino quanto o feminino em si. Ela sabia disso tudo porque ouvira histórias de mulheres cujos maridos gostavam de usar as calcinhas delas, mulheres cujos filhos eram agora filhas, uma mulher cujo marido gostava de sair uma noite por semana como seu alter ego feminino. É claro que ela só soubera disso tudo de forma vaga, mas então pesquisara mais. Para si.

Ela era uma mulher, não um homem; nascera mulher, sentia-se mulher, vestia-se como mulher, sentia-se sexy como mulher ao usar roupas de mulher, sentia-se mais sexy como mulher sem nenhuma roupa, em sua própria pele. Mas ainda assim...

Ela tinha um desejo avassalador de calçar os sapatos do marido.

Não era uma vontade casual, mas um desejo que fazia o coração martelar e a cabeça latejar, tão forte que a alarmava. Era tão intenso que ela sabia que estava errado. E assim que o sentiu, via os sapatos por todo lado. Eles estavam por toda a casa, largados onde quer que ele os tivesse tirado. Tênis sujos e suados ao lado da porta depois de sua corrida, brogues polidos sob a mesa, onde ele os tirara durante o jantar após um longo dia de trabalho, pantufas de flanela xadrez ao lado do sofá de couro quando ele colocou os pés para cima. Teria sido fácil para ela calçá-los a qualquer momento, mesmo enquanto ele olhava. Teria sido fácil andar com eles por ali, fazer uma piada; ele não se importaria, ninguém se importaria. Mas ela não queria fazer piada disso. Queria usar aqueles sapatos a sério. Parecia-lhe algo importante, não uma piada casual, parecia-lhe algo que ela preferiria fazer em particular. Tinha um anseio por usar os sapatos do marido, não por gostar do estilo, ou do material, ou do formato, ou tamanho. Ela queria saber como seria a sensação de ser ele, de literalmente se colocar no lugar dele.

Ela nunca se sentira tão assustada por um desejo, ou envergonhada, ou com tanta repugnância de si mesma.

Mas era difícil encontrar o momento para sair de fininho, e ela ficava grata por isso. Queria se esconder de seus anseios. Ela trabalhava, ele trabalhava, filhos, comida, vida, sono. Os dias eram preenchidos, não havia espaço para segredos, não dava para ir ao banheiro sem portas abertas e corpos vagantes. Mas enterrar esse desejo secreto só o tornou mais intenso. Como um vulcão ao longo do tempo, esse ardor impulsivo cresceu e cresceu.

Eles estavam vendo televisão, maratonando a série favorita deles, um episódio depois do outro, ambos exaustos e com privação de sono, mas querendo chegar ao fim da série, convictos a cada longa hora de que aquele seria o último episódio da noite, mas então eram aliciados pelo final intrigante e começavam a assistir ao seguinte. Aquela noite, no entanto, ela não conseguiu imergir na série como de costume. Sentia-se distraída, inquieta. Era como a sensação que tinha quando ainda fumava; aquele desejo por um cigarro que não a deixava relaxar até que fumasse. O vulcão dentro dela estava ativo. E explodiu. Silenciosamente. Ela pediu licença para ir ao banheiro, lhe disse para não pausar para esperá-la, o que gerou perguntas; eles sempre pausavam a série quando um deles saía do cômodo, não fazer isso causaria uma discussão.

Depois de uma resposta satisfatória, ela foi direto para o armário do marido, sentindo-se mais como uma golpista do que uma detetive, e inspecionou a coleção de sapatos dele. Sentia-se uma criança numa loja de doces, observando a incrível seleção em fileiras de prateleiras. Ela contemplou os brogues pretos polidos que ele usava para trabalhar. Como teria sido o dia de trabalho dele, ela perguntou. Tranquilo, dissera ele, mas parecia mais quieto, e ele nunca lhe dava os detalhes direito. Então ela viu seus brogues marrons estilosos, aqueles com a sola azul, o marido jovial e descolado que era engraçado e interessado e divertido depois do trabalho. Ela os levou para o banheiro. Trancou a porta. Colocou os pés nos sapatos do marido. Andou de um lado para o outro sobre o tapete felpudo, pensando, se perguntando, torcendo por algo... algum tipo de epifania, um clímax para sua lenta progressão, algum tipo de calma depois da erupção que a havia lançado escada acima. Mas isso só serviu para atiçar sua curiosidade. Ela precisava de mais. Queria saber como era andar por aí como ele, no mundo lá fora. Ela compartilhava uma casa com ele, alguns diriam que compartilhavam uma vida, tinham criado pessoas juntos, tinham rido e chorado, enterrado pais, dado adeus a amigos juntos. Ainda assim.

Ainda assim suas vidas eram muito diferentes.

Ela não queria entender como ele se sentia sobre a vida; ele era bem capaz de comunicar isso para ela. O que a intrigava era saber como a vida era para ele. As coisas normais que ele não sabia comunicar porque simplesmente *eram*, porque não eram diferentes ou não pareciam fora do comum. Ela queria saber como era.

Esperou pacientemente para dar o passo seguinte.

Ela encorajou ativamente uma viagem de golfe, o que novamente gerou perguntas, mas significava que ela teria três dias para si. Depois de se despedir, ela esperou, só para o caso de ele ter esquecido alguma coisa e voltar para buscá-la. Não queria que a flagrasse. Lutando contra o impulso avassalador de começar, ela andou pela cozinha, olhando o relógio. Finalmente satisfeita depois que vinte minutos se passaram sem que ele voltasse, ela correu escada acima, subindo dois degraus por vez.

Ela entrou no closet e foi direto para os tênis do marido. Era uma parte tão integral do visual casual dele, aquele look *vou correndo comprar pão, leite e bacon*, o visual *levando os filhos para a pracinha*, com jeans desbotados, camiseta, um moletom de capuz e relógio esportivo.

Encaixando os pés nos tênis, ela esticou as costas e observou sua imagem no espelho. Deu uma risadinha. Com a casa só para si, ela posou, tentando imitar a postura dele, deu outra risadinha. Os sapatos eram seis números maiores — como sapatos de palhaço —, e ela não parava de tropeçar.

A porta do quarto se abriu e ela congelou. Ada, a faxineira deles, apareceu na porta do closet, e levou um susto tão grande que pulou, xingou e levou as mãos ao peito.

— Sr. Simpson, me desculpe, você me deu um susto enorme! — guinchou ela, tentando recuperar o fôlego.

A mulher que usava os sapatos do marido paralisou, morta de vergonha, esperando que Ada abrisse os olhos. Ela se perguntou se deveria inventar uma desculpa por usar os sapatos dele ou se deveria agir como se nada tivesse acontecido. Estava na própria casa, não deveria precisar pedir desculpas ou explicar nada, mas ainda assim se sentia compelida a ambos. Ainda tentava escolher a melhor história quando Ada continuou:

— Eu teria batido à porta, mas pensei que estivesse em sua viagem de golfe. Só para saber, eu deixei Max ir no quintal para fazer as necessidades e limpei o cinzeiro ao lado da cabana antes que você-sabe-quem visse — falou com um sorriso presunçoso.

A mulher franziu a testa.

— Ada?

— Sim?

— Você está de brincadeira?

— Não!

— Por que me chamou de sr. Simpson?

— Ah. — Ela revirou os olhos e se afastou depressa. — Mike. Desculpa. Não me sinto confortável. Sinto que é... sei lá, por que está me seguindo?

A mulher estava seguindo Ada enquanto ela trabalhava, tentando olhar no fundo dos olhos dela e descobrir por que ela a estava chamando pelo nome do marido. Mas era óbvio que Ada não estava fingindo. Assustada, ela deixou a faxineira em paz e voltou ao guarda-roupa, onde continuou a encarar seu reflexo.

Ela tirou os sapatos do marido imediatamente, sentindo-se suja e envergonhada, confusa. Não conseguiu dormir aquela noite. Ficou acordada analisando, se perguntando como se sentira nos sapatos dele. Deixando toda a bizarrice de lado, ela repassou em sua mente exatamente o que acontecera e chegou à conclusão de que Ada parecera uma pessoa diferente da que ela conhecia, a mulher com quem falava algumas vezes por semana. Ada fora mais formal, ansiosa; não olhou Mike nos olhos, foi mais distante. Como se não quisesse ficar no quarto com ele por tempo demais. Se não foi por achar que sua empregadora estava usando os sapatos do marido, então só podia ser porque não se sentia tão à vontade num cômodo com Mike quanto se sentia com ela. Algo pequeno, mas diferente, e algo novo que aprendera.

No dia seguinte, ela voltou a calçar os tênis de Mike. Recebeu o carteiro na porta.

— Mike — cumprimentou ele.

Ela não sabia o nome do carteiro. Ele era carteiro deles havia dez anos.

— Oi — respondeu ela, convicta de que sua voz a entregaria, mas isso não aconteceu.

O carteiro, que nunca erguera o olhar para dar oi para ela, começou a falar de futebol. Esse novo desenrolar bastou para incitá-la. A vida de Mike já era diferente. Ela calçou seus sapatos estilosos, os sapatos da moda que ele não usava para trabalhar, e saiu para buscar as crianças na escola. Dentre a horda de mais de cem mulheres nos portões da escola, ela viu mais três homens. Imediatamente sentiu olhos nela, mas não olhos dispostos a iniciar uma conversa. Normalmente, sempre havia alguém para falar na hora da saída, mas as conversas se seguiram ao redor dela como se ela não estivesse ali. Ainda assim, o fato de que agiam como se Mike não estivesse ali só tornava mais óbvio o quanto elas estavam cientes de sua presença. Ela se sentiu desconfortável. Concentrou--se nas salas dos filhos. Quando eles chegaram, abriram sorrisos enormes.

— Pai!

Eles correram até ela e a abraçaram com força, um cumprimento mais feliz do que qualquer um que ela já recebera deles. Ela ficou encantada em recebê-lo, mas também se sentiu uma merda.

Uma mãe da escola, que nunca olhava para ela porque elas não se conheciam, abriu um sorriso animado que transformou seu rosto.

— Oi, Mike.

— Oi — respondeu ela, tonta.

De volta em casa, sentiu-se cansada demais para usar os sapatos dele. Queria interrogar as crianças sobre questões que sabia que não deveria, mas fazer isso seria enganá-las, então, com um suspiro, ela tirou os sapatos dele e voltou a ser a mãe. Sentiu o coração pesado ao ouvi-las resmungando quando entrou na cozinha e declarou que estava na hora do dever de casa.

No dia seguinte, ela usou os sapatos dele de novo, dessa vez para fazer compras na cidade. As pessoas esperavam que ela fosse mais útil fisicamente, que segurasse portas, muitas vezes sem agradecer. Passou no escritório dele. Ao se aproximar da mesa, sentiu o peito apertar e uma dor de cabeça se formar. Percebeu como Mike odiava seu emprego, ou sentia uma pressão imensa no peito por causa dele. Ela andou pela cidade por horas, sentindo uma necessidade de manter distância quando estava atrás de mulheres, dirigiu até todos os lugares que conseguiu lembrar que ele frequentava, para ver como o mundo era para o marido. O comportamento dela se ajustou naturalmente, ela sentiu o corpo entrar num modo diferente de conformidade social que nunca poderia ter imaginado.

Naquela noite ela contratou uma babá para as crianças e saiu para um bar usando os sapatos estilosos dele. Escolheu um lugar no balcão — algo que nunca fazia sozinha porque nunca seria deixada em paz — e se acomodou para curtir a paz e o sossego. Depois de um tempo, sentiu um par de olhos nela. Virou-se e viu Bob Waterhouse observando-a. Bob era o cara que se vestia como seu alter ego feminino uma noite por semana; ela se lembrava de ter conversado com a esposa dele, Melissa, sobre isso numa noite em que beberam demais. Melissa chegara em casa e o encontrara vestido da cabeça aos pés com roupas femininas, e não eram as roupas dela. Ele tinha uma mala inteira de roupas femininas do tamanho dele. Ela não sabia o que fazer, mas o amor dele por ela não mudara, os desejos dele não mudaram nada entre eles, exceto pelo fato de que ela o entendia mais e de que ele saía uma noite por semana, às vezes com ela, às vezes com pessoas que pensavam parecido, vestido como sua persona feminina.

Pela maneira como Bob olhava para ela, para *Mike*, ela se perguntou se havia mais sobre ele que sua esposa não sabia. Talvez ele estivesse dando em cima de Mike. Ela desviou o olhar e virou a cerveja. De repente, ele apareceu ao lado dela, perguntando se haveria algum problema se ele se juntasse a ela.

— Não, tudo bem, eu já estava indo — respondeu ela.

Bob deu uma piscadela sorrateira para Mike.

— Esposa em casa?

— Ah, é. — Ela congelou.

— Até parece. — Bob fungou. — Olá-á — disse ele num tom cantarolado.

A mulher franziu a testa.

— Sou eu — sussurrou Bob —, Melissa.

A mulher que usava os sapatos do marido se concentrou bem e finalmente viu quem estava à sua frente. A pessoa que ela pensara ser Bob na verdade era Melissa.

Ela baixou o olhar e viu que, por mais que estivesse com as próprias roupas, Melissa usava os tênis de Bob.

— Comecei a fazer isso há alguns meses, depois de encontrar Bob de vestido — disse ela, chamando a atenção do barman e pedindo mais duas cervejas. — Pensei: quero entrar nessa onda, ver qual é a graça. Bob ama sapatos femininos. São a peça favorita dele. Então foi o que eu experimentei primeiro. Assim que calcei os sapatos de Bob, percebi que todo mundo pensava que eu fosse ele. Ele não sabe que eu faço isso; ou talvez saiba, e pense que ele próprio teve um segredo por tanto tempo e agora está me deixando ter o meu. Quando você descobriu? — perguntou ela.

— Essa semana mesmo — sussurrou a mulher, se perguntando por que estava sussurrando.

Melissa juntou as mãos com alegria.

— Não é incrível? Sabe qual foi a última vez que eu fui a um bar sozinha para uma bebida sossegada?

A mulher negou com a cabeça.

— Exatamente. Nunca. Mulheres não se sentam sozinhas em bares. Se o fazem, são alcoólatras, ou estão procurando sexo, ou estão sozinhas e precisam de companhia, que algum idiota se sente e fale com elas sobre nada por educação, quando tudo o que queremos é ficar sozinhas. Quando se é homem, ninguém tenta te fazer companhia, a menos que queiram companhia. Como tem sido para você? — perguntou Melissa, sorrindo ao dar um golão na cerveja.

— Eu descobri que Mike odeia o trabalho dele, fuma escondido, que é desconfortável ficar sozinho com mulheres em certos ambientes, que as mulheres podem ser injustamente exclusivas, que ele sente uma pressão tão gigante para proteger e defender a família que seu peito dói. Que ele se sente seguro com a mãe, que tem um bloqueio com o pai, que seus amigos homens parecem um exército de irmãos e que uma mãe da escola, Polly Gorman, tem uma queda por ele.

— Polly Gorman! — Melissa jogou a cabeça para trás e riu. — Mike nunca olharia para ela.

— Não — refletiu ela, bebendo a cerveja. — Bem, ele a ignorou totalmente hoje.

Melissa deu uma gargalhada e elas brindaram.

— Mas eu descobri mais — disse a mulher, mais séria agora. — É um mundo diferente, não é?

Melissa concorda, igualmente solene.

— Quando usamos esses sapatos, andamos no mundo dos homens.

— Não exatamente — discorda ela. — Quando uso esses sapatos, eu estou no mundo do Mike. A vida do Mike. Achei que entenderia a vida como um homem, mas eu só entendo a vida para *esse* homem. Sinto como ele se sente ao entrar num cômodo. Sei como outros o fazem sentir. Nosso mundo é igual, mas não é. Compartilhamos uma vida juntos, mas temos nossas próprias vidas. Quando uso os sapatos dele, as coisas ficam subitamente oblíquas. Vejo as mesmas coisas, mas de um ângulo diferente. Olhares, tons, relances e reações, isso é tudo o que nos separa das nossas experiências. Da mesma forma que não dá para resumir como é ser mulher, não dá para explicar como é ser homem.

Melissa ponderou antes de responder:

— Acho que eu conseguiria resumir muito bem como é ser mulher.

— Só essa mulher — disse a outra, apontando para o peito de Melissa.

— Acho que sim — concordou Melissa.

179

— Não tenho como colocar a vida dele em palavras. Não é nada que qualquer um tenha dito ou feito. É uma sensação.

— Uma para a viagem? — perguntou o barman de repente.

— Por que não? — respondeu Melissa.

— O que os olhos da esposa não veem, o coração não sente — adicionou a mulher, e as duas riram.

As duas mulheres que esperavam seu pedido no bar ao lado delas as encararam com desgosto.

— Porcos chauvinistas — murmurou uma delas.

Quando Mike voltou de sua viagem de golfe, a mulher o abraçou mais forte do que nunca.

— O que houve? — murmurou ele, largando a mala e retribuindo o abraço, cheirando-a.

— Eu te amo — sussurrou ela. — Obrigada por tudo o que faz; por todas as coisas que vejo você fazendo, mas ainda mais pelas coisas que eu não vejo.

Ela sentiu o corpo dele relaxar e envolvê-la com mais força.

*A mulher que tinha
a cabeça avoada*

Ela está deitada de barriga para cima, braços tensos na lateral do corpo, ao deslizar para o interior da máquina de ressonância que mais parece um caixão. Os fones de ouvido cobrindo suas orelhas têm a intenção de relaxá-la, fazê-la esquecer as paredes que a pressionam ao redor dela, o teto tão perto do nariz. Se ela já tivesse se perguntado qual era a sensação de ser enterrada viva, essa era a resposta.

Ela nunca soube que sofria de claustrofobia, mas, ao se ver totalmente envolta pelo tubo estreito, sente o coração martelar e um impulso de gritar: "Parem!".

Ela quer se levantar e correr, mas sabe que não pode. É a sua última chance de descobrir o que há de errado com ela: todos os outros testes deram resultados infrutíferos, mas ainda assim ela continua piorando. A princípio estava cansada, esquecida, confusa, afobada; mas, apesar do exame de sangue no consultório do clínico geral, nada foi detectado. Nenhuma deficiência de ferro, nenhum problema de tireoide, só o estresse de uma vida agitada assim como todos os jovens pais que se sentiam tão exaustos quanto ela.

Mas então piorou. A fala dela foi afetada, e ultimamente seus movimentos também. Há algo acontecendo em seu cérebro, ele não está mais mandando os sinais certos para o resto do corpo. Então ela está dentro desse tubo de ressonância, torcendo para não haver nada de errado, mas para que algo seja detectado, algo pequeno, insignificante, facilmente tratável, mas *algo* para provar que seu comportamento está fora de controle.

Na primeira consulta com o dr. Khatri, a preocupação dele era o cerebelo. Ele lhe disse que sua função é coordenar os movimentos musculares, manter a postura e o equilíbrio. A retirada do cerebelo não impede uma pessoa de fazer nada em particular, mas torna as ações hesitantes e desastradas. O que parecia fazer sentido. Ela vinha frequentemente derrubando a própria bebida, assim como a dos outros, na mesa de jantar. Foi engraçado a princípio, mas então tornou-se irritante e um constante motivo de discórdia com o marido. Ela sabia que estava sendo desastrada e ele foi paciente no início, mas, mesmo que estivesse consciente disso, ela não conseguia parar, não importava o quanto se concentrasse.

Sua percepção espacial também a deixava na mão. Ela tentava colocar um prato na bancada da cozinha e errava, fazendo-o se espatifar no chão. Isso aconteceu diversas vezes: uma vez ela até virou um prato cheio de comida no colo do marido. Já fechou a porta da lava-louças numa bandeja aberta de pratos, quebrando-os.

Já encontrou um frango embrulhado em plástico filme embaixo da pia e o rolo de plástico filme dentro da geladeira. Colocou uma chaleira cheia de água fervente na geladeira e a caixa de leite ao lado da torradeira. Dirigiu até o shopping, estacionou, fez compras, então pegou um táxi para casa, se esquecendo de que tinha ido de carro. Confundiu os lanches escolares dos filhos. Escovou os dentes com creme para herpes labial.

Vivia tendo acidentes bobos de carro — ela já perdera as contas de quantas vezes arranhara a lateral em paredes, acertara ambos os retrovisores, dera ré em para-choques e postes de luz. Na maioria das vezes ela nem notava; era no fim do dia, quando seu marido inspecionava o carro em busca de novos danos, que seus erros eram descobertos. Tem um limite para o quanto se pode colocar a culpa em outro motorista.

A pele dela assumiu uma aparência semelhante à do carro. Um corte na mão de quando uma faca de cozinha escapuliu, queimaduras de quando ela esbarrou no forno ou numa boca de fogão, um calombo de quando ela deu com o quadril na quina de uma mesa, uma topada no dedo do pé, cotovelos roxos de serem acertados em batentes, canelas machucadas na porta do carro. Quando sua fala foi afetada, assim como sua habilidade de contar uma história, ou simplesmente construir uma frase ou lembrar da palavra que queria dizer, o médico mudou de ideia. Agora ele investigava o lóbulo frontal, que era responsável por personalidade, comportamento, emoções, julgamento, resolução de problemas, fala e concentração. Porém, por mais que pudesse colocar isso na conta da privação de sono devido à pura ansiedade em relação ao que estava acontecendo com ela, não podia negar uma obsessão crescente com o estado de seu cérebro.

Ela sentia como se seu cérebro estivesse lentamente se desligando. E não podia deixar isso acontecer. Não com quatro filhos que dependiam dela para continuar vivos. Eles eram a vida dela, suas quatro vidas eram dela. Ela era a única responsável por organizar quatro calendários, levá-los aonde precisavam estar o tempo todo. Prover alimento, roupas, amor, transporte. Era desgastante, exaustivo, mas recompensador. Ela não voltara ao trabalho depois do primeiro filho dez anos antes. Ela era analista financeira e, por mais que sua intenção sempre tivesse sido voltar, ela estendera sua licença maternidade cada vez mais, então mais bebês vieram e ela encarou o fato de que nunca voltaria. Estava satisfeita em casa com seus lindos bebês. Sentia-se em paz, ainda que fosse mais desafiador e exaustivo do que qualquer dia no trabalho.

Fora difícil perder seu salário, visto que antes ela podia gastar no que quisesse, sem permissão, sem discussão. Agora ela sobrevivia com um orçamento cuidadosamente administrado. A maternidade não era, como alguns podiam acreditar, uma vida mais simples. Ela a achava mais desafiadora, um malabarismo constante de quatro personalidades em crescimento e dos obstáculos que a vida apresenta a cada pessoa e como a família reage a isso.

Então agora, ao fechar os olhos e inspirar profundamente dentro da máquina de ressonância magnética, ela anseia que os médicos lhe digam que não encontraram nada de errado, mas ao mesmo tempo precisa que eles descubram alguma coisa. Que dilema. Ela precisa que seja algo tratável. Lágrimas brotam de seus olhos e escorrem até suas orelhas, fazendo cócegas no pescoço. Não há espaço para erguer a mão para secá-las. Ela abre momentaneamente os olhos e vê a superfície fria e branca do teto próximo demais. Sente uma onda de pânico e a reprime, respirando, fechando os olhos e escutando a música clássica que sai dos fones de ouvido. É uma peça conhecida, mas como tantas outras coisas, ela não consegue lembrar como se chama.

Ela se perde em pensamentos por um momento, pensando nas crianças, torcendo para estarem bem e para que a mãe de Paul tenha conseguido chegar nos horários certos de saída da escola e da escolinha Montessori. Jamie tem futebol e Ella tem natação. Lucy vai precisar de sua bolsa de brinquedos para brincar enquanto espera os dois, e Adam deve fazer o dever de casa enquanto Ella nada...

Ela ouve a voz do dr. Khatri pelos fones de ouvido. Ela se mexeu, eles vão ter que repetir o exame. Ela suspira de frustração enquanto a máquina zumbe alto de novo e ela se certifica de não mexer um músculo do rosto.

Então eles finalmente terminam. De volta a pés direitos altos e ar. O alívio flui por seu corpo, seguido por um formigamento de medo. O que eles descobriram?

Eles esperam.

Paul parece exausto, preocupado. Ela teria dado um jeito de continuar da melhor maneira que conseguisse, mas ele a forçou a vir aqui. As coisas andavam ruins entre eles havia um tempo, e é óbvio que o comportamento dela o aborrece. Mas agora que estão no hospital, fazendo uma ressonância depois de uma bateria de outros exames, ela sabe que ele se arrepende de ter perdido a paciência com ela todas aquelas vezes.

— Está tudo bem — diz ela com delicadeza. — Eu mesma estava me frustrando. Estava exausta de mim mesma. Estou exausta.

Ele a olha com pena, e ela não gosta. O olhar a assusta. As coisas ficaram sérias demais. Ela quer voltar para a época em que era uma esposa boba, amiga boba, irmã boba, mãe boba, desastrada e propensa a acidentes.

Dr. Khatri entra com uma expressão confusa. Ele a olha por um momento e ela duvida que ele a veja como uma pessoa; é um olhar parecido com o de um engenheiro ao abrir o capô para analisar o motor de um carro.

— Está tudo bem? — Paul se levanta da cadeira num pulo.

— É peculiar. Nunca vimos algo assim antes.

Paul engole em seco, com a testa suada. Parece uma criança.

— Por favor, explique.

— Não consigo, na verdade... Preciso mostrar a vocês dois.

Ainda com a camisola do hospital, ela segue os homens até o consultório.

Há várias imagens do exame em telas, iluminados sobre as paredes. Ela as olha, mas nem tenta analisá-las. Não saberia identificar a aparência de um cérebro normal, ou de um tumor. Será que saberia reconhecer um tumor se o visse? Será que deveria saber que ele está lá dentro, se estiver? Mas Paul obviamente sabe dessas coisas, porque coloca as mãos nos quadris e encara as imagens, boquiaberto.

— Isso é...?

— É o que parece. — Dr. Khatri dá de ombros, então esfrega o rosto, confuso.

— Mas como pode...?

— Eu honestamente não sei.

— Querida. — Paula se vira e olha para ela.

O corpo dela está tremendo. Há algo errado com o cérebro dela. Ela pensa em Jamie, Ella, Lucy e Adam, seus bebês que precisam dela, que literalmente não sobrevivem sem ela. Ela não consegue lidar com a ideia de eles não a terem. Só o que consegue pensar em perguntar é *Quanto tempo eu tenho?*, mas não consegue nem se forçar a externar o pensamento.

— Você está vendo isso? — Paul a cutuca.

— Não, eu não sou neurocirurgiã — diz ela, confusa.

— Nem eu, mas consigo ver... — A antiga e familiar frustração permeia seu tom.

O mesmo tom irritado que ele tem usado nos últimos anos, talvez há mais tempo. Faz-se um silêncio desconfortável na sala. Mais dois médicos entraram discretamente para estudar os resultados. Ela se sente constrangida, como se tivesse levado um tapa na cara, repreendida pelo marido em tal companhia, mas lentamente ergue os olhos e observa as imagens.

— Com todo respeito — diz o dr. Khatri, defendendo-a —, o cérebro dela não tem como estar funcionando normalmen...

— Ah! — exclama ela de repente, vendo o que eles veem.

Ela se aproxima das imagens do cérebro dela e as examina. Não sabe como não viu antes, de tão óbvio que é.

Há uma pena esquelética nitidamente definida e destacada no exame, flutuando em seu cérebro.

Ela se vira para encarar o dr. Khatri.

— Tem uma pena no meu cérebro, um pássaro na minha cabeça? — Ela franze o rosto em profunda repulsa, se sentindo zonza, como se quisesse dar um tapa na própria cabeça, acertá-la com tanta força a ponto de fazer a pena sair por um dos ouvidos. Que é exatamente o que ela faz. Paul e o dr. Khatri correm até ela para impedi-la.

— Não tem pássaro nenhum na sua cabeça — diz Khatri, tentando acalmá-la.

— Mas como isso chegaria lá dentro, então? — pergunta ela, com a cabeça latejando depois de se golpear com tanta força.

— Penas simplesmente não aparecem do nada. Elas crescem em pássaros. E galinhas. E... o que mais tem penas? — Ela estremece de novo, querendo balançar a cabeça com tanta força até fazê-la sair. Ela se aproxima da imagem. — Tem uma galinha lá dentro, vocês conseguem ver?

Os especialistas em seus longos jalecos brancos se aproximam.

— A pena não é a prova? — pergunta ela.

Dr. Khatri pensa um pouco.

— Não sei... mas posso te dizer o que sei. Um lado, como você pode ver, o lado esquerdo, está quase todo coberto por essa... pena... o que afeta sua fala e linguagem, cálculos matemáticos e retenção de informações, o que explica seu comportamento e os problemas que você vem tendo.

— Como eu tiro isso da minha cabeça?

— Não podemos operar, infelizmente. A pena está numa posição intricada demais, perigosa demais.

Ela olha para ele em choque.

— Não posso andar por aí com uma pena no cérebro.

— Bem, é o que você tem feito.

— Mas não posso viver assim! Não posso. Você precisa fazer alguma coisa. Tem alguma medicação?

Ele balança a cabeça devagar.

— Não conheço nenhuma medicação capaz de ajudar efetivamente.

— E soprá-la para fora? Existe alguma máquina que possa simplesmente soprar numa orelha? — pergunta ela.

— A pena continuaria dentro da sua cabeça, ela só mudaria de uma área para outra. De certa forma, você tem sorte de essa ter sido a área afetada; outra parte do cérebro poderia causar paralisia, problemas na fala, danos cerebrais sérios.

Ela se sente totalmente desamparada.

— Preciso fazer alguma coisa.

— Eu... hum... — Dr. Khatri se vira para os colegas em busca de apoio e todos desviam o olhar com nervosismo, sem querer responder. — Bem, sinto dizer que estamos travados.

Um médico quebra o silêncio.

— Se me permite?

A mulher faz que sim com a cabeça; permissão para que ele continuasse.

— Sou um ávido observador de pássaros. E essa pena é longa e dramática. É uma plumagem cerebral bastante impressionante — elogia ele.

Ela o encara sem reação.

— O que estou dizendo é que pode ser uma pena de pavão.

— O que está sugerindo? — intervém o marido.

— O pavão agita a cauda e balança as asas durante a época de reprodução...

— Eu não quero outro bebê — diz ela rapidamente. Olha para o marido. — Eu não quero — repete com firmeza.

— Tudo bem — responde ele, olhando com nervosismo dela para o médico.

— Não é o que estou sugerindo. Eles fazem isso para chamar atenção; o balançar de asas.

Ela avalia o exame.

— Isso pode estar relacionado à atividade cerebral?

Ele pensa um pouco, e os outros médicos novamente desviam e baixam o olhar, remexem os pés. Ninguém faz ideia do que está acontecendo de verdade.

Ela suspira. Como sempre, sobrou para ela encontrar uma resposta.

— Eu não sou tão desafiada mentalmente quanto antes. Nunca tenho tempo para descansar, mas estou usando a cabeça de outra forma. Tenho duplo diploma em Finanças e Economia e trabalhei por dez anos na empresa de serviços financeiros mais prestigiada de Londres antes de me apaixonar por esse homem — diz ela, sorrindo para Paul. — Mas essa semana meu principal projeto é o desfralde. Não faço ideia do que está acontecendo no mercado de ações, mas sei te contar todos os episódios de todas as temporadas de *Peppa Pig*. Sou a única pessoa da minha família que terminou *Ulisses*, mesmo que em audiolivro, mas toda noite eu leio *O Grúfalo* quatro vezes seguidas. Eu amo a minha vida, não há nada de desimportante nela. Criar pessoas é extremamente mais importante do que o mercado de ações, ou reuniões de venda idiotas. Mas talvez meu cérebro queira isso *e* outras informações, outros estímulos.

Ela olha para o médico; ele está pensativo.

— Na verdade — diz ele —, não é uma má ideia. Acho que você deveria fazer tudo o que quiser fazer para soprar essa pena para fora. E isso é uma ordem médica.

Ela pensa um pouco e sorri. Sabe que nunca precisou de permissão para se cuidar, mas é difícil se colocar em primeiro lugar. O que ela precisava era de uma ordem, por mais bobo que possa parecer. O balançar de asas do seu cérebro foi um pedido por atenção.

Ela começa desacelerando, tirando um tempo para ler um livro.

Encontra uma hora extra para caminhar na praia, onde o vento é tão forte que ela o imagina soprando a pena para fora do seu cérebro. Observa o vento para ver se ela sai flutuando.

Ela sai com Paul uma noite.

Faz uma viagem de fim de semana com amigos.

Começa a correr.

Pensa em se matricular num curso. Até mesmo ler o programa de uma faculdade para cursos em potencial a empolga.

Ela sai para dançar até seus pés ficarem tão doloridos que ela precisa tirar os sapatos, e bebe tanto que não se importa como vai se sentir na manhã seguinte.

Ela relaxa a mente. Recua um passo. Mergulha de cabeça. Ela sopra a pena para fora até que tudo fique claro de novo, e emerge da neblina.

A mulher que tinha
o coração exposto

Um problema cardíaco ao nascer, um coração grande demais para seu peito, levou a um procedimento similar ao de uma bolsa de colostomia, cirurgia revolucionária realizada pela corajosa dra. Nita Ahuja, que significava que, quando criança, o coração da mulher fora removido do seu peito e colocado numa bolsa conectada, irreversivelmente, ao seu braço esquerdo. A teoria mimetizava o estudo de caso da dra. Nita Ahuja sobre gêmeos siameses, no qual uma gêmea sobreviveu mesmo com o coração tecnicamente fora do corpo, por mais que, é claro, o coração estivesse conectado por veias e tubos vitais ao corpo da irmã. A jovem era a única pessoa do mundo a ter feito essa cirurgia. O procedimento tornara a dra. Nita Ahuja uma estrela, e a jovem que tinha o coração exposto famosa.

A bolsa era trocada a cada sete dias quando o lacre desgastava. Uma bolsa de colostomia geralmente era do tamanho de uma mão, mas a bolsa dela tinha o dobro do tamanho; como a dra. Ahuja dizia, era como se estivesse sendo amparado com segurança por um par de mãos. A cirurgia salvara sua vida e milagrosamente tivera poucos efeitos relevantes em seu estilo de vida ou dieta. Suas roupas eram normais, só precisavam ter espaço para a bolsa no braço esquerdo.

O batimento cardíaco dela era alto, seu som amplificado fora do corpo. Quando ela se exercitava, as pessoas paravam e encaravam; quando estava numa loja de bolos ou sorveteria, a glicose o fazia acelerar e pulsar, batendo sob sua manga como se ela estivesse escondendo um bichinho de estimação no braço. Se via um garoto de quem gostava, o coração entregava o jogo, assim como suas bochechas coradas.

O coração dela revelava quando ela se apegava rápido demais, revelava quando não estava nem um pouco apegada. Havia momentos constrangedores em que ele revelava a empolgação dela em momentos inoportunos, ou sua falta de entusiasmo. Revelava tudo sobre ela. Ela dependia dele, e portanto não tinha opção exceto seguir sua liderança, mesmo quando queria ir na direção oposta. Às vezes ela realmente se sentia uma gêmea siamesa, vivendo com uma vida separada que fazia parte dela, em seu braço.

Ela descobriu que ficar com o coração tão exposto frequentemente causava desconfiança, por causa da contradição entre a expressão em seu rosto e seus batimentos cardíacos. Da mesma forma que as pessoas sentiam medo de palhaços por causa da discrepância entre suas expressões alegres e a falta de alegria em seu comportamento, as suspeitas surgiam. Por outro lado, se ela permitisse que o coração assumisse a palavra sem tentar disfarçar a expressão, as pessoas achavam a franqueza dela desconcertante. A maioria das pessoas mostrava o jogo gradualmente; ela ia direto ao ponto, não conseguia chegar aos poucos. O coração dela sempre a entregava.

Ter o coração exposto a deixava vulnerável a terroristas emocionais, aqueles que viam a palavra FRÁGIL gravada em seu corpo e faziam tudo o que podiam para magoá-la, só porque podiam.

Anos disso haviam causado calombos e hematomas. O órgão mais vital dela estava em constante risco de se ferir. Por mais que, ainda bem, não tivesse acontecido nenhum ferimento sério, havia as ocasionais cotoveladas indesejadas. Num ônibus, ou no mercado, sempre que estava numa multidão, ela precisava se lembrar de proteger o coração.

Ao chegar à adolescência, ela ficou mais envergonhada e resguardada, e mudou o guarda-roupa para acomodar o coração.

Mas, mesmo que tenha resolvido o visual, o coração exposto continuava a revelá-la.

Suas sapatilhas *jutti* ecoam no chão de mármore do hospital particular e centro de pesquisa de Mumbai onde a dra. Nita tem seu consultório particular. É um serviço pelo qual nem ela nem sua família podem pagar, mas desde o momento em que a dra. Nita olhou para o bebê com a anomalia congênita, ela insistira em abdicar de seu pagamento e providenciar que as contas da cirurgia e dos cuidados posteriores fossem pagas. O procedimento simplesmente não teria como acontecer sem a dra. Nita e, por isso, a jovem sente uma enorme gratidão e dever de retribuir o favor. Ela aparece em programas de televisão com a médica quando convidada e comparece a convenções e palestras quando requisitada. Ela sabe que, ao falar com pessoas e mídia importantes e influentes, sempre deve mencionar a dra. Nita Ahuja como a médica que salvou a vida dela. Elas até mesmo apareceram juntas na *Time Magazine* sob a manchete: "Dra. Nita Ahuja, a Guardiã de Corações". O título pegou. Com um rótulo desses, ela sabia que precisava retribuir a bondade que fora estendida a ela e sua família de todas as formas possíveis. Basicamente, sentia que estava em dívida com a dra. Nita por salvar sua vida.

Ela sorri e cumprimenta os seguranças e recepcionistas que a recebem no centro médico. Tudo é familiar aqui, é um lugar onde ela se sente segura. Ela agarra com força uma pequena pintura de um coração, que planeja dar de presente à dra. Nita como adição à parede de obras de artes dela no consultório da médica. Está esperando um dia normal; essa visita semanal tem feito parte da rotina deles há 21 anos, então por que hoje seria diferente?

No entanto, quando ela entra no consultório, há um homem sentado à mesa da dra. Nita. Ele se levanta ao vê-la entrar. Depois do primeiro momento de choque, ela o reconhece das fotografias expostas por toda a mesa: é o filho da médica, Alok. Ao longo dos anos, ela aprendeu muito sobre ele por meio da mãe: seus estudos na universidade, seu trabalho no exterior, às vezes seus casos românticos, se ela os aprovava ou desaprovava.

Ela registra seus grandes olhos castanhos, seu olhar intenso, pescoço longo e dedos esguios. Alok; seu nome significa luz. O coração dela começa a martelar, ela o sente pulsando contra a parte superior do braço, mais intenso do que antes, mais intenso do que nunca. Alarmada, ela observa a bolsa em seu braço vibrar.

— Por favor, sente-se, minha criança — diz a dra. Nita, indo ao seu resgate. Ela parece surgir do nada.

— Ela não é uma criança, mãe — murmura Alok enquanto a mulher se senta na cadeira de frente para a mesa.

Dra. Nita fixa os olhos carinhosos nela, e a jovem se prepara para más notícias.

— Como sabe, esse ano é o vigésimo aniversário da cirurgia que mudou as nossas vidas.

A jovem faz que sim e espera a médica continuar.

— Descobrir seu caso me lançou numa trajetória louca e maravilhosa, que eu aceitei de braços abertos. Só lamento que você não tenha surgido na minha vida quando eu era mais jovem. — O sorriso da médica murcha. — Está na hora de eu parar de trabalhar — diz ela suavemente, e a jovem se enche de pânico, seu coração volta a martelar, vibrando em sua manga, ela sente sua intensidade contra o tríceps. — Está tudo bem, minha criança. Alok voltou dos Estados Unidos para assumir de onde eu parei. Ele é jovem, mas capaz — diz com firmeza. — E eu confio mais nele do que em qualquer outro para continuar meu trabalho.

De fato um grande elogio vindo de uma mulher cujo ego nunca a permitia delegar.

— Sem querer desrespeitá-lo, dr. Alok — diz a mulher baixinho, mal conseguindo olhar em seus olhos intensos e preocupados. — Mas *a senhora* é guardiã do meu coração, dra. Nita. A senhora mesmo disse. Não pode me deixar — insiste ela, ouvindo o tremor na própria voz.

Dra. Nita sorri, um sorriso que revela o quanto ela se orgulha de seu papel como guardiã de corações.

— Ah, criança... acredite em mim, eu entendo que seja difícil para você. Para mim, também é. — A médica inspira. — Minha conexão com você é mais profunda do que você jamais imaginará. Quando se segura o coração de alguém nas mãos, não só durante uma cirurgia, mas por toda a sua vida, cria-se uma profunda responsabilidade que se estende muito além do campo profissional, exigindo um monitoramento constante de quais laços e válvulas se tornaram retorcidos ou combinados. — Ela se levanta com um ar de finalidade. — Mas será melhor que eu a deixe nas mãos do dr. Alok. Ele me manterá informada de tudo o que estiver fazendo, e eu continuarei a aconselhar sobre seus cuidados. — Ela diz isso com seriedade, como se fosse uma ordem, e uma que não deixa seu filho muito feliz. Ele evita o olhar dela.

Dra. Nita se aproxima da jovem, e ela se prepara para um abraço, mas a médica, para sua surpresa, vai direto para o braço esquerdo dela, para o coração. Coloca as mãos com delicadeza ao redor da bolsa, sentindo seu calor, e se inclina para beijá-lo. A mulher assiste a essa despedida de seu coração, que bate num ritmo tão voraz que ela se pergunta se vai romper a bolsa. Então a médica enxuga os olhos e sai da sala sem mais uma palavra.

A guardiã do seu coração vai embora, e a jovem fica a sós com esse homem, esse belo homem que olha para ela com grandes olhos castanhos e sobrancelhas grossas.

— Ela não é mais a guardiã do seu coração, e nunca foi — diz o dr. Alok subitamente.

As palavras dele são frias e ofensivas. Quebram o silêncio como um martelo estilhaçando gelo.

— Desculpe, isso soou mais agressivo do que eu pretendia — continua ele antes que ela tivesse a oportunidade de lhe dizer exatamente o que pensa, por mais que seu coração já esteja comunicando isso em sua linguagem particular.

Dr. Alok se levanta e anda ao redor da mesa, pensando no que está prestes a dizer. Ele se encosta na beira da mesa diante dela, tão perto, e quando fala tem uma voz mais gentil.

— Por mais que eu pretenda continuar de onde minha mãe parou, meu trabalho não é exatamente como o dela. Nós temos filosofias diferentes. Ao contrário da minha mãe, eu não desejo ser guardião do seu coração.

Ela tenta não se ofender, mas como? Suas bochechas ruborizam de fúria.

— Para nós, médicos, não basta apenas cuidar do funcionamento do seu coração, não basta apenas mantê-la viva.

Isso a pega de surpresa.

— Minha mãe é profundamente respeitada na comunidade médica internacional, e o que ela fez com você foi, é, revolucionário, eu reconheço — fala ele, dividido entre a lealdade pela mãe e a necessidade de externar a própria opinião. — Mas ela é de uma… época diferente. O que eu sinto que ela deixou passar é o fato de você estar andando por aí com seu órgão mais vital exposto, em constante risco de ser machucado, e isso também é nossa responsabilidade. Nós o colocamos aí. Devemos ser proativos, não reativos. Você não deveria ter que esconder o coração sob camadas de roupas e se preocupar. Passei anos trabalhando numa nova bolsa para proteger seu coração, uma que o defenderá das intempéries.

Ele se abaixa e pega uma bolsa de uma mala ao lado da mesa. Ele hesita, então a estende para apresentá-la a ela.

— De agora em diante, *você* será a guardiã do próprio coração.

Ela sente a pulsação no pescoço em resposta.

— Eu vou te ajudar, mas você ficará em total controle. Estarei aqui por você por quanto o tempo permitir, para prover as ferramentas que te darão o poder de proteger e abrigar seu coração.

— Então ele para, bochechas coradas, sem graça sob o olhar dela. Seus olhos castanhos de cílios longos não sabem bem para onde olhar. — O que acha? Tenho sua permissão?

Ela sorri e confirma com a cabeça.

— Sim, dr. Ahuja.

— Alok, por favor — diz ele delicadamente, os olhos fixos um no outro.

O coração dela vibra com uma intensidade que ela nunca sentiu. Está falando por ela, com ele, e pela primeira vez ela fica grata por seu coração poder substituir as palavras que ela não encontra, por ele poder expressar essas novas emoções surpreendentes que ela descobriu por esse homem. Ela está grata porque a resposta de seu coração é melhor e mais profunda do que qualquer palavra que ela conseguiria encontrar.

Ela observa enquanto, com sua permissão, os dedos longos e finos dele, nervosos mas cálidos, abrem a bolsa e pegam seu coração pulsante. Agora ela entende que ele a pertence, que ninguém além dela é seu guardião. Ela o controla.

Ela deixará que ele o segure nas mãos. Permitirá que lhe dê as ferramentas para se proteger.

A mulher que usava rosa

I

O despertador das sete horas toca no iPhone rosa sobre a mesa de cabeceira, e a mulher estende a mão de unhas rosas para silenciá--lo. Ela empurra a máscara de dormir rosa-chiclete para a testa e fica deitada na cama, encarando o teto, tentando impedir os olhos de voltarem a se fechar. Quando começa a adormecer de novo, outro despertador toca na mesa de cabeceira do marido dela, e a mão de Dan aparece de debaixo do edredom, tateia em busca do iPhone azul, então o joga do outro lado do quarto. Ela ri. Ele coloca a cabeça para fora da coberta, sonolento, e eles trocam um olhar exausto.

— Vamos cancelar o dia de hoje, vamos adiá-lo para amanhã — diz ela, sentindo as pálpebras pesadas se fechando de novo.

Dan dá batidinhas na cabeça dela, então bagunça seu cabelo e puxa a máscara de dormir por cima do seu rosto. Ela dá uma risada, tira a máscara totalmente e se senta, finalmente desperta.

Dan se espreguiça e dá um rugido no meio da espreguiçada.

— Vamos pegar o dia pelas bolas!

— O dia tem bolas?

— O dia tem bolas.

— Vocês, homens, vão reivindicar tudo agora? Até os dias?

— Especialmente os dias. Mas a noite... a noite tem peitos. — Ele desliza até ela, que ri e resiste carinhosamente.

Com uma risada, ela se levanta da cama e vai acordar os filhos.

II

No banheiro, renovada depois da chuveirada, a mulher para diante do espelho, enrolada numa toalha rosa. Enfia a mão numa gaveta e pega uma bolsinha de veludo rosa com fecho de corda que contém uma pulseira de borracha rosa. Ela a coloca no pulso.

Dan está ao lado dela, de toalha azul ao redor da cintura. Depois de fazer a barba, ele pega a bolsinha de veludo azul com fecho de corda e coloca a pulseira de borracha azul no pulso.

III

Vestidos em suas roupas cinzas de trabalho corporativo, de pastas em mãos, Dan e a mulher saem do elevador com os gêmeos de seis anos, Jack e Jill. Jill usa um laço rosa no cabelo, Jack usa um boné de beisebol azul.

— Bom dia, Al — diz a mulher, cumprimentando o porteiro do prédio.

— Bom dia, gente — responde Al, dando "toca aqui" nas crianças.

A mulher e Dan abraçam as crianças e as ajudam a subir no ônibus escolar à espera. Jack e Jill avançam pelo meio do corredor do ônibus. Jack vira à esquerda e se senta com os meninos em bancos com capa azul, Jill vira à direta e se senta com as meninas em bancos com capa rosa.

— Quer que eu chame dois táxis para vocês? — pergunta Al, indo para a rua para fazer sinal.

— Só um táxi essa manhã, valeu, Al — diz Dan.

— Pênis ou vagina? — pergunta Al.

— Vagina — responde Dan, olhando o relógio. — Tenho uma reunião na esquina, posso ir andando.

Al assobia para um táxi. Um táxi azul se aproxima e desacelera, e um motorista se debruça para fora da janela.

— Vagina! — exclama Al para ele, e o táxi azul acelera. No lugar dele, um táxi rosa com uma motorista encosta.

A mulher mostra a pulseira rosa para a motorista pelo vidro antes de entrar no carro.

IV

Ao seu redor, na fila da Starbucks, ela ouve um coro de "pênis", "vagina", "vagina", "pênis" vindo dos clientes ao fazer seus pedidos, e do barista ao colocar os pedidos no balcão, na área de coleta.

— Cappuccino sem chocolate, pênis! — grita ele, colocando o copo com uma cinta azul no balcão.

A barista no caixa é a mesma de todas as manhãs. Dezessete anos, visual gótico com cabelo pintado de preto e pele clara, piercings por toda a área das orelhas, sobrancelhas, nariz, lábios, e tatuagens cobrindo os braços. O crachá dela diz Olaf, do qual a mulher desconfia, já que o barista gritando as ordens alega se chamar Elsa. Olaf pega o pedido dela toda manhã há um ano, mas ainda assim nunca há um olhar de reconhecimento ou qualquer tipo de cumprimento.

— Bom dia — diz a mulher animadamente quando chega a vez dela.

Olaf nem mesmo ergue o olhar, os dedos pairando sobre os botões do caixa ao esperar o pedido.

— Latte grande para viagem, por favor. Vagina — diz a mulher, erguendo o braço e puxando a manga para cima a fim de mostrar a pulseira rosa.

A mulher dá um passo para o lado e espera, entre outros clientes, por seu café.

Elsa, o barista, grita subitamente:

— Latte grande.

A mulher e um homem ao lado dela se aproximam ao mesmo tempo. Eles se entreolham, então de volta ao barista para mais informação. Elsa se dá conta de seu erro e ergue mais o copo no ar. O copo tem uma faixa de papelão rosa.

— Vagina — grita ele.

Ela pega seu copo e vai para o trabalho.

V

A mulher entra numa fila para seu escritório. Todo mundo à frente e ao redor dela parece estar vestido de cinza ou de cores escuras apagadas, num mundo carvão de cinza, preto, aço, prédios de vidro frios. Está demorando mais do que o normal para liberar a entrada, e ela sai da fila para ver o que está causando o atraso.

Uma mulher de paletó vermelho-vivo, com batom combinando, está segurando a porta para um homem, que está extremamente agitado diante do gesto.

— Pênis! — diz o homem, erguendo o braço para mostrar a pulseira azul.

— Prazer em conhecê-lo, pênis, eu me chamo Mary — responde a mulher de vermelho, irritada. — Pode ir, eu seguro a porta.

— Não, não, não. Nem pensar — afirma o homem. Ele sai da fila e para atrás da mulher na porta, segurando a longa maçaneta de aço logo acima de onde a mão de Mary está. — Você primeiro.

— Sério, está tudo bem. Eu consigo — responde Mary. — Eu já estava segurando a porta para você. É mais fácil eu continuar segurando. Isso é ridículo, estamos perdendo tempo.

— *Você* está perdendo tempo, na verdade. Você primeiro. Pode ir. O prazer é todo meu — diz ele num tom que sugere que o prazer não é nada dele. Ele faz um gesto com a mão livre e um jornal enrolado para ela passar, como se empurrasse uma vaca para dentro de um curral, mas ela recusa com um balançar firme de cabeça. Mary não vai ceder fácil, então eles continuam a se bicar. "Você primeiro", "Não, você primeiro", "Eu insisto", "Não, *eu* insisto". A conversa educada mais grosseira da história.

— Ei! — exclama o primeiro homem da fila em direção à rua. — Ei, graças a Deus! Com licença! Polícia do Gênero! Pode nos ajudar aqui?

A Polícia do Gênero está patrulhando a calçada. A policial está vestida com um uniforme rosa-chiclete, e seu parceiro mais jovem está vestido de azul-bebê. As duas cores infantis se destacam num mundo de cores apagadas. Eles carregam copos descartáveis de café nas mãos, que a policial descarta na lixeira mais próxima assim que percebe um problema. Ela ama o trabalho dela, regozija em seu poder. Ela caminha a passos largos e autoritários até o homem e a mulher que continuam agarrados com força à maçaneta da porta, ambos se recusando a ceder.

— Está tudo bem por aqui? — pergunta a policial, se aproximando.

— Sim — responde Mary com rispidez. — Está tudo ótimo. Eu estou tentando ser educada, só isso.

— Educada, é? — diz a policial, colocando as mãos nos quadris generosos e inspecionando a fila crescente. Ela está gostando do silêncio tenso, da plateia atenta. — Minha interpretação da situação é que está ocorrendo o oposto da educação. Educação seria permitir que esse homem seja útil para você. Educação significa saber seu lugar e se certificar de não perturbar as fundações da nossa sociedade.

— Ah — responde Mary. — Porque eu achei que educação fosse eu segurar a porta para essa pessoa.

A policial pega seu leitor e aponta para a pulseira rosa da mulher.

— Vejamos quem você é. — A máquina apita, e ela estuda a tela. — Mary Agronski. Quatro pontos de penalidade já. Você vem se comportando mal. Que vagina mais malcriada.

— Ah, vai... você não vai me multar por *isso*.

— Foi cometido um delito que contraria à Lei de Reconhecimento de Gênero de 2017 envolvendo o Homem Honrável Segurando a Porta, Artigo 7, num espaço público, às 9h05 do primeiro dia de setembro deste ano. Você pode, durante o período de 28 dias, começando na data deste aviso e incluindo o 28° dia a partir de hoje, pagar um valor fixo de oito dólares. Se não pagar esse valor durante o período em questão, receberá uma intimação referente ao delito e sua presença será exigida em tribunal. De acordo com esse aviso, você receberá dois pontos de penalidade por sua infração à Lei de Gênero Público.

A oficial da Polícia do Gênero segura o leitor contra a pulseira e espera pelo apito.

— Isso soma um total de seis pontos de penalidade pela Lei de Reconhecimento de Gênero. Se você chegar ao número máximo de doze pontos, saiba que isso resultará na sua intimação a um tribunal, onde sua punição será determinada.

A mulher de vermelho encara a policial, começa a dizer algo, então decide segurar a língua. Com tanta raiva que mal consegue se conter, ela finalmente larga a barra da porta e entra pisando forte no prédio. A Polícia do Gênero monitora a exibição de gênero que se segue. Satisfeitos por tudo estar prosseguindo normalmente de novo, eles continuam sua patrulha.

Mas, enquanto observa a Polícia do Gênero se afastar, a mulher pensa sobre a situação, sobre como seria se revoltar, falar o que pensa, ser a mulher de vermelho. Ela engole as palavras e passa pela porta. Mas não agradece.

VI

A mulher está sentada numa grande mesa de reunião. Sua bela secretária, Tyra, anda ao redor da mesa entregando canetas esferográficas e caderninhos. Para recebê-los, todo mundo mostra sua pulseira. Pulseiras rosas recebem uma caneta com tampa rosa e um caderninho rosa-claro, pulseiras azuis recebem uma caneta com tampa azul e caderninho azul-claro. Tyra caminha tentando chamar a atenção do empresário bonito do outro lado da mesa. Ele parece um modelo. A mulher sorri para a secretária ao observá-la trabalhar. Tyra finalmente para perto de onde o homem está sentado e lança um olhar sedutor para ele. Ele olha com nervosismo dela para a caixa em sua mão, dividido, não querendo ter que dizer as palavras esperadas dele.

Mas ele diz, e o faz com uma expressão exausta, derrotada.

— Vagina — declara ele, revelando um vislumbre rápido de uma pulseira rosa se projetando da camisa branca bem passada.

Tyra arregala os olhos com horror e se afasta o mais rápido possível. Ele puxa mais a manga da camisa e do terno de risca de giz para esconder totalmente a pulseira e baixa os olhos.

A mulher percebe que ele está envergonhado, e se sente péssima. Faz contato visual com ele e tenta ao máximo oferecer um sorriso solidário, mas o estrago já tinha sido feito. Uma bela mulher rejeitou seu verdadeiro eu. Parece uma coisa tão simples, reconhecimento de gênero rosa e azul, mas atos tão simples quanto esse têm muito mais significado do que ela imaginava.

VII

A mulher está no balcão de uma lanchonete com seus gêmeos de seis anos, Jack e Jill. Sua amiga, Rita, levou os filhos gêmeos dela, Colin e Colleen, também de seis anos. Colleen está usando um vestido de princesa da Disney, Colin está vestido de pirata. Rita tagarela incessantemente como sempre faz, sem nem respirar.

— Os dois combos infantis de cheeseburger são para...? — pergunta o funcionário, interrompendo Rita.

— Meus dois — responde a mulher. Ela dá tapinhas na cabeça de cada criança ao explicar. — Um pênis, uma vagina.

O funcionário coloca um combo rosa de princesa e um combo azul de dinossauro na bandeja.

— Eu quero o de dinossauro — resmunga Jill.

Rita arqueja.

— O que ela disse?

A mulher se surpreende com a filha, nunca a ouviu dizer nada assim antes.

— Eu te disse, mãe — comenta Colleen, erguendo o olhar para Rita.

— Tá bom, quietinha, querida. — Rita dá uma risada nervosa.

— Você disse o quê? — pergunta Jill em tom exigente.

— Você sabe o quê — responde Colleen com uma cara feia. — Isso tudo de você ser toda… você.

— Olha, isso não faz sentido nenhum — argumenta Jill. — Se eu não for eu, quem mais deveria ser?

A mulher se sobressalta ao ouvir a resposta e olha para a filha, surpresa pela maneira como ela se defendeu e admirada com sua sabedoria.

— Já chega, meninas — interrompe Rita. — Vamos sair daqui… as pessoas estão olhando.

A mulher nota que o funcionário e os clientes ao redor estão lançando olhares desconfiados para Jill. Uma mãe tapa os ouvidos da filha e se afasta. Jill abaixa a cabeça, envergonhada com a reação. A mulher ergue a bandeja com uma das mãos e passa o outro braço ao redor dos ombros de Jill, guiando-a para as mesas.

— Quatro vaginas e dois pênis — anuncia Rita em voz alta para a equipe de garçons do restaurante.

As quatro se sentam em cadeiras rosas e os dois meninos em cadeiras azuis. Enquanto Rita continua a tagarelar, a mulher se desliga e observa a interação das crianças com preocupação e apreensão. Jill brinca com o dinossauro de plástico do combo de Jack — o dinossauro está devorando a princesa viva —, e Jack usa o anel de diamantes de plástico do combo de princesa para atirar um laser no dinossauro.

Colleen se senta de costas para eles, penteando o cabelo de sua Barbie. Colin a perturba apunhalando a boneca dela com seu gancho de pirata, tentando serrar o cabelo dela fora. De vez em quando, Colleen se vira e lança olhares de desgosto para Jack e Jill. A mulher, incapaz de se concentrar no que Rita está dizendo, analisa a dinâmica com novos olhos, aprendendo.

VIII

Em um bar, numa noite de sábado, a mulher está sentada numa cadeira rosa, numa mesa rosa, bebendo de copos com guarda-chuvas e canudos e espetinhos de frutas exagerados com um grupo de mulheres. A mulher se recosta na cadeira, sentindo-se desligada da conversa, a mente dela repassando as mesmas preocupações de novo e de novo, e observa o marido, que está ali perto com um grupo de maridos, todos segurando canecas de cerveja.

Dan faz contato visual com ela e lhe lança um olhar carinhoso e questionador, verificando se ela está bem. Ela não tem certeza.

— Existiam dinossauros fêmeas, não existiam? — pergunta ela subitamente às amigas.

Elas se olham, confusas.

— Do que você está falando? — pergunta Rita.

— Estou falando sobre quando havia dinossauros na Terra. Havia dinossauros machos, grandes e assustadores... e havia dinossauros fêmeas. Grandes e assustadoras. Porque, se não existissem dinossauros fêmeas, como eles teriam bebês dinossauros?

— É claro que havia dinossauros fêmeas — responde Rita suavemente, preocupada.

— Então eu poderia usar um vestido com um dinossauro estampado. Um dinossauro fêmea?

A amiga dela, Ella, dá uma risadinha.

— Um vestido rosa de dinossauro, talvez.

Rita coloca a mão no braço da mulher.

— Está tudo bem? Isso é por causa de Jill e as... você sabe... questões dela?

— Não. Sim. Não. Eu só estou dizendo. Quer dizer, havia dinossauros fêmeas também, sabe, e eu não acredito que nenhum deles fosse rosa. — Ela olha para todas elas, suplicando por compreensão, mas elas a encaram de volta com olhos arregalados.

— Tá bom — diz Rita lentamente.

IV

A mulher e o marido saíram para jantar com dois de seus colegas de trabalho. A mulher está absorta numa conversa com um deles quando a garçonete se aproxima para pegar o pedido deles.

— Ah, eu ainda nem li o menu — diz a mulher em tom de quem pede desculpas. — Querido, por que você não vai pedindo enquanto eu decido rapidinho? — completa ela para Dan.

Ela avalia o menu, mas os olhares intensos nela a forçam a erguer o olhar.

— Não sei vocês, garotos — fala Bob —, mas onde eu cresci todo mundo era ensinado: vaginas primeiro.

Dan se encolhe ao ouvir isso.

Ela volta a atenção ao menu, irritada, agitada, sentindo-se pressionada e envergonhada, e lê correndo enquanto os três homens e a garçonete a encaram num longo silêncio tenso.

Ela finalmente fecha o menu com força.

— Bife, por favor.

A garçonete olha para ela esperando mais. A mulher sabe que esperam que ela diga mais, mas, pela primeira vez, sente que já disse o bastante.

— Vou querer o bife, por favor — repete ela.

— Ah, eu ouvi essa parte, mas qual bife? Filé mignon para vagina ou T-bone para pênis?

Ela perde a paciência e retruca, com rispidez:

— Eu tive que pedir primeiro, não tive? Então é bem óbvio que eu deveria receber o bife vagina.

— Posso ver sua pulseira, por favor? — pede a garçonete.

A mulher puxa a manga do terninho para cima e ergue o punho com a mão fechada com força.

Faz-se um silêncio tenso.

— E eu vou querer o bife. Pênis. T-bone — diz Bob, balançando o pulso para ela.

— Eu também — fala Roger. — Na verdade, acho que todos nós, não é, Dan? Pode anotar três bifes pênis.

A mulher observa Dan, que parece pensativo. Ele fecha o menu lentamente.

— Na verdade, eu vou querer o peixe-galo. — Ele ergue a mão, punho cerrado, bem como a mulher fizera. — Pênis.

A mulher e Dan trocam um olhar e sorriem.

Quando os pratos são colocados diante deles, há palitos de dente com etiquetinhas espetados na carne e no peixe. Etiquetas azuis para o T-bone e o peixe-galo, e uma etiqueta rosa para o filé mignon. A mulher ergue a taça de vinho e nota que está vazia. Ela estende a mão para o balde de gelo ao lado dela para pegar a garrafa de vinho.

— Nada disso — fala Bob, balançando o dedo no rosto dela e sorrindo. Ele pega a garrafa de vinho pelo gargalo e o tira da água. Ao servir o vinho na taça dela, a água do balde pinga no bife dela todo.

— Obrigada — diz ela entredentes.

X

A mulher sai do shopping carregada de sacolas. Elas são pesadas e numerosas, mas ela é perfeitamente capaz de carregá-las. O carro não está longe. Há um homem atrás dela na mesma situação. Dois homens, estranhos, correm para ajudá-la.

— Deixa que eu carrego — diz um homem.

— Não, não, obrigada, eu estou bem — responde ela, e continua andando.

— Eu carrego. — O segundo homem se mete na frente dela, com as mãos estendidas para pegar as sacolas.

A mulher desvia dele e continua andando até o carro. Eles a bloqueiam de novo e tentam ajudá-la, tão prestativos que quase a fazem tropeçar ao entrar na frente dela.

— Não, obrigada — diz ela com firmeza. — Vocês são muito gentis, mas eu estou bem. Posso carregá-las, de verdade, não precisa, obrigada. Estou bem. Por favor, não.

O homem que carregava suas sacolas com dificuldade deixa uma cair quando a alça arrebenta. O conteúdo da sacola se espalha e ninguém o ajuda enquanto ele tenta catar tudo da calçada. Laranjas rolam pelo chão. Um carro esmaga uma laranja enquanto ele observa, desesperado.

O segundo homem se aproxima mais dela e adota um tom agressivo.

— Estamos ajudando você. Estamos sendo gentis e honráveis.

— Isso não é gentileza! — Ela ergue a voz. — Vocês estão sendo irritantes!

A Polícia do Gênero, ali por perto, a ouve. Ela está fazendo uma cena, e eles se aproximam, rosa-chiclete e azul-bebê no estacionamento de concreto cinza.

— Muito bem, muito bem, olha o tom — diz a oficial da Polícia do Gênero. — Por favor, acalme-se, madame.

— Ah, pelo amor de Deus! — exclama a mulher. Ela tenta correr para longe de todos eles, em direção ao carro.

— Opa, opa — fala a policial, e todos se juntam para alcançá-la. — Não fuja da lei a não ser que queira perder pontos.

— Fugir da lei? Eu não fiz nada de errado! Só quero carregar minhas próprias sacolas.

— De acordo com a Lei de Reconhecimento de Gênero de 2017, esses cavalheiros honráveis se ofereceram para carregar suas sacolas, que você está prestes a derrubar a qualquer momento, e você, até onde posso ver, está sendo agressiva...

— Não estou! — grita ela. Então faz uma pausa. — Tá bom, talvez agora eu esteja, mas só porque vocês estão fazendo uma confusão. Meu carro está logo ali. Eu consigo chegar sozinha.

As sacolas estão escorregando das mãos dela.

— Eu vou te dizer o que vai acontecer aqui. Você vai colocar essas sacolas no chão. Vai permitir que esses dois homens gentis a ajudem a levá-las até o carro, então vai agradecer-lhes. Entendeu? — diz o policial.

A mulher pensa um pouco. Está tão frustrada, mas está criando uma cena e se sente subitamente intimidada por essas quatro pessoas se juntando contra ela.

— Sim, entendi.

— Sem gracinhas — diz a policial.

— Tudo bem.

Contrariada, a mulher coloca as sacolas no chão. Cada homem pega uma e anda os dez passos restantes até o carro. Ela abre a mala e eles as colocam lá dentro. Ela fecha a mala e anda até a porta do motorista, onde coloca a mão na maçaneta.

— Nada disso — diz o policial macho.

Ela suspira e dá um passo para trás. O primeiro homem abre a porta para ela. Ela se senta no banco e ele a fecha.

XI

A mulher está passando o dia com a família num parque público.

— Preciso fazer xixi, mãe, tô muito apertada — diz Jill de repente, dançando ao seu lado.

— Tá bom, eu te levo.

Um oficial da Polícia do Gênero está parado na frente dos banheiros, monitorando as pulseiras de todos antes de entrarem. Uniforme azul-bebê contra uma parede cinza. À frente das duas, todo mundo mostra sua pulseira e anuncia seu gênero antes de ganhar permissão para usar o banheiro. Uma mulher bonita à frente delas é barrada.

— Pênis — diz a bela mulher.

Os olhos de Jill se arregalam. Ela registra tudo.

O oficial da Polícia do Gênero olha a mulher de cima a baixo e dá um aceno rápido de cabeça em direção ao banheiro masculino. A mulher bonita hesita.

— Eu entendo suas regras, mas queria saber se eu poderia usar o banheiro feminino. Se você pudesse abrir só uma exceção, por favor — suplica a mulher bonita. — Houve um incidente da última vez, eu realmente estou com medo de...

— Você está usando uma pulseira azul, sua certidão de nascimento diz sexo masculino, você vai no banheiro masculino — diz o oficial da Polícia do Gênero, evitando o olhar dela.

— Não é justo, mamãe! — exclama Jill. — Fala alguma coisa!

Ela congela.

— Por favor — suplica novamente a bela mulher.

— Não crie problemas — diz ele com firmeza, finalmente a olhando nos olhos. — Tem crianças aqui. Estamos num parque de família.

— Eu não me importo se ela for no banheiro das meninas — manifesta-se Jill.

A mulher bonita se vira para Jill com gratidão, olhos cheios d'água, emocionada.

— Obrigada. — Ela sorri.

Jill abre um sorriso radiante.

— Não importa, regras são regras, para dentro do masculino ou para fora da fila — diz o policial.

A mulher bonita aperta a bolsa mais perto do corpo, abraçando-a em busca de conforto e proteção ao entrar lentamente no banheiro masculino.

— Sinto muito que você tenha precisado testemunhar isso — diz o oficial da Polícia do Gênero.

A mulher abre a boca para dizer alguma coisa, mas não consegue.

— Sinto muito que eu tenha precisado testemunhar você sendo um valentão malvado — diz Jill para ele, e entra pisando forte no banheiro.

A mulher a segue, chocada. Ela entra na cabine e pressiona a testa contra a porta. Fecha os olhos, sentindo-se fraca. A filha de seis anos dela enxerga o que ela só começou a enxergar agora. Sua filha de seis anos consegue dizer o que ela não consegue.

XII

A mulher se senta com a família à mesa da cozinha para jantar. Ela brinca com a comida, perdida em pensamentos. Tem sido uma semana problemática. Enquanto Jack, Jill e Dan conversam e brincam, ela se sente distante. Dan olha para ela com preocupação, então de volta para as crianças.

Dan termina o jantar, se levanta e se espreguiça.

— Vou ver futebol. — Ele se encaminha para a porta.

Ela olha o prato sujo deixado na mesa da cozinha. Está com uma expressão furiosa, sente-se furiosa e perigosa. Dan sente o clima e carrega o prato para a pia, deixando-o ao lado da lava-louça. A lava-louça é rosa-shocking na cozinha cinza e elegante.

— A lava-louça está vazia — diz ela com firmeza.

Ele olha para a lava-louça, então de volta para ela, confuso.

Ela coloca os talheres no prato ruidosamente, afasta a cadeira da mesa e se levanta. Então se aproxima da lixeira e puxa os sacos para fora. Os sacos da lixeira são azuis.

— O que você está fazendo? — pergunta Dan.

— Tirando o lixo.

— Mas, querida — diz ele, apontando para a virilha —, pênis.

As crianças observam de olhos arregalados. Ela olha para Jill, que queria que ela falasse quando ela não conseguiu, e se sente subitamente motivada.

— Essa vagina tem toda a capacidade de levar o lixo para fora.

As crianças sorriem e dão risadinhas. Dan está perplexo quando ela sai do cômodo. Ela fica ao lado da lixeira do prédio até se acalmar e, quando volta à sua família, vê que a mesa da cozinha foi limpa, a lava-louça foi carregada. Dan está no chão usando uma tiara, Jack está de tutu e capacete Viking, e Jill está usando asas de fadas e apontando uma espada para Dan.

Ela sorri para o marido.

XIII

O despertador do iPhone rosa toca da mesa de cabeceira, e a mulher o derruba. Já está sentada na cama, bem desperta.

— Você parece pronta para a ação — diz Dan, sonolento.

— E estou.

— O que está havendo?

— Eu vou pegar o dia pelas bolas. — Ela pensa. — E pelos peitos.

— É errado que isso me excite? — pergunta Dan, e ela dá uma risada e se inclina para beijá-lo.

XIV

Um taxista está lendo o jornal quando a porta se abre e depois se fecha. Ele olha para trás e vê a mulher sentada no banco.

— Dirige — diz ela com determinação na voz.

Ele vê a pulseira rosa no pulso dela.

— De jeito nenhum, eu não posso dirigir uma vagina sozinha. Você precisa ter um pênis com você.

A mulher enfia dinheiro pela abertura.

— Essas notas têm a mesma cor, não tem?

Olhando ao redor para se certificar de que não tem ninguém olhando, ele dá partida no motor.

XV

Na Starbucks, a mulher coloca uma caneca cinza grande para viagem com força no balcão.

— Latte grande. Para viagem.

Olaf olha para ela, entediado.

— Pênis ou…

— Para *mim*. Esse ser humano com sede. Por que se eu não for eu, quem mais posso ser?

Olaf ergue o olhar para a mulher e o exterior indiferente dela se racha. Ela dá um sorriso.

— Boa. Um latte para um ser humano saindo já já.

A mulher fica surpresa, ela esperava uma discussão.

— Ah. Obrigada.

XVI

Com sua caneca para viagem numa das mãos, a pasta na outra, ela avança em direção ao escritório. Tem toda a intenção de segurar a porta para si mesma, que se danem as regras que não servem para nada além de impor limites às pessoas. Ela não se importa com os pontos de penalidade, continuará vivendo sua vida como um indivíduo independentemente das punições da sociedade. Mas, ao se aproximar, percebe que não é tão fácil quanto pensou. Não tem ninguém por perto quando ela tenta abrir a porta, mas suas mãos estão ocupadas. Ela se esforça para encaixar a caneca de café embaixo de um braço, o que não funciona, então tenta enfiar a pasta embaixo do outro braço. Nenhum dos dois funciona. Ela dá uns pulinhos enquanto tenta enganchar o salto do sapato na parte mais baixa da barra para puxar a porta. Dessa vez ela genuinamente precisa de ajuda.

Um homem corre para segurar a porta para ela e diz:

— Pode deixar.

Ela sorri. Não se importa em receber ajuda quando precisa.

— Muito obrigada — agradece ela com sinceridade.

A mulher que saiu voando

Ela acorda e estende a mão para o telefone antes mesmo que seus olhos se abram. Olha seu último post no Instagram, avalia a própria foto, dá zoom nela e nos arredores, tenta imaginar o que os outros veem dela, que impressões conseguiu passar. Pensa individualmente nos amigos, em como essa foto impactaria cada um deles. Verifica as curtidas. Mais de um milhão. Não tantas quanto ontem. O coração dela dá um pulinho quando ela vê os nomes de quem curtiu o post dela, pessoas que ela esperava impressionar tinham de fato sido impressionadas, ou ao menos tinham apertado o coração para mostrar que viram. Ela olha o perfil de mais algumas pessoas, o que estão fazendo, com quem, por que não curtiam o post dela. Isso leva uma hora, que parece um minuto.

Ela toma uma chuveirada, veste a roupa de academia. Passa uma hora se maquiando, fazendo contornos no rosto de forma a deixar as maçãs do rosto destacadas, as sobrancelhas grossas, viçosas e penteadas e os lábios carnudos. Usa um par de óculos escuros grandes demais e faz sinais de paz com os dedos para os paparazzi que estão na frente da casa dela desde o amanhecer. Ela presta atenção à própria postura, expressão facial, tudo em relação a todos os músculos do corpo está na mente dela enquanto ela entra no carro e dirige. Alguns a seguem de moto. Ela mantém a pose, se esforça para não pensar; pensar a deixa com uma careta franzida feia.

Ela vai à academia, pede ao treinador para filmar alguns exercícios, adiciona filtros, posta em seu aplicativo. Ninguém vai ver isso de graça, as pessoas vão precisar se inscrever; ela já fez fotos grátis da casa dela até a academia, fotos que estarão por toda a internet a essa altura. Brincar com a luz, o filtro e as ferramentas de edição, tudo isso leva uma hora até ficar perfeito. Ela pega uma bebida proteica, suga o canudo com os lábios carnudos demais e os dedos com unhas longas e recém-feitas com sua própria linha de esmaltes. Dirige para casa. Lê revistas, estuda moda, tweets e posts no Instagram pelo resto da tarde. Encontra com uma amiga para almoçar, fica por dentro das fofocas. Quem fez o que com quem, e como isso a afeta. Ela marca mais sessões de preenchimento labial. Planeja as férias e uma sessão de fotos nos intervalos entre os procedimentos. Experimenta roupas que lhe foram enviadas de graça. Responde e-mails sobre seus vários negócios. Navega na internet. Planeja uma viagem de fim de semana com amigos num iate. Planeja a mala de biquinis.

Desliga a televisão quando o noticiário começa, uma eleição para algo. Não quer saber, não a afeta. Encontra um lugar no quarto com iluminação boa, muda alguns itens de lugar e tira fotos de si mesma. Brinca com os filtros. Horas se passaram. Está escuro do lado de fora.

Quando ela acorda, tem a sensação de que estava flutuando. Ela leva um susto e aterrissa de costas, acordando suada.

Bem desperta, ela olha seu novo post. Um milhão e meio de curtidas.

Ao descer as escadas, seus pés levam mais tempo para tocar o chão, como se a gravidade tivesse sido afetada, como se ela estivesse na lua.

Unhas novas, extensões no cabelo, exfoliação, uma hora de maquiagem. Ela experimenta várias roupas, não consegue se decidir. Nada fica bom, ela não quer sair, está sensível. Lê revistas, as páginas onde os defeitos das mulheres estão circulados são suas favoritas; elas a assustam mas a atraem, ver os defeitos dos outros a atrai.

Ela olha o Instagram. Pensa em como chocar com a próxima foto. Os lábios vão ajudar. Os implantes de bumbum já estão quase prontos para serem revelados.

Ao andar até o carro, ela se sente zonza, mais lenta do que o normal, seus pés não se conectam direito com o chão. Ela se pergunta se são as botas novas até as coxas que está usando com a calça jeans preta justa e rasgada e um body rendado por baixo.

Ela afivela o cinto de segurança junto ao corpo, sentindo que vai ajudar a mantê-la presa ao banco.

Ela dá uma entrevista para uma revista adolescente sobre seu novo gloss labial para dar volume. Responde às perguntas, não há nenhuma pegadinha, eles nunca perguntam sobre assuntos que ela não domina. Ela mente sobre os preenchimentos. As inseguranças dela não são da conta deles. É tão difícil ser adolescente nesse ramo, com todos os olhos do mundo nela. Ela está sob uma pressão imensa para entregar um bom resultado. A entrevista e a sessão de fotos são feitas em seu novo restaurante de frozen yogurt.

Ela posta no Instagram uma foto lambendo uma cereja, usando seu novo gloss labial com cor de cereja, com unhas cor de cereja. Olhos desejosos, sedutores. Mais tarde ela verifica as curtidas: dois milhões.

Ao andar de volta para o carro, seus pés se erguem do chão e ela não consegue descer. Os paparazzi a cercam, tirando fotos. Ela flutua mais alto, eles continuam tirando fotos. Todo mundo clica, ela vê os flashes, tenta manter uma aparência calma, as bochechas sugadas, mas está entrando em pânico. O que está havendo? Ela começa a perder a compostura, começa a espernear e gritar. Os pés dela chegam à altura do teto do carro, seus sapatos de salto fino arranham o teto de seu carro novo enquanto ela chuta furiosamente, tentando andar no ar. Não consegue descer.

Finalmente, o fotógrafo da revista adolescente sai correndo do restaurante de frozen yogurt e a segura pelo tornozelo. Ele a puxa para baixo. Abalada, ela corre de volta para dentro do restaurante.

O restaurante fica sitiado pela imprensa. O incidente dela viralizou. Os negócios dispararam. Ela ganhou cinco milhões de novos seguidores. Chegou às notícias mais lidas da mídia, superando aquele negócio das eleições em alguns canais.

Quando a mãe dela, que também é sua empresária, entra de supetão, encontra a filha lendo notícias sobre si mesma no celular, com as costas coladas ao teto.

Serviços de emergência ajudam a tirá-la do teto. Eles a levam embora, e ela assiste às notícias sobre si mesma no celular. Tem mais um milhão de seguidores, já chegou a setenta milhões. Começa a flutuar de novo.

As máquinas do hospital apitam quando ela decola, os tubos se esticam até o limite.

O especialista a observa.

A mãe-empresária grita, em pânico, para ele fazer alguma coisa. Ele nunca viu nada assim em toda a sua vida.

— O que ela está fazendo no celular?

— Imagino que esteja no Instagram. Querida?

— Eu estou em todas as notícias — informa ela do teto, incapaz de tirar os olhos da tela. — Mãe, o gloss esgotou.

Elas têm uma conversa sobre o gloss do chão para o teto.

— Ela terminou o ensino médio?

— Sim.

— Tinha boa interação com outros?

— Ela estudava em casa.

— Faculdade? Mais algum estudo? Empregos de meio-período?

— Ela não precisa. Tem negócios próprios.

— Ela gerencia esses negócios?

— A equipe dela. Ela é diretora de criação.

— Entendo. Você gosta de ler? — pergunta ele para cima.

— Estou lendo agora — responde ela, mantendo os olhos no celular.

— Livros?

Ela franze o rosto e nega.

— Certo. Você vê as notícias? Documentários?

— Eu não vejo TV. Tenho meu próprio reality show. Eu faço TV — diz com uma risada.

— Acho que entendi o que está havendo — afirma o especialista, se virando para a mãe-empresária. — O cérebro dela está vazio. Está ocupado só com pensamentos, predominantemente sobre ela mesma. Dessa forma, não há nada substancial. Não há nada para enraizá-la, nenhum peso.

— Que ridículo, ela é uma mulher de negócios. A *Forbes* a colocou no topo da lista dos vinte Adolescentes Mais Influentes do ano. Ela vale centenas de milhões.

— Essa não é bem a questão. — Ele franze a testa. — Essas marcas são todas sobre ela mesma. E imagino que elas sejam esquemas para fazer dinheiro, tudo autopromoção.

— Todos os negócios são iguais.

— Muitas pessoas são apaixonadas por seu objeto de trabalho. Essa paixão traz um certo grau de intensidade, uma afinidade positiva com um certo assunto, cuidado, determinação, ambição, muitas coisas com *peso*. A paixão da sua filha é por autoadulação, autopromoção, atenção, sua paixão por si mesma. Não é possível preencher a mente consigo mesmo, não tem peso.

Ela flutua até a janela para filmar os fãs que entoam o nome dela do lado de fora. Posta no Snapchat, mas não toma cuidado e sai voando pela janela aberta, para longe da mãe-empresária, que não consegue alcançá-la, para longe do especialista. Ela flutua acima das cabeças dos fãs, que a filmam em vez de ajudá-la. Ela flutua mais e mais alto até desaparecer completamente de vista.

Ela ganha mais dez milhões de seguidores depois disso e se torna a pessoa com mais seguidores do Instagram, com mais de cem milhões de seguidores, mas é claro que nunca descobre isso. Ela encheu demais seus pensamentos e ações consigo mesma, não sobrando espaço para nada com peso ou substância, ou significado.

Ela se tornou tão leve, sua cabeça tão cheia de nada, que saiu voando.

A mulher que tinha
um ponto forte

Foi uma entrevista de emprego, para uma vaga que ela não conseguiu, que deu início à jornada.

— Qual você diria que é seu ponto forte? — perguntara o entrevistador.

A mulher parou.

— Como?

— Seu ponto forte, qual você diria que é?

A mulher franziu a testa, confusa. Nunca ouvira falar disso.

— Sinto muito, mas acho que não tenho um.

— Você deve ter algum. — O entrevistador se inclina para a frente na cadeira como se finalmente interessado nas palavras que saíam de sua boca, apesar de não serem palavras vitoriosas.

— Realmente não tenho.

— Todo mundo tem um.

— *Todo mundo?*

— Sim, todo mundo.

Ela xingou a irmã mais velha. Mais uma coisa que ela devia ter lhe dito.

— Até mulheres têm esse... ponto?

Ele franziu a testa.

— Sim, até mulheres.

Era como se tivesse passado a vida toda ouvindo que usava os sapatos nos pés errados. Ela se sentiu fora de eixo, completamente desorientada. Um ponto forte que todos do mundo tinham, menos ela. Por que ninguém lhe contou isso? Ela pensou em seu guarda-roupa, em todas as suas roupas, todos os tricôs, se perguntando se havia em algum deles um ponto forte que ela nunca percebera. Nada lhe veio à cabeça.

— Esse ponto forte. — Ela limpou a garganta, tentando não parecer tão idiota quanto se sentia. — Seria algo que eu mesma fiz ou que é dado a mim?

— Você mesma o teria, por mais que algumas pessoas possam argumentar que ele é passado de geração em geração.

— Não. Não na minha família. — Ela fez que não com a cabeça. — Eles não guardam nada, e minha mãe não gostava de tricotar.

Ele riu, a princípio achando que ela estava brincando, então a estudou com curiosidade.

— Bem, obrigado por ter vindo. — Ele se levantou e estendeu a mão, e ela soube que não tinha mais chance.

Ela foi para casa, furiosa por ninguém lhe ter dito que ela deveria ter um ponto forte. Não estava na descrição da vaga. Ela tinha um mestrado, um Ph.D, as referências e experiências requeridas para a vaga, mas ninguém nunca mencionara a necessidade de um ponto forte. Por que seus amigos não haviam comentado? Ou seria como sua menstruação, ela teria que simplesmente se entender sozinha porque seus pais eram sem jeito e preguiçosos demais para explicar?

Ela ligou para a irmã.

— E aí, como foi a entrevista?

— Horrível. Você tem um ponto forte? — perguntou, furiosa.

— Um ponto forte? Por quê?

— Só me responde.

— Bem, sim, imagino que sim. Eu...

A mulher arquejou. Até sua irmã tinha um, sua irmã mais velha que deveria lhe contar tudo, que a decepcionara em relação a beijos de língua e tudo o mais que deveria ter explicado.

— E Jake e Robbie? — perguntou ela, se referindo aos irmãos. — Eles também têm?

— Eles têm o quê?

— Pontos fortes? — Ela quase gritou no telefone, mas tentou respirar.

— Você os conhece tão bem quanto eu, querida... É claro que sim. Especialmente Robbie. Quer dizer, ele tem alguns.

Ela se espantou. *Alguns?*

— Nossos pais os deram a vocês? Eles os passaram como uma herança? — E, se sim, por que ela fora excluída?

— Você está brincando? Chuchu, você está bem? Está parecendo... fora do normal.

— Estou ótima — falou com rispidez. — Na verdade, não estou. Tenho certeza de que não consegui o emprego. Ele me perguntou sobre meu ponto forte e eu fiquei sem resposta.

— O quê? Mas você é a segunda mais inteligente da família toda!

— Inteligência não basta. Eu preciso de um *ponto forte*. Vou encontrar um. — E desligou abruptamente.

Ela abriu o guarda-roupa e examinou suas roupas. Um ponto forte sugeria uma peça em tricô, talvez crochê. Um suéter, ou cardigã, quem sabe. Voltou a se sentir desorientada, sua irmã nunca usava nada assim. Ainda assim, ela estava determinada, e tirou todas as roupas do tipo do armário, experimentando todas, fazendo combinações diferentes e tentando avaliar se alguma delas a fazia se sentir diferente, a fazia se sentir *mais forte*. Havia um vestido vermelho com decote nas costas em particular que lhe dava vontade de ajeitar a postura, pôr os ombros para trás e o peito para a frente. Ela o usou para o casamento do irmão e nunca se sentira tão bem. Foi a noite em que ela conheceu James e teve o melhor sexo da sua vida, mas não estava convencida de que um ponto forte equivalia a um ponto melhor-sexo-safado-da-vida, ou de que isso seria algo exigido por seu novo empregador. E, se fosse, ela não sabia bem se isso a deixava com mais ou menos vontade de trabalhar lá.

A colega de apartamento dela passou e notou o estado do quarto. Ela enfiou a cabeça para dentro.

— O que está fazendo?

— Você tem um ponto forte?

Ela fez uma pausa.

— Meu pai diz que eu encho um cômodo de felicidade quando saio dele. — Ela sorriu, mas recebeu um olhar inexpressivo em resposta, então deu de ombros e foi embora.

A mulher franziu a testa. Todo o conteúdo do armário dela estava em pilhas no chão e na cama. Ela passara horas experimentando tudo meticulosamente, criando um algoritmo no computador que mostrava todas as peças em detalhe. Ainda assim, mesmo depois de seis horas inteiras, ela continuava sem saber qual era seu ponto forte.

Ela pegou a bolsa e dirigiu até uma loja de departamentos.

Durante o mês seguinte, ela analisou consistentemente todos os tricôs que eles tinham. Diariamente, das dez às dezesseis horas, até as nove horas nas quintas, com um intervalo de uma hora para o almoço, ela contava com os vendedores para levar todas as peças disponíveis da loja de departamento até o provador dela. A loja tinha cinco andares. Ela experimentou tudo. Até informou seu telefone e e-mail para que a avisassem quando recebessem mais peças. À noite, ela se dedicava a um estudo de caso que desenvolvera para lidar com o problema. Ele consistia numa lista em ordem alfabética das milhares de marcas que a loja de departamento vendia, de Acne Studios a Zac Posen. Ela avaliou as coleções da estação atual e da seguinte, registrou todos os looks que poderiam ter pontos fortes e fez projeções da probabilidade da inclusão de peças em tricô em coleções futuras com base nos designs anteriores. Ela se inscrevera em listas de espera e tinha mais de uma dúzia de itens reservados. A princípio, achava que um ponto forte deveria ser atemporal e não refletir mudanças na moda, mas então percebeu que não podia depender disso e adaptou seus estudos. Havia muito que ela não sabia, o que só fazia o estudo de caso crescer. Ela incluiu um *mood board* das lãs que mais gostava, e uma seção especial detalhando quais pontos poderiam ser amalgamados, combinando e contrastando texturas e cores de acordo com modas cambiantes a fim de criar o ponto forte ideal que lhe cairia bem.

No dia seguinte a uma de suas visitas regulares à loja, durante as quais ocupava um trocador por horas, a CEO da loja apareceu para realizar inspeções e se reunir com vários departamentos. Ela entreouviu a equipe de vendas discutindo sobre o que fazer com a cliente problemática. Será que deveriam convidá-la a se retirar da loja? Bani-la? Adverti-la? Ela estava ocupando todo o tempo dos vendedores com uma busca por um ponto forte que ninguém conseguia entender direito, e ainda não gastara um centavo. Ainda mais preocupante, quando eles haviam encontrado uma maleta que ela havia esquecido num provador, o que assustou todo mundo quando a equipe de segurança precisou evacuar o andar. Os assistentes de venda estavam amontoados ao redor da pasta, examinando os arquivos particulares da cliente.

— Será que ela trabalha como espiã para outra loja? — perguntou um deles.

Vamos descobrir, respondeu outra, abrindo o laptop. Seu dedo pairou sobre o botão de ligar.

A CEO pigarreou.

Todos se sobressaltaram, surpresos ao vê-la à porta, e tentaram se recompor, enfiando o laptop de volta na maleta.

— A cliente problemática está usando as roupas antes de devolvê-las? — perguntou a CEO, gesticulando para que lhe entregassem a maleta.

— As roupas não saem da loja. Ela não está comprando nada — respondeu uma vendedora. — Eu não me importo em ajudar, mas ela está tirando tempo de outros clientes que realmente querem comprar.

A CEO folheou a pasta de gráficos, encontrou o *mood board*, estudou-o. Ficou interessada, examinou um pouco mais. Depois de um momento, fechou a maleta.

— Gostaria de falar com ela — anunciou a CEO. — Leve-a até mim quando ela chegar.

Quando a mulher chegou, às dez horas em ponto, o chefe da segurança pediu para ela acompanhá-lo até o andar da gerência. A mulher ficou alarmada, mas obedeceu. Assustada com esse tratamento, ela se sentou diante da CEO e viu a maleta sobre a mesa.

— Peço desculpas por ter esquecido minha bolsa, eu honestamente não queria causar confusão. Só percebi que a tinha esquecido tarde da noite. Liguei para a loja, mas era obviamente tarde demais, e estava fechada. Mas deixei uma mensagem me explicando, para o caso de vocês terem ficado preocupados com uma bolsa deixada para trás.

— Não precisa pedir desculpas — disse a CEO. — Por mais que não tenhamos ligado o laptop, nós tivemos que dar uma olhada no conteúdo da bolsa para nos certificar de que não representava uma ameaça.

— É claro. — A mulher desviou o olhar, envergonhada.

— Fiquei sabendo que você vem fazendo visitas diárias à loja há um mês, que já experimentou tudo e não comprou nada — declarou a CEO.

— Isso é crime?

— Na verdade, não. Mas entende como nos parece estranho que você não esteja comprando nada?

— Eu pretendo comprar. Não estou desperdiçando seu tempo. Olha, eu tenho dinheiro, se não acredita em mim. — Ela tirou a carteira da bolsa, mostrando notas de dinheiro e cartões de crédito.

— Você não precisa me mostrar nada disso — disse a CEO gentilmente. — Mas me diga, o que exatamente está procurando?

— Não posso.

— Por quê?

— É constrangedor.

— Eu não vou julgar. Veja bem, estou perguntando porque, como CEO de uma rede de seis lojas de departamento, eu me preocupo quando uma cliente passa um mês experimentando tudo o que temos em estoque e mesmo assim não encontra o que está procurando. Se o que você deseja não estiver aqui, talvez esteja em Nova York, ou Chicago. Ou em Los Angeles. E se não estiver em nenhuma dessas lojas, talvez eu precise conversar com nossos fornecedores. Me incomoda que tenhamos quase 15 mil metros quadrados de roupas e uma cliente muito dedicada que não conseguimos satisfazer.

— Ah — disse a mulher, aliviada. — Nossa, isso é constrangedor, mas talvez você *possa* me ajudar. Eu fiz uma entrevista de emprego no mês passado. Tenho um diploma em administração; me formei com as notas mais altas da turma. Também tenho doutorado em Economia e referências excelentes. Mas não consegui o emprego. Eu deveria ter conseguido o emprego.

— Eles fizeram algum comentário sobre sua entrevista? — perguntou a CEO, tentando entender.

— Não. Ele me perguntou qual era o ponto forte. — De novo a vergonha, o rosto vermelho. — E eu respondi que não tenho um. Nunca nem soube que precisava ter um, mas pelo visto todo mundo tem. É tipo uma tendência de moda que eu perdi totalmente. Então estou vindo aqui todo dia, tentando encontrar um.

A CEO ajeitou a coluna, tentando processar o que ouviu.

— Você está procurando um ponto forte esse tempo todo?

— Sim.

— Esses gráficos e avaliações, esse *mood board*, isso é tudo para que você possa criar seu ponto forte?

— Sim — confirmou ela, baixinho. — Pensei que, se eu encontrasse a trama certa, saberia assim que a vestisse. Mas não sei mais se é o caso.

A CEO começou a sorrir.

— E me diga, agora que não conseguiu encontrar um ponto forte para vestir, você vai desistir?

— Desistir? É claro que não. Aqui, deixa eu te mostrar... — A mulher tira o laptop da maleta. Abre os gráficos detalhados e documentos criados no último mês, fazendo numa análise complexa das diversas marcas, estilos e modas de tricôs femininos. Ela destaca alguns dos fatos mais surpreendentes que obteve sobre tamanhos e preços. — Eu espero o estoque novo chegar toda semana. Se as coleções seguintes não funcionarem, talvez as de primavera/verão sejam mais indicadas para mim. Vou continuar voltando até encontrar meu ponto forte. Mas talvez com menos frequência... — Ela abre um sorriso tímido. — Concordo que minha rotina tem sido meio obsessiva. Pode me ajudar?

A cabeça da CEO está repleta de ideias.

— Preciso de você na minha equipe.

— Perdão?

— Preciso que trabalhe comigo.

A mulher fica chocada.

— Você quer que eu trabalhe com você mesmo que eu não tenha um ponto forte?

A CEO sorri.

— Você passou *todos os dias* do último mês, das dez da manhã até a hora de fechar, vasculhando as araras em busca de um ponto forte. Você fez uma pesquisa e análise mais completa do que qualquer uma já feita pela minha equipe. Minha querida, eu diria que você encontrou seu ponto forte.

— Encontrei?

— Você nunca desiste, não é?

— É claro que não, mas onde você acha que meu ponto forte está? No quarto andar, na seção contemporânea? Se sim, seria o tricô azul-marinho com detalhes cor-de-rosa? Porque eu experimentei esse cinco vezes, ele me chamou a atenção — Os olhos da mulher brilham com a suspeita de que está chegando perto.

240

— Não — responde a CEO. — Você o está vestindo. Faz parte de você. Quando as pessoas usam o termo "ponto forte", estão se referindo à algo que apresenta maior resistência.

A mulher franze a testa.

— Não, tenho certeza de que minha entrevista de emprego não tinha nada a ver com isso.

A CEO sorri.

— Ponto forte também pode se referir a uma qualidade, talento, habilidade ou especialidade mais bem-desenvolvida de uma pessoa.

A mulher é tomada por compreensão, e o alívio em saber que o sigilo em relação à existência de um ponto forte não fora uma conspiração contra ela rapidamente se transforma em constrangimento.

— Não precisa ficar envergonhada — diz a CEO depressa. — Estou feliz por você não ter passado na última entrevista de emprego, senão eu não teria te conhecido. Você demonstrou sua maior qualidade aos montes. Sua *tenacidade* é seu ponto forte, e seria um honra se você se juntasse à minha equipe.

Ela estende a mão, e a mulher a olha com surpresa, radiante diante da inesperada reviravolta.

— E aí? — incita a CEO. — O que acha?

— Não vou impor nenhuma resistência a isso — diz ela, sorrindo e apertando a mão da CEO.

*A mulher que falava a
língua das mulheres*

O órgão mais poderoso do governo é um gabinete que exercita autoridade executiva sobre o país. Os habitantes do país são homens e mulheres; no entanto, o governo e seu gabinete são compostos apenas por homens. Duzentos políticos têm assentos no parlamento nacional, dos quais quinze ocupam posições ministeriais no gabinete. Esses quinze homens se encontram diariamente para discutir as questões importantes do país, e é num desses dias que o principal conselheiro do chefe do governo, Número Um, entra na sala de reunião do gabinete carregando o resultado de uma pesquisa.

— Tenho uma pesquisa de grande importância. Parece que um grande número de mulheres do país está incomodado com nossa liderança.

Os homens escutam enquanto ele explica como a pesquisa foi conduzida, traduzida e analisada por mais homens de várias repartições do governo.

— Qual é o problema das mulheres? — pergunta o chefe.

— Elas expressam decepção com a falta de mulheres no gabinete, ou no governo como um todo, que possam falar por elas.

Alguns homens riem.

— Mas nós falamos por todos — argumenta um. — Agimos em nome de todos os cidadãos.

— Mas elas dizem que não agimos em nome *delas*. E que não ouvimos de fato suas preocupações.

— Não ouvimos o quê? Quem está dizendo alguma coisa? Eu deixei passar algum relatório? — pergunta o chefe em tom exigente.

— Essa pesquisa foi feita especificamente a partir da população feminina do país. Ou sua maioria.

— E a população feminina que não se opõe?

— Elas se opõem às mulheres descontentes, acreditam que estão tentando ser como homens. Querem que elas se acalmem.

— Então é meio que uma guerra civil entre as mulheres?

O gabinete volta a rir.

O chefe pensa um pouco e estuda o gráfico anexo ao relatório. Os números não são bons, a porcentagem de insatisfação está alta. Porcentagens de insatisfação o deixam desconfortável, especialmente em pesquisas de grande importância. Ele aprendeu que é melhor dar ouvidos a tais pesquisas, e confia cegamente no Número Um.

— Chefe, se me permite... — manifesta-se um ministro do gabinete. — Se não há nenhuma mulher no gabinete ou no governo, então não há questões femininas das quais falar. Se permitirmos que mulheres se juntem a nós, de repente vários problemas serão criados, tirados do nada, uma bagunça.

Uma bagunça, de fato. Era mesmo um dilema, ainda mais quando já tinham tantas outras questões mais importantes com as quais lidar sem adições à carga de trabalho deles.

— Temos certeza de que não se trata de um truque da oposição para criar outra distração boba?

— Fomos nós mesmos que fizemos essa pesquisa, chefe — admite Número Um. — O senhor nos pediu para investigar secretamente a satisfação dos eleitores.

— Sim, mas eu não quis dizer para perguntar às *mulheres*! — Ciente de que erguera a voz, ele faz um esforço para se acalmar. É o chefe por um motivo, é função dele pensar e decidir. Ele pensa. Ele decide. — Precisamos agir. Traga uma mulher para falar em nome da causa, e nós ouviremos o que as mulheres têm a dizer.

Uma mulher inteligente é encontrada, uma mulher culta. Uma mulher bonita. Todos estudam a aparência dela, alguns com discrição, outros nem tanto.

A mulher fala. Por um longo tempo. Parece nunca acabar.

O chefe franze a testa e olha para os outros ao redor. Sente-se desconfortável, fora de eixo. Toma um gole d'água. Está ouvindo corretamente? Ele olha para os colegas ao redor e vê expressões carrancudas, olhares preocupados, alguns sorrisos presunçosos nos rostos dos colegas. As reações deles não o fazem sentir melhor; a mulher o desconcerta.

Quando ela termina de falar, todos se viram para ele, criando um silêncio carregado. Ele pigarreia, agradece à mulher por seu tempo, então ela se retira.

Ele olha para todos ao redor.

— Alguém entendeu alguma coisa?

Todos balançam a cabeça, murmurando e resmungando entre si, e ele sente o alívio dos homens ao perceberem que mais ninguém entendeu uma palavra do que ela falou. Ele está imensamente aliviado também... não foi só ele, o que significa que não perdeu o jeito.

— Por que você chamou uma mulher que não fala nosso idioma nacional?

— Nós chamamos, chefe. Ela estava falando nosso idioma, mas na versão das mulheres.

Eles pensam um pouco.

— Faz sentido... Eu entendi as palavras individuais, mas não a maneira como elas foram organizadas. E o tom dela... — Ele nota outros estremecerem. — Foi incomum.

— Estridente — diz um homem.

— As mulheres deveriam ser mais suaves. Não é construtivo usar um tom desses — fala outro.

— Meio sabichona — comenta outro.

— Sim, chefe — pronuncia-se Número Um, tomando nota.

— Então é assim que as mulheres falam? — pergunta o chefe.

— Sim, chefe. Acreditamos que seja um dialeto diferente.

— E as mulheres do nosso país querem que *nós* falemos assim?

— São duas coisas, chefe. As mulheres do nosso país querem que você entenda o dialeto delas, mas também querem que mulheres que falam esse dialeto entrem para o governo para poderem usar a própria voz.

— Por que não nos livramos de vez dos homens? — explode um homem.

— Acalmem-se. Políticas mulheres para representar cidadãs mulheres? — O chefe pensa. Ele consegue ver as vantagens, seria uma maneira de delegar essa carga extra de problemas inesperados a quem os está trazendo à tona, mas e se elas tomassem decisões com as quais os homens não concordassem, ou pior, não entendessem?

— Não, chefe — diz Número Um, interrompendo seus pensamentos. — A ideia seria que mulheres no governo representassem *todos* os cidadãos, não só as mulheres.

Alguns dão risadas e grunhidos.

— Que disparate! Como elas podem representar os homens se são mulheres e falam a língua das mulheres? — pergunta ele.

— É exatamente esse o argumento das mulheres em relação aos políticos homens, chefe.

Um silêncio recai sobre o gabinete.

— E, se me permitem adicionar — fala Número Um, quebrando o silêncio —, não é só o dialeto, mas seus pensamentos também diferem dos nossos.

Notícias sérias, de fato. Ideologias diferentes. Vozes novas. Uma perspectiva assustadora para um governo estável.

O chefe pondera o dilema.

— Mas como uma política mulher pode representar um cidadão homem se ela tiver um dialeto e um modo de pensar diferente? Nenhum homem vai aceitar isso — diz ele, sentindo o suor brotar na testa. — O eleitorado masculino não vai gostar.

— Chefe, se você olhar esse gráfico aqui, vai ver que o eleitorado também é formado por um grande número de mulheres.

— Sim, mas o eleitorado masculino é *mais barulhento*. E, por ser mais barulhento, seus pensamentos e questões recebem fontes maiores nas manchetes dos jornais. Aprendi isso com o editor da nossa maior publicação. Eles relatam mais questões relacionadas a homens nas páginas mais populares porque têm mais leitores homens, e o motivo para isso é que as mãos dos homens são maiores e mais habilidosas em segurar esse caderno específico.

— Chefe, acreditamos que as mulheres se tornaram adeptas de segurar jornais do mesmo tamanho, e a mídia online está crescendo. Há várias outras fontes de notícias hoje em dia. Manchetes e tamanhos de fonte não necessariamente importam atualmente.

— Mas você acabou de ver uma mulher nessa sala e como ninguém entendeu uma vírgula do que ela estava dizendo! Como podem esperar que trabalhemos lado a lado?

— As mulheres acreditam que os homens vão aprender a entendê-las com o tempo, assim como as mulheres aprenderam a entender a linguagem dos homens. Todas as mulheres falam a língua dos homens, elas cresceram bilíngues. Nenhum homem dessa sala fala a língua das mulheres. As pesquisas parecem sugerir que as mulheres acreditam que deveria ser uma via de *mão dupla*.

O chefe suspira. Que pepino. E ele não sabe bem se gosta do fato de as mulheres terem tido sua própria língua secreta por esse tempo todo.

— Quanto do eleitorado feminino votou em mim?

— Metade, chefe. A outra metade nem votou. Então, pelo lado positivo, era você ou ninguém.

— Se eu admitir uma mulher, as mulheres vão votar nela em vez de em mim. — Ele tenta reprimir o choramingo em sua voz.

— Ou elas vão votar em você por verem que está gerando mudanças e as escutando, que talvez até se importe com elas, o que poderia dobrar seu apoio.

O chefe prefere não adicionar que ele não precisou do apoio delas para chegar a essa posição para começo de conversa. Ele suspira.

— Temos um tradutor disponível para pelo menos aprender a falar a língua das mulheres?

— Que absurdo! — exclama o Ministro da Justiça e Igualdade de repente, se levantando com o corpo tremendo de raiva. — Eu me demito imediatamente! — E sai da sala pisando forte.

Número Um sente o clima e intervém.

— Chefe, acreditamos que haja algumas mulheres capazes e dispostas a se adequar à vestimenta e linguagem dos homens... para ter uma oportunidade, por assim dizer. Elas podem falar nossa língua. Elas não causam *distrações* pelo fato de serem mulheres. Seus traços femininos foram minimizados e podem ser facilmente ignorados.

— Ora, acho que todos podemos concordar que isso faria uma grande diferença para todos nós, certo?

Gestos afirmativos de cabeça e murmúrios de concordância.

— Quanto menos notarmos que elas são mulheres, melhor e mais eficientemente poderemos fazer nosso trabalho. Pelo país.

Mais murmúrios de concordância.

— Se as mulheres fossem, de alguma forma, desfeminilizadas e falassem nosso dialeto masculino, nós poderíamos encontrar uma forma de nos comunicarmos com elas.

A opinião foi popular.

— Humm. Então vamos encontrar as mulheres-que-falam-a--língua-dos-homens que não fiquem tagarelando sobre as questões femininas.

— Isso pode ser difícil — diz Número Um, analisando seu checklist. — Elas querem que o senhor lhes dê permissão para expressar suas visões femininas.

— Os homens têm a maioria no governo — explica o chefe. — As integrantes mulheres vão precisar dançar conforme a música.

— Sendo a música a visão masculina.

— Isso.

— Mas e quanto às visões femininas?

— Sobre o quê?

— Sobre questões femininas?

— Elas serão levadas em consideração pelos homens.

— E quanto às opiniões delas sobre as questões masculinas?

— O que tem elas?

— Também serão levadas em consideração?

— Não! — Ele quase dá risada. — Isso é absurdo. Como uma mulher pode ter opinião sobre uma questão masculina?

— Porque todos os homens desse gabinete têm uma opinião sobre questões femininas, e sempre tiveram. Em todos os 35 gabinetes, na história inteira do estado.

Silêncio constrangedor.

— Isso é porque nós somos a maioria! Sinceramente, seria de se pensar que você está do lado das mulheres.

— Nem um pouco, senhor — responde Número Um, sentindo o suor brotar acima do lábio superior —, eu só quero tratar essa pesquisa com a seriedade merecida. Uma porcentagem da população infeliz por tanto tempo pode ter o efeito de uma garrafa de refrigerante chacoalhada.

— Entendo — diz o chefe, já entediado. — Vamos começar permitindo que essas mulheres-que-falam-a-língua-dos-homens se juntem a nós para discutir questões apresentadas, então veremos como seguir a partir daí.

Os integrantes do gabinete balançam a cabeça em concordância. É um meio-termo justo. Progresso, mas com mulheres da escolha deles, para serem usadas como eles quiserem.

— Reunião suspensa.

Enquanto todo mundo sai, o chefe tem uma ideia e chama Número Um de volta.

— Uma palavrinha em particular!

Eles esperam até que a porta se feche atrás do último ministro e eles estejam sozinhos.

— Ocorreu-me que mulheres sendo mulheres frequentemente distraem os homens do que elas estão realmente dizendo.

— Sim, parece que sim.

— Podemos usar isso em nossa vantagem.

— Podemos, chefe?

— De fato. Encontre algumas mulheres-mulheres. Você sabe de quais eu estou falando.

— Sim, chefe.

— Podemos usá-las para distrair as pessoas de certos assuntos. As palavras, quando ditas por elas, vão confundir as pessoas, talvez mascarar o que está sendo dito de verdade. Isso pode ser útil a nós e aos objetivos do nosso partido.

— De fato, chefe. Só para ver se entendi, nós precisamos de mulheres-que-falam-a-língua-dos-homens no governo para discutir os assuntos do dia a dia, mulheres-que-falam-a-língua-dos-homens para traduzir as questões das mulheres, e precisamos de mulheres--mulheres para distrair das questões masculinas mais preocupantes.

— Sim — diz o chefe, se recostando na cadeira, se sentindo muito satisfeito consigo mesmo.

— E como deveríamos usar os homens do governo?

O chefe ri como se a pergunta fosse ridícula.

— Ora, os homens são só os homens; o papel deles é serem homens, sem distrações. Quando eles falam, eles falam a língua dos homens, e todo mundo os ouve.

— É claro. — Número Um escreve furiosamente, então junta suas anotações e sai depressa da sala de reunião. Ele deixa as páginas na mesa do lado de fora e vai direto para o banheiro, sentindo o suor escorrendo pelas costas. Ao entrar na cabine, ele tranca a porta, afrouxa a gravata e abre os primeiros botões da camisa. Mal consegue respirar. Precisou de todas as forças para não gritar durante aquela reunião. O suor escorre por sua testa, e ele o seca com o lenço. Cutuca a testa com a unha, então arranca lentamente a cabeça careca.

O cabelo dela desce pelos ombros. Ela massageia a cabeça com frustração, se permite um momento de liberdade. Por quanto tempo isso precisa continuar: ser o conselheiro mais respeitado da equipe, mas precisar esconder sua verdadeira identidade?

Ainda assim, hoje houve progresso. Uma vitória de certo modo.

Ela fica ali por um momento, faz algumas anotações, checa o celular. Então volta a vestir a careca, se certificando de que o cabelo não apareça por baixo. Ela abotoa a camisa, aperta o nó da gravata, limpa os sapatos, pigarreia para ajustar o tom e sai do banheiro masculino.

*A mulher que encontrou
o mundo numa ostra*

Ela está a caminho de um almoço beneficente para mulheres, que a vem deixando nervosa desde que o convite chegou pelo correio. Um envelope dourado com a caligrafia familiar lhe causara um aperto no estômago. Se ela queria um dia passar no "teste" de ser mulher de verdade, hoje definitivamente era o dia. Ela fez exfoliação, limpeza de pele, manicure, pedicure, depilação perfeita. Escolheu a roupa com cuidado, um vestido rosa-claro sofisticado e reto, nada exagerado nem chamativo. Um cardigã de caxemira com detalhes em pérola solto sobre os ombros. Sapatos rosa-claro com um saltinho baixo — ela ainda está se acostumando a usar salto e não quer correr o risco de cair na frente daquelas mulheres —, e uma bolsinha de festa quadrada para carregar numa mão enquanto segura uma taça de champanhe na outra. Dessa forma ela não terá nenhuma mão livre, nada para contorcer ou gesticular nervosamente. E é claro que está usando um conjunto de pérolas. Era da mãe dela. A irmã ficara com todas as joias da mãe delas depois de sua morte, sem saber que a mulher desejava a maioria delas, mas a presenteara com o colar de pérolas havia poucos dias por saber como ela estava nervosa sobre hoje, por saber como ela queria ser aceita.

O colar de pérolas fora um gesto com o intuito de mostrar que a mãe estaria orgulhosa dela, da coragem dela, a coragem de se tornar ela mesma. E por mais que a mulher tivesse apreciado o presente, não sabia bem se concordava que sua mãe fosse pensar qualquer uma dessas coisas. Ainda assim, a intenção foi boa. Pérolas são consideradas por muitos as pedras mais femininas e mágicas, as únicas criadas por um organismo vivo, e sendo joias o negócio da família, a irmã dela teria entendido a ligação.

O almoço beneficente vai acontecer no Madrepérola, um restaurante com estrela Michelin numa área abastada, onde o antigo porto de pesca foi gentrificado com a chegada de uma série de cafeterias artesanais, peixarias caras e restaurantes de chefs famosos e estrelados. A ex-esposa da mulher, Charlotte, está no comitê de angariação de fundos da organização beneficente. Foi ela quem a convidou esse ano, o primeiro contato delas em muito tempo, o primeiro contato civilizado em mais tempo ainda. A mulher fica hesitante diante do convite de Charlotte, desconfiada de sua generosidade.

Ela segue outras mulheres que vacilam em seus saltos pelo píer de pesca de paralelepípedos, segurando umas às outras pelos cotovelos, de cabeça baixa, concentradas. Fica aliviada por estar de salto baixo. Reconhece essas mulheres da escola, das entradas e saídas, festas de aniversário, mas conhece a maior parte delas da sua própria loja de joias na cidade, a empresa familiar que foi passada a ela depois da morte do pai. Ela ainda não se encontrou com todo mundo em sua versão verdadeira, se manteve afastada da loja durante o último ano, gerenciando o negócio a distância. Independentemente das intenções da ex-esposa, ela não se permitiria sentir como se esse dia fosse um teste de sua feminilidade. Já chegou longe demais para isso.

Sente uma gota de suor escorrer pelo decote ao se aproximar da entrada, onde duas mulheres sentadas atrás de uma mesa riscam nomes de uma lista. Ela está convencida de que esse convite foi pensado para envergonhá-la, para fazer com que se sentisse excluída, como se não pertencesse. Bem, ela se sentiu assim a vida toda.

Ergue o queixo e segue as mulheres, vestidas em seus Hervé Léger, Roland Mouret e Chanel, até a porta. As mulheres à mesa nem precisam olhar a lista quando ela entra, a reconhecem imediatamente. Sorrisos animados, recepções exageradas. A transgênero chegou. Ela pega uma taça de champanhe de uma bandeja e dá um gole ao adentrar mais a sala. Dá outro golinho rápido, então um gole maior quando ninguém está olhando.

— Aí está você! — Ela ouve a voz alta e cantarolada da ex-esposa e se vira para vê-la se aproximando, de braços abertos, receptivos, puxando-a para um abraço.

— Oi, Charlotte — diz ela. — Obrigada pelo convite.

— Ora, como você está linda — elogia Charlotte, baixando o olhar para seu vestido, demorando-se em seus seios. — Essa cor fica ótima em você.

Ambas estão conscientes dos olhares que recebem, então agem apropriadamente, fingindo não notar. Charlotte dá um aperto bem forte em seu braço.

— Isso não é divertido?

Charlotte está com o mesmo perfume que usa há vinte anos, aquele que a mulher comprava para ela todo ano, de aniversário: Chanel Nº 5. Ela se lembra de segurar os potes sofisticados e cheirar a loção corporal luxuosa ao longo dos anos e desejar usá-la em si mesma, amargurada pelas pontadas de inveja. Talvez tenha descontado esses sentimentos em Charlotte, usando a raiva que sentia de si mesma contra a outra. Negara tanto por tanto tempo; sua esposa merece que ela não negue isso agora.

Charlotte está linda. De preto como de costume. Seus braços torneados são revelados pelo vestido Dolce & Gabbana. Seus pés estão calçados em sapatos pontudos pretos de saltos altíssimos, que destacam suas panturrilhas esguias e bronzeadas. A mulher inveja sua habilidade de usar sapatos tão altos e caminhar tão naturalmente com eles, não como as outras, que cambaleiam pelo cômodo. Ela usava saltos enormes até mesmo enquanto empurrava os filhos no carrinho. O cabelo dela, a maquiagem, tudo em Charlotte é lindo e parece não exigir esforço, mas a mulher sabe quanto tempo e esforço são dedicados à aparente simplicidade dessa mulher estilosa.

Ela conhece Charlotte por dentro e por fora, percebe seu nervosismo agora, por mais que ninguém mais pudesse perceber. Conhece os truques de Charlotte. Nota que seus olhos estão um pouquinho brilhosos demais, sua voz está um pouco aguda demais, seu ritmo um pouco acelerado demais.

Saber isso acalma a mulher de alguma forma. As duas estão nervosas. Ela segura a mão da outra, aperta-a com firmeza, como se para dizer que entende. É um gesto familiar de todos aqueles anos como marido, mas em vez de acalmar Charlotte, parece agitá--la. Ela retrai a mão imediatamente. Talvez ache mais fácil fingir que a mulher é uma pessoa nova, uma nova amiga para conhecer. A mulher fica envergonhada.

Charlotte a olha fixamente nos olhos.

— Você ainda está aí dentro — diz ela suavemente.

Ela tem a impressão de ver os olhos de Charlotte se umedece-rem de leve, então, na mesma rapidez com que brotaram, as lágri-mas secam, e ela volta ao modo organizadora, acompanhando-a até sua mesa, apresentando-a às outras nove mulheres alegrinhas por causa do champanhe com quem ela vai passar a noite.

Para sua surpresa, a mesa não fica do lado de fora, próxima a uma saída de emergência, com as desajustadas. Ela está numa posição proeminente, central, acompanhada de mulheres inteli-gentes, bem-sucedidas, interessantes. Após se sentar, ela começa a aproveitar a noite; o champanhe está fazendo efeito e ela se sente confortável e animada, feliz. A entrada chega. Ostras.

A mulher sorri. Sente uma afinidade por ostras por vários motivos. O mais óbvio é que produzem a pedra preferida dela, a pérola. É aquele impasse, aquele lembrete de que, na natureza e na vida, não é possível ter tudo; as ostras comestíveis não produ-zem pérolas e as ostras perlíferas não são comestíveis; sua carne é gordurosa e de sabor rançoso.

Pérolas naturais são extremamente raras: apenas uma em dez mil ostras selvagens gera uma pérola e, dentre essas, só uma pequena porcentagem atinge o tamanho, formato e cor de pedras desejáveis. A mulher sabe disso por uma questão profissional, é claro; é parte do motivo pelo qual as ama.

O segundo motivo é que, durante seu primeiro ano, as ostras se reproduzem como machos, liberando esperma na água. Nos anos seguintes, elas desenvolvem reservas de energia maiores e passam a se reproduzir como fêmeas, liberando ovos.

Mas há um terceiro motivo, e ele envolve Charlotte. Ela dá uma olhada para ver se ela está lembrando da mesma coisa, mas Charlotte está absorta numa conversa na própria mesa, no centro das atenções, suas ostras intocadas.

A mulher ergue a primeira ostra e mexe um pouco nela com o garfo. Faz uma pausa quando algo chama sua atenção. Algo brilhante e iridescente. Uma bolinha. Uma pérola! Mas é impossível, essa não é uma ostra perlífera. Ela afasta a carne com o garfo e examina a pérola, se distraindo da conversa. Precisa dos óculos, mas não os trouxe porque não caberiam na bolsinha de mão. Na verdade, ela precisa da lupa de joalheiro para poder examiná-la corretamente. Está tentando decidir onde guardá-la para poder levá-la para casa e estudá-la quando o som de uma colher contra uma taça atrai a atenção de todos para a frente da sala, onde Charlotte está de pé.

Tranquila e confiante, Charlotte é uma oradora natural, uma forte defensora dos direitos das mulheres. Começa dando as boas-vindas a todas, informando a quantia angariada no ano passado e para onde ela foi, o quanto ajudou as necessitadas. Ela não poupa detalhes, essas mulheres não estão aqui só para se divertir, precisam ouvir os fatos, e ela não doura a pílula.

— Como vocês todas sabem, todo ano tem um tema. Convivemos com meninas e mulheres, tentando encontrar fundos para assistir, encorajar e inspirá-las a prosperar neste mundo. Queremos que elas e nós ocupemos uma posição que nos permita alcançar as oportunidades que a vida tem a oferecer. O tema de hoje é

"O mundo é sua ostra", o que explica a escolha desse cenário maravilhoso; e agradeço imensamente ao Chef Bernard e toda a equipe por um almoço tão maravilhoso e memorável.

O coração da mulher bate com força. Charlotte continua falando, mas a mulher não consegue se concentrar; está emotiva, está perplexa. Como tem uma pérola na ostra dela? Por um momento, ela se pergunta se Charlotte providenciou isso deliberadamente, e, se sim, por quê? Faz dois anos que estão em guerra uma com a outra. Até mais, se incluir os anos que passaram casadas.

Quando Charlotte se senta sob uma onda ruidosa de aplausos, ela olha para a mulher. Oferece um pequeno dar de ombros, quase brincalhão. Chama um garçom e sussurra no ouvido dele. Ele ergue o olhar para a mulher e atravessa a sala até ela, com uma jarra de água na mão, mas, em vez de lhe oferecer água, ele se abaixa discretamente e diz:

— Ela pediu para eu te dizer que está feliz por você não ter engasgado com a pérola.

A mulher leva a mão ao peito ao ouvir a frase. Segura as pérolas ao redor do pescoço. Lembra do dia, vinte anos antes, em que pediu Charlotte em casamento num restaurante, observando-a com nervosismo enquanto ela abria uma ostra no prato e encarava o anel de noivado no interior.

"Estou feliz por você não ter engasgado com o anel", dissera a mulher a Charlotte na época, tentando nervosamente preencher o silêncio como sempre fazia na época, apesar de não o fazer mais. Ela aprendeu a ficar confortável com silêncios.

Volta a olhar para a ostra e a pérola.

O objetivo de Charlotte hoje não era humilhá-la, e sim o oposto. A mulher recebera a mensagem de Charlotte de aceitação e proposta de amizade em alto e bom som.

O mundo é sua ostra.

A mulher que protegia gônadas

— Eu gostaria de fazer uma vasectomia — diz o homem, reme-xendo os dedos, brincando com a aliança, deslizando-a para cima e para baixo no dedo.

Ele está sentado a uma mesa de reuniões, sentindo-se exposto e vulnerável diante de três mulheres de terno risca de giz. Apesar de sua experiência profissional em ambientes corporativos, essa visita aborda um assunto pessoal, e ele se sente intimidado pelas ex-pressões delas. O clima tenso está gerando um ar de interrogatório à reunião totalmente diferente do que ele esperava. Ele direciona suas palavras para a mulher no centro, porque até agora foi só ela quem falou. Pega um copo de água fria à sua frente e dá um gole.

A mulher à direita se arrepia ao ouvir as palavras dele, a mulher à esquerda assume uma postura rígida; ela olha para ele por cima do nariz longo, mas, novamente, é a mulher no centro que responde.

— É normal ter sentimentos contraditórios sobre não querer filhos, especialmente quando eles não são planejados — diz ela.

Não me diga o que eu quero, não me diga o que eu sinto, esbraveja ele para si mesmo.

— Então você sempre deve planejá-los — adiciona a corpu-lenta à direita.

— Estamos aqui para aconselhá-lo — continua a mulher no centro — em sua decisão de fazer uma vasectomia.

— Eu já tenho dois filhos — conta ele. — Entendo as respon-sabilidades, amo meus filhos, mas simplesmente não podemos ter mais nenhum. Sentimos que nossa família está completa e, financeiramente, não teríamos como lidar. Minha esposa definitivamente não quer ter outro filho.

— Posso saber onde aprendeu sobre vasectomias?

— Li na internet.

— Então sabe que é ilegal neste país.

— É mesmo? Por que não podemos fazer aqui? Ouvi dizer que é um procedimento seguro, rápido, de dez minutos.

— Não aqui.

— Mas eu quero compartilhar o fardo da contracepção. Quero assumir o controle da minha própria fertilidade.

— Não — diz a mulher troncuda à direita.

— Como assim "não"?

— Você não tem permissão.

— Quem disse?

— A lei.

Ele sente a raiva borbulhar.

— Perdoe a Mary, ela é muito passional sobre esse assunto — diz a mulher no centro com gentileza. — Quando você diz que não conseguiria lidar com mais filhos, quer dizer que sentiria desejos suicidas?

— Não! — exclama ele.

— Ah. Que pena. — Ela solta um muxoxo. — Bem, sinto dizer que essa é a única circunstância em que poderíamos realizar sua vasectomia hoje.

— Ou se o esperma ejaculado do seu pênis estivesse prestes a te matar — adiciona a magricela à esquerda.

Ele olha para ela, assustado.

— Isso pode acontecer?

— Obrigada, Amanda. — A mulher no centro coloca uma das mãos no braço da colega de maneira tranquilizadora. — Sr. Smith, o senhor já pensou nas suas responsabilidades morais para com seu esperma?

Os olhos dele se arregalam.

— Um esperma não é uma vida.

Mary inspira bruscamente.

— A ciência da embriologia e genética deixa claro que a vida humana começa na fertilização — diz o homem, agora com raiva.

— Sua esposa poderia ter tido seus dois filhos sem seu esperma? — pergunta Mary.

— Não. É claro que não.

— Então pronto. Sem esperma, a vida não é possível. Com o esperma, vem a criação da vida. Você não pode aniquilar a criação da vida — diz Mary.

— E a sua falta de consideração pelo esperma? Por que negar ao esperma seu direito à vida? — pergunta Amanda, à esquerda.

— É meu direito escolher o que fazer com meu esperma — responde ele, irritado.

— Sei que é difícil entender, mas seus direitos reprodutivos são da nossa conta — responde a mulher no centro.

— Isso é ridículo — grita ele, se levantando. — Não importa se vocês concordam pessoalmente ou não! Não podem tomar uma decisão sobre o *meu* corpo baseada em *suas* opiniões pessoais. O SÊMEN É *MEU*! OS TESTÍCULOS SÃO *MEUS*! — ruge ele, com o rosto vermelho, as veias do pescoço pulsando.

Faz-se uma pausa carregada.

— Essas não são nossas opiniões pessoais — diz a mulher suavemente, como se para não o irritar de novo. — É a lei. Essa é a diferença.

— Mas é ridículo — protesta ele. — É meu... como vocês podem... — Ele se atrapalha, buscando palavras. — Vocês não podem dizer a um homem o que fazer com o próprio corpo. Nunca ouvi nada assim na vida. É... sem precedentes.

A mulher no centro ergue a sobrancelha.

— Por que vocês não me disseram isso por telefone? — explode ele.

— Imagino que seja lá quem falou com você no telefone tenha dito para você vir aqui porque é ilegal dar conselhos por telefone. Precisa ser cara a cara.

— Vocês deveriam me aconselhar, não tentar me dissuadir... Vou denunciá-las. Enfim, não me importa o que dizem, vou pegar um avião e voar para qualquer um das centenas de países do mundo onde é legal fazer o procedimento com segurança, a qualquer dia.

Amanda, à esquerda, balança a cabeça.

— Puxa vida.

— Você não deveria ter nos falado isso — diz a mulher no centro. — Podemos ser obrigadas a alertar as autoridades, que podem impor uma ordem de restrição a você, impedindo-o de viajar.

— Como assim?!

— Mas se você conseguir ir sem alertar as autoridades, quando voltar — sugere ela —, por favor, entre em contato conosco e teremos todo o prazer em fornecer os check-ups médicos e serviços de acompanhamento pós-vasectomia gratuitos.

Mary olha por cima do ombro.

— Evelyn está ali de novo.

Ele se vira.

Vê uma mulher com um cartaz retratando uma foto detalhada de um pênis. SALVEM O SÊMEN.

— Que nojo — comenta ele com repulsa.

— Tão indelicado — concorda a mulher no centro.

— Em plena luz do dia — adiciona a mulher robusta.

— E tão perto de uma escola — fala a magricela.

— Esperma é uma palavra melhor — opina a mulher no centro.

— Certamente melhor do que porra — responde a robusta.

— Ou leite de pau — adiciona a magricela.

O homem olha para elas com os olhos arregalados, incapaz de acreditar no que ouve. Ele lança um último olhar às três mulheres e sai da clínica, passando pela manifestante silenciosa.

— O corpo é meu — grita ele para ela. — Não tem nada a ver com você!

Ela vira o cartaz. Uma imagem maravilhosamente detalhada de um par de testículos, e acima, *Protejam as gônadas*.

266

A mulher que foi colocada numa caixa

— Com licença! — exclama ela para a funcionária no balcão abaixo dela.

A funcionária não responde. Está incrivelmente ocupada mexendo em papéis a toda velocidade, colocando-os nos escaninhos que a cercam, tudo instantaneamente categorizado de acordo com cor, assunto ou tópico.

— Alô-oooo! — cantarola a mulher, balançando os braços.

A funcionária ou a ignora ou não consegue ouvi-la de onde está, espremida num quadrado no topo da escrivaninha. Ela se contorce e tenta mexer os braços e pernas, mas está presa.

— Com licença! — grita ela para a funcionária, que não olha para ela. — Esse não é o meu lugar, me deixe sair!

A funcionária continua arquivando documentos em todos os compartimentos ao seu redor.

Ela está ofendida por ter sido confinada na caixa. É muito mais do que essa única caixa; poderia ter sido colocada em várias caixas, ela é muitas daquelas outras coisas também.

— Ela não vai te ouvir — diz uma voz que vem de baixo dela.

Ela olha para baixo.

— Oi — diz uma mulher espremida numa caixa a algumas fileiras de distância. — Janet. Mãe solo. Não consigo terminar o que começo.

— Oi, Janet — responde ela.

— Eu também toco ukulele, mas *uma certa pessoa parece não se importar* — fala Janet, erguendo a voz para que a funcionária lá embaixo ouça. Não há reação.

— Rá! Bem, eu sou a mãe louca irresponsável, prazer em conhecê-la — diz outra mulher num canto distante. A mulher baixa o olhar para seu canto direito.

— Oi — cumprimenta.

— Eu saio a cada duas semanas, e quando saio, nossa, como eu bebo — diz ela. — E danço, e isso me torna irresponsável, aparentemente. Tão louca! Cuidado, é a *Mary perigosa que gosta demais de gim*!

A funcionária continua classificando loucamente a papelada, sem prestar nem um pingo de atenção àquelas que já foram arquivadas.

— Eu também jogo tênis — adiciona Mary. — Gosto de livros de colorir para adultos e caminhadas na praia, mas ela não se importa com isso, né?

A mulher ouve uma risada desdenhosa e espia o escaninho ao seu lado.

Uma mulher, que está lixando as unhas, ergue o olhar.

— Oi, eu sou a Brooke. Sou tímida. — Ela se debruça sobre a beirada e joga a lixa na funcionária, que não reage. Ela suspira.

— Olá da mãe superprotetora! — grita uma mulher de algum compartimento.

— Olá, mãe sufocadora, eu sou a mãe coruja! — exclama outra voz de outra direção. — Num minuto eu sou uma mulher idiota que não dá a mínima para os problemas mundiais e que vai matar todo mundo em seu caminho para se certificar de que seu filho seja bem-sucedido, e no seguinte estou assando biscoitos!

Todas riem.

— Eu sou estranha. — A mulher ouve uma nova voz. Baixa o olhar e vê uma mão acenando de um escaninho.

— Oi.

— Eu sou uma mãe trabalhadora que é egoísta e odeia os filhos! — adiciona uma voz de repente, e todas riem.

Duas mãos dão um "toca aqui" por entre os compartimentos.

— Eu sou uma mulher gorda. Nada mais! — declara uma mulher, e recebe resmungos em resposta.

— Eu sou uma marombeira que julga o estilo de vida de outras pessoas — diz outra.

— Eu sou uma mulher gorda que se exercita — anuncia alguém, e as outras comemoram.

— Eu sou a mulher cujo marido teve um caso.

— Eu sou a mulher cruel que teve um caso com o marido de outra! — grita outra.

— Nicola Nagle, é você?

— Não.

— Graças a Deus.

As mulheres riem.

— Filha de pai ausente!

— Controladora.

— Paqueradora!

— Sogra irritante.

— Dissimulada!

— Boazinha, mas se eles soubessem a verdade...

Todas fazem *uuuh* em uníssono.

— Segunda esposa.

— Terceira esposa.

— Vingativa.

— Mandona.

— Mentirosa!

— Vítima.

— Sobrevivente.

— Vaidosa!

— Materialista!

— Esposa de jogador de futebol!

— Mãe Natureza!

— Esposa!

— Mãe!

— Esposa sem mãe!

— Mulher sem marido!

— Viciada.

— Complexo de superioridade.

— Subversiva!

— Feminista odiadora de homens!

— Piranha!

— Lésbica perua!

Todas riem e ficam em silêncio por um momento, tirando um descanso da gritaria de rótulos.

— É só que é mais fácil — diz a funcionária de repente, quebrando o silêncio e erguendo o olhar para os enormes escaninhos à sua frente.

— O que é mais fácil? — pergunta a mulher.

— É como uma manchete. Quando você lê mais, descobre o conteúdo. Quando as pessoas conhecerem vocês, vão descobrir quem são.

— Mas elas não vão nos conhecer se não gostarem da manchete — responde a mulher, recebendo concordância geral. — E manchetes vivem fora de contexto.

Todo mundo joga alguma coisa de seu compartimento na funcionária. Ela se abaixa para se proteger, então volta com um capacete de bicicleta.

— Olha, não coloquem a culpa em mim, eu só estou fazendo meu trabalho. É mais fácil assim, confiem em mim.

— Mais fácil para quem? Para você? — pergunta a mulher.

— Bem, sim. Para mim e todo mundo. Porque assim as pessoas vão saber onde encontrar vocês, o que pensar de vocês. Eu vou saber onde buscá-las quando vierem à procura. É eficiente.

— Mas meu lugar não é aqui! Eu sou um pouco de várias dessas caixas — explica a mulher. — Você está me impedindo de alcançar meu potencial máximo. — Ela se contorce no compartimento, desconfortável.

— Exatamente! — concorda outra pessoa. — Eu sou uma feminista gorda piranha odiadora de homens. Deveria estar em pelo menos quatro caixas!

Todas riem.

— Então eu deveria esquartejar vocês e separar as partes do corpo? — pergunta a funcionária.

— Não! Não seja ridícula. Só nos deixe sair — diz a mulher. — Nem se dê ao trabalho de nos colocar nesses escaninhos, para começo de conversa.

— E aí? Eu só deixaria vocês todas numa pilha enorme em cima do balcão. Ninguém saberia o que vocês são.

— As pessoas poderiam vasculhar a pilha e decidir sozinhas.

A funcionária solta uma risada desdenhosa.

— Clareza. Todo mundo quer clareza. Saber o que vão receber antes de receberem. Olhem ao redor!

Elas olham ao redor e se veem cercadas de centenas, milhares de escaninhos iguais aos delas, todos ocupados, enquanto a funcionária dedicada folheia a papelada loucamente.

— Que tal deixar que as pessoas tirem tempo para compreender quem somos depois de nos conhecerem?

— Trabalhoso demais. As pessoas gostam de receber a informação na mão.

— Eu não gosto — diz a mulher, batendo no teto acima dela, desejando ter mais espaço. — Gosto de descobrir as coisas por conta própria, formar minha própria opinião, e mesmo assim eu sei que aquela é só a minha opinião e não um fato.

— Você é rara.

— Exatamente. Mas não estou na caixa *rara*.

— É melhor arredondar vocês para o mais próximo — tenta argumentar a funcionária.

— Eu não quero isso.

— Você nunca ouviu falar do efeito Pigmaleão? No qual expectativas mais altas levam a desempenhos mais altos, e o inverso, o efeito Golem, no qual expectativas mais baixas levam a desempenhos mais baixos? Você está fazendo um desserviço a todo mundo ao nos rotular com base em nossas necessidades e riscos, em vez de nossos pontos fortes e qualidades.

— Nem todas as caixas são negativas. Tem uma caixa rotulada como *engraçada*.

— Mas eu quero ser levada a sério — diz uma voz da caixa *engraçada*.

A funcionária ignora e volta a arquivar.

Mas a mulher não desiste. O compartimento está deixando-a com calor e irritada.

— Se alguém estiver me procurando por quem realmente sou, não vai me encontrar aqui. Você está enganando as pessoas. E está fazendo com que as pessoas que realmente gostariam de mim não me encontrem.

— Talvez. Mas descomplica a papelada.

— Mas e as minhas vontades?

— Pare de ser difícil.

— Eu não estou num compartimento rotulado como *difícil* ou *rara* — diz ela, enfurecida. — São duas coisas das quais você me chamou que nem são mencionadas no meu rótulo. — Ela cruza os braços com irritação, se recosta para trás e observa a funcionária arquivar o mundo todo.

— Sabe o que você é? — grita alguém para a funcionária, de cima dela. — Você não passa de uma encaixotadora!

Todo mundo começa a rir.

A funcionária para de arquivar e ergue o olhar para elas, cheia de raiva.

— Quem disse isso?

— Eu — responde a tímida.

— Bem, agora você vai ter que sair daí, porque isso não foi muito tímido.

— Para onde eu vou?

— Compartimento *difícil*. Terceira coluna, quinta de cima para baixo.

A mulher anteriormente tímida e agora difícil sai do compartimento dela e usa as escadas que sobem e descem do cubo para chegar à nova caixa.

Uma nova funcionária chega para assumir o trabalho, vestida com a mesma calça e camisa bege.

— O chefe do departamento disse que você precisa parar agora e se mudar para o B1.

— B1? — repete a funcionária com raiva.

— O que é B1? — pergunta uma mulher lá de cima.

— Não seja tão enxerida — responde a funcionária.

— Eu não sou enxerida. Sou *pós-menopausa*.

— B1 é a caixa rotulada de *encaixotadora* — explica a nova funcionária em tom de quem pede desculpas.

— Mas isso é ridículo. Eu só estava sendo eficiente!

A nova funcionária dá de ombros.

— Desculpa, estou só seguindo ordens.

A funcionária repousa os papéis e segue com relutância para o compartimento. Ela se senta lá dentro e cruza os braços.

— Sabe, pensei que, se isso um dia acontecesse comigo, eu ficaria na caixa *artista*. Amo pintar.

— Seja bem-vinda ao time — diz a mulher. Ela bate no teto e ele se solta subitamente. Ela remove a prateleira de cima e lê o rótulo na frente. *Obstinada*. Dá uma risadinha e se senta com mais conforto na caixa maior, então chuta a parede ao lado. Por sorte, a caixa está vazia e a parede cede, permitindo que ela descanse as pernas em *libertina*.

A mulher que pegou uma carona

Ela estava dirigindo sem rumo pelas estradas rurais serpenteantes quando avistou a mulher caminhando pela beira da estrada à sua frente. A pedestre carregava uma cesta, parecia imersa no próprio mundo e nem ergueu o olhar quando o carro se aproximou, por mais que provavelmente fosse o primeiro veículo a passar por ela em horas. A mulher que dirigia, na verdade, estava entediada e precisava de companhia. Ela também precisava de um copiloto porque, por mais que soubesse perfeitamente qual era seu destino, não fazia a menor ideia de como chegar lá.

Ela encosta o carro logo à frente da mulher e espera que ela a alcance. Quando a vê se aproximar, a mulher baixa a janela, mas a pedestre continua andando, olhando bem à frente, como se num modo zumbi. Ela desconfia que, se não tivesse chamado, a pedestre teria continuado em frente.

— Olá! — exclama, se debruçando para fora da janela.

A pedestre desperta do transe e para de andar. Ela se vira e parece surpresa ao ver o carro na beira da estrada, bem onde acabara de passar.

— Ah, oi — diz, voltando alguns passos.

— Quer uma carona? — pergunta a mulher.

— Ah, muito obrigada — responde a outra mulher, com delicadeza, sorrindo. — Mas estou feliz em ir sozinha. Obrigada, é muito gentil da sua parte.

A resposta deixa a mulher aborrecida. Aborrecida pelo fato de essa mulher querer ficar sozinha e, pior ainda, por parecer tão feliz em caminhar sem companhia.

— Está perdida? — pergunta a pedestre, preocupada, e a mulher no carro decide não lhe contar. Sabe aonde quer ir, só está tendo dificuldade para chegar lá, não significa que esteja perdida. Ela está mirando no topo da montanha.

— Você está indo para o topo da montanha? — pergunta a mulher no carro.

— Ah. — A pedestre ergue o olhar e parece surpresa ao ver a montanha imensamente alta na frente delas. — Talvez! — Ela dá uma risada. — Acho que vou descobrir se chegar lá, só estou curtindo cada passo da jornada.

Novamente, a resposta aborrece a mulher no carro, que está tão desesperada para chegar ao seu destino que não consegue entender que nem todo mundo teria o mesmo objetivo. Ela tenta espiar o interior da cesta, mas a pedestre percebe e a afasta.

Irritada, a motorista dá a partida no carro e as duas se separam com uma última troca de gentilezas.

É o olhar de determinação no rosto da pedestre, a confiança em seu caminhar, o sigilo em relação ao conteúdo da cesta, essa contradição entre ser blasé e não ser, que a impulsiona a observá-la pelo retrovisor ao se afastar. Mas está tão focada no que a pedestre está fazendo que acaba saindo da estrada e caindo numa vala. A última coisa que vê antes que seu pneu frontal afunde no sulco é a pedestre entrando no campo vizinho e desaparecendo de vista. É incrivelmente frustrante. Ela quer saber aonde a outra está indo, o que tem na cesta dela. Pretendia ficar de olho nela pelo retrovisor, segui-la pela frente, por assim dizer.

Incapaz de dirigir o carro para fora da vala ou empurrá-lo, ela fica ilhada numa rua rural silenciosa, a quilômetros de qualquer um ou qualquer coisa. Para piorar, seu celular está sem sinal. Ela está perdida, cansada, confusa e um tanto desesperada quando finalmente ouve o som de cascos de cavalos se aproximando.

Ela sacode a terra e os gravetos das roupas e olha na direção de onde uma música está vindo. É uma canção alegre de trompete que a faz sorrir imediatamente. Conforme se aproxima, ela consegue distinguir um tipo de carruagem aberta do século XIX, com uma banda de músicos tocando em cima. Há dois cocheiros de jaquetas vermelhas estilo militar com costura dourada sentados à frente. Eles puxam as rédeas dos cavalos e a carruagem para bem ao seu lado. A música é interrompida instantaneamente. A carruagem é estupenda: painéis de veludo vermelho decorados detalhadamente em ouro, com imagens de anjos triunfantes, leões régios e harpas. A crina dos cavalos é trançada e amarrada com laços dourados. Em cima da carroça há uma banda de seis músicos, todos vestidos com o mesmo figurino esplendoroso, com cartolas douradas.

— Bom dia! — exclama o cocheiro para ela alegremente.

— Oi — responde ela, encantada com a visão espetacular.

O sexteto vem completo com percussão: um bumbo enorme pendurado na lateral, ameaçando tombar a carroça.

— Deu defeito? — pergunta o tocador de trombone.

— Meu carro deu. Eu estava quase conseguindo.

Eles riem. O tamboreiro toca um "ba dum tss".

— Eu estava seguindo uma pedestre, mas a perdi quando ela entrou nos campos.

— Não tem trilha pelo meio dos campos — diz o tocador de trompete.

— Ela seguiu o próprio caminho— responde ela, sentindo o ardor da inveja.

— Gostaria de pegar carona? — pergunta o tocador de trompete.

Os integrantes da banda se debruçam sobre a beirada, olhando para ela, inclinando a carruagem dourada.

— Aonde vocês estão indo? — pergunta ela.

— Vamos até o fim, baby! — anuncia o tamboreiro, e eles se lançam numa canção espontânea em comemoração.

Ela arregala os olhos.

— Até o fim? Até o topo? — pergunta ela quando eles silenciam.

— É claro!

— Que perfeito. É tudo que eu sempre quis. Vocês podem me levar lá? — pergunta ela.

— Claro! — exclama o tocador de trombone. — Pode entrar!

A mulher se aproxima e pula na carruagem, sem nem pensar duas vezes antes de abandonar o carro. A banda toca sem parar, e ela se senta entre os músicos e é levada pela estrada serpenteante, constantemente olhando por cima do ombro para ver quem está atrás, ou os seguindo, e olhando à frente para ver quem está lá, quem eles podem ultrapassar. No caminho, eles veem a pedestre solitária que a mulher estava seguindo emergir dos campos. Exibe a mesma expressão determinada no rosto, está focada, olhos fixos à frente. E agora carrega duas cestas.

— Não é melhor pararmos para oferecer uma carona para ela? — pergunta o tamboreiro. — Ela está no meio do nada.

Ela quer dizer não, mas a banda foi generosa demais ao carregá-la por todo esse caminho. O cocheiro puxa as rédeas e a carruagem desacelera.

É como se a mulher não tivesse ouvido o bater ruidoso dos cascos no solo e a música alegre que o sexteto tocava às suas costas.

— Olá! — exclama a mulher.

— Ah, olá de novo! — diz a pedestre, sorrindo e levando uma das mãos sobre os olhos para protegê-los do sol. — Que linda carruagem! — Ela observa os enfeites dourados detalhados na lateral, e a mulher na carruagem sente uma soberba maravilhosa brilhar dentro de si.

— Gostaria de pegar carona? — pergunta a mulher. — Estamos indo direto para o topo!

— Ah, que gentileza. Mas, se não se importar, eu realmente estou curtindo a caminhada — repete ela. — E tenho algumas coisas para fazer.

A mulher fica realmente desconcertada com a resposta dessa vez; já deu duas oportunidades para que a outra se juntasse a ela e foi rejeitada em ambas. As botas da pedestre estão sujas da caminhada pelo campo e, assim que o sol se puser, não há dúvida de que sentirá frio. Enquanto a banda troca gentilezas, a mulher se senta e cruza os braços com irritação, decidindo imediatamente que, se a pedestre não vai acompanhá-la na jornada, então ela vai sozinha e vai fazer tudo o que pode para atrasá-la.

O cocheiro incita os cavalos com as rédeas, e a carruagem segue em frente. Ela sente uma profunda satisfação ao passar pela pedestre, mas a sensação é estragada pelo fato de que ela não parece se importar em perder essa chance de ter companhia e conveniência; está perdida no próprio mundo, fazendo as próprias coisas, carregando duas cestas misteriosas consigo. A mulher observa até que a outra vire um pontinho distante.

Finalmente, depois de uma longa jornada, a mulher e a banda chegam numa bela cidadezinha. A banda toca tão alto que atrai a atenção de todos. Os aldeões saem correndo de suas lojas e casas para cercar a carruagem à caminho da praça da cidade. O caminho é esburacado conforme eles avançam sobre os paralelepípedos, e as crianças acompanham correndo e comemorando enquanto a banda, à vontade, toca seus maiores sucessos. Eles são guiados por bandeirolas que enfeitam a rua e, quando chegam à praça, encontram um prefeito usando sua insígnia num palco improvisado, esperando sua chegada.

— Seja bem-vinda! — exclama ele, curvado sobre o peso da corrente grossa de ouro com o emblema da cidade pendurado no peito. — Você chegou. A segunda mulher a chegar na última hora. Sabe onde está?

— Não exatamente — diz ela com empolgação, então franze a testa diante da menção de que ela é a segunda mulher. — Esse é o mais longe que eu consigo ir? — pergunta ela, esperançosa. — O ponto mais alto?

— Não exatamente... por que não faz a honra de revelar a placa para ver?

Quando ela puxa a corda, uma cortina de veludo vermelho se abre e exibe a localização deles: *Quase o Mais Longe Que Você Consegue Ir.* Todo mundo vibra.

— É uma grande façanha, de fato — ressoa o prefeito, e a banda toca em celebração.

Ela abre um sorriso tenso, tentando demonstrar gratidão, mas na verdade está um pouco decepcionada com o vazio que sente ao chegar até esse ponto. "Quase" é bom, mas não é bom o bastante. Ela precisa subir mais, mas não sabe bem se a carruagem a levará até lá. Os cavalos estão cansados, a banda precisa fazer uma pausa, os instrumentos precisam ser afinados, a carruagem precisa de manutenção, e todos pretendem parar e descansar por essa noite. Ela não quer se acomodar aqui. Sente que eles a levaram o mais longe que podem ir.

— Agradeço muito pelas boas-vindas — diz ela ao prefeito. — Mas, infelizmente, não posso ficar. Pode me dizer como chegar ao topo daquela montanha?

— Sugiro que vá naquela direção — responde o prefeito.

Ela olha na direção em que ele está apontando e avista a mesma pedestre solitária caminhando para longe da cidade, em direção à montanha íngreme. Ela franze a testa, aborrecida com o fato de a mulher ter, de alguma forma, conseguido chegar antes. Como?

Ela pensa em correr para acompanhar a mulher, mas as duas recusas de companhia a desencorajam. Ela poderia segui-la, no entanto. Esse é o plano dela até escutar uma nova música que nunca ouviu antes, se afastando dela. Não consegue acreditar na própria sorte ao ver uma nova carruagem sair de uma via estreita e entrar na estrada que leva para fora da cidade. Essa é de veludo rosa-claro com enfeites prateados. Os dois cocheiros que seguram as rédeas estão vestidos em uniformes rosa-claro com belos enfeites prateados. A banda no topo da carruagem usa uniformes parecidos, com chapéus prateados peculiares.

Ela não precisa de convite dessa vez, nem mesmo se dá ao trabalho de pedir para eles pararem, simplesmente corre até alcançá-los e pula a bordo. Sentada nos fundos da carruagem, com as pernas balançando, ela acena um adeus para Quase Lá.

Ao avançarem pela estrada rural que sai do vilarejo e os leva às estradas da montanha, eles passam pela pedestre solitária, que carrega duas cestas ainda maiores nas mãos e cantarola a própria canção. Ela não nota a mulher sentada na traseira, balançando as pernas. A mulher fica tensa quando a vê, e, antes que tenha tempo de pensar melhor, abre a tranca nos fundos da carruagem, escancara a porta e observa o conteúdo sair rolando. A pedestre pula para fora da estrada para não ser atingida. Ela derruba as próprias cestas, cujo conteúdo se espalha ao seu redor. A mulher se concentra para verificar o que caiu, mas eles estão se afastando rápido demais e ela não consegue ver. A mulher fica chocada com as próprias ações vingativas e cobre a boca com a mão, mas, ao assistir à pedestre tropeçando nos obstáculos e se atrapalhando para juntar seus pertences, começa a rir.

Os cocheiros e os músicos na carruagem não notam o peso extra da mulher na traseira nem o peso que perderam de carga. Ela entreouve as conversas animadas dos músicos, absortos no próprio talento e paixão, assimila suas visões, conhecimento e ideologias ao ser carregada cada vez mais para o alto da montanha.

Quando a noite cai, ela está exausta do longo dia de viagem, então entra no bagageiro, se encolhe e adormece embalada pelo suave balançar da carruagem e o som relaxante do saxofone.

Batidas no teto a despertam com um sobressalto, apavorada, sem saber onde está. Ela se senta, observa a caixa rosa e prateada ao seu redor, levando um momento para se localizar, e de repente percebe que os cascos dos cavalos estão silenciosos. A carruagem parou. Balança suavemente com o ressoar de passos sobre a cabeça dela conforme os músicos desembarcam. Em pouco tempo, eles a descobrirão e ficarão furiosos com a perda dos sacos de dormir e equipamentos. Ela rasteja silenciosamente até a porta e a empurra lentamente. Está escuro do lado de fora, os integrantes da banda e os cocheiros estão longe de vista, reunidos para discutir onde montar o acampamento para a noite.

Ela sai de fininho e se esgueira na direção oposta, desaparecendo na escuridão. É uma noite tranquila, fresca e calma, o céu está limpo e as estrelas parecem tão baixas ao redor dela que é como se pudesse estender a mão e tocá-las. Ela aperta bem o cardigã de caxemira ao redor do corpo, sentindo-se aconchegada e satisfeita, e já está bem longe antes que a banda sequer perceba que seus pertences desapareceram. Ela sente que está perto do topo; os arredores estão mais ermos do que nunca, o ar está mais rarefeito e ela sente mais dificuldade de respirar. Consegue ver as luzes do vilarejo distante brilhando ao luar e, depois de uma curta caminhada pelo campo, ela chega à estrada que leva à cidade no topo da montanha.

Ao seguir em direção à cidade, um aldeão a avista e chama alguns outros. Uma multidão amigável a recebe com animação e a guia até a praça da cidade, onde é recebida pelo prefeito do topo da montanha.

— Parabéns — diz o prefeito em boas-vindas. — Gostaria de fazer as honras?

Ela olha para o local onde deveria haver uma cortina de veludo cobrindo a placa, mas ela já está aberta.

— Ops — diz o prefeito, e fecha a cortina rapidamente. — Alguém chegou logo antes de você.

Ligeiramente desorientada, a mulher puxa a corda, fazendo com que a cortininha de veludo se abra e revele *O Ponto Mais Alto*. Ela sente lágrimas de alegria brotarem nos olhos, *ela conseguiu*, mas está absolutamente exausta.

— Temos uma maravilhosa comunidade de pessoas bem-sucedidas, com talentos extraordinários, conhecimento e determinação incomparáveis — explica o prefeito. — Não vemos a hora de ver os frutos do seu trabalho e descobrir o que a ajudou a chegar até o topo. Como digo a todos os nossos recém-chegados, a jornada até aqui foi inegavelmente difícil, mas ficar aqui será a continuação do seu imenso esforço. — Ele abaixa a voz e fixa nela um olhar severo. — Embora eu precise dizer que viver entre nós aqui no topo tem uma ressalva; apesar das qualidades daqueles que já estiveram conosco, infelizmente para alguns a ociosidade os fez seguir caminho, e dessa forma — ele se vira para apontar para um portão de metal escuro à distância, que dá numa estrada sinuosa — eles embarcaram na jornada ladeira abaixo. Dizer adeus a essas pessoas é sempre triste para nós, mas tenho certeza de que você não vai seguir os passos delas e de que sua diligência pode prevalecer.

A multidão dispersa bem depressa, voltando às suas casas e trabalhos para refletir e trabalhar nas coisas que os ajudaram a chegar no Ponto Mais Alto. A mulher se demora, insegura, sentindo-se deslocada, mas feliz em olhar para baixo e se ver acima de tudo e todos. Pela primeira vez em muito tempo, ela pensa em seu carro abandonado, o lugar que deixou para trás e o tráfego que ela instruíra a carruagem a ultrapassar perigosamente na jornada para cá. Ela não precisa se preocupar com eles, não há caminho de volta. Não haverá um reencontro no caminho de descida com as mesmas pessoas que ela ultrapassou, enganou, pisou em cima e ignorou no caminho de subida.

Ao relembrar sua jornada, seu olhar recai sobre três cestas ali perto. Ela segue as cestas e vê a pedestre solitária à frente, na beira do cume, também observando a grande vista e o caminho que percorreu. Suas roupas estão rasgadas e sujas. Ela está sem fôlego e suada, mas ainda sorri. A mulher fecha a cara, incapaz de acreditar que aquela mulher sozinha e independente, apesar de todos os obstáculos e da ajuda que recusou, chegou aqui primeiro.

— Ah, oi de novo — exclama a pedestre para ela, ainda educada, por mais que seu olhar estivesse mais calejado, desconfiado, desde o último encontro delas. — Não é lindo aqui em cima?

Ela fica irritada com a pedestre, não consegue evitar.

— Você planeja ficar aqui?

— Não sei — responde a outra, olhando o horizonte. — Vou pensar.

A indiferença vaga a faz estourar. Ela não consegue evitar.

— Você nunca tem nenhum plano?

A pedestre solitária fixa um olhar firme na mulher que a deixa abalada. Seu tom não é mais vago.

— Nós duas podemos ter chegado ao mesmo lugar, mas não somos parecidas. Eu não estava mirando chegar aqui — responde a pedestre. — Só estava gostando do que estava fazendo, buscando fazê-lo muito bem, e isso me trouxe até aqui. Você, por outro lado, não estava fazendo basicamente nada além de tentar chegar aqui. Agora que estou aqui, posso continuar o que estava fazendo. Agora que você está aqui, o que vai fazer?

A pedestre solitária nem espera por uma resposta antes de deixá-la sozinha na beira da montanha. Ressentida, a mulher ergue o queixo, mas o ar é rarefeito e ela sente dificuldade de respirar.

A mulher que sorriu

Ela estava a caminho do trabalho. Eram sete horas; cedo, mas ela gostava de acordar cedo, e gostava do trabalho. Estava feliz. Mas não sorria. Porque às vezes acontece de não sorrirmos.

— Uma passagem inteira de ida e volta, por favor — disse ela, deslizando o dinheiro pelo buraco no vidro para o cobrador.

Ele ergueu o olhar para ela e sorriu.

— Anime-se, querida — disse ele, pegando o dinheiro.

— Perdão?

— Anime-se! — Ele dá uma risada. — Não pode ser tão ruim assim.

Ela olhou ao redor para ver se mais alguém tinha ouvido. O homem atrás dela estava de fone de ouvido e concentrado na carteira, mas também não sorria.

— Hum... tá bom — respondeu ela, confusa. Ela franziu a testa, então se conteve, pegando a passagem e saindo da fila. Ela observou enquanto o homem não sorridente atrás dela colocou o dinheiro no balcão. O cobrador não falou nada para ele. Eles trocaram o dinheiro pela passagem sem nenhuma exigência sobre como ele deveria consertar seu rosto não sorridente.

Ela esperou na plataforma, sentindo-se um pouco confusa quanto à maneira de controlar sua expressão, desconcertada pelo fato de que fora essencialmente monitorada e orientada por um desconhecido. Ela não estava infeliz. Por que um desconhecido a pediria para sorrir? Ela estudou o próprio reflexo na janela da estação de trem e se analisou de uma centena de formas diferentes.

Não, ela não parecia amargurada. Parecia normal, igual a todos os outros homens e mulheres parados na plataforma com ela.

Ao sair do trem, ela parou numa loja a caminho do trabalho para comprar uma barra de chocolate para o almoço. Estava com vontade de se agradar.

— Sorria, querida, vai melhorar — disse o lojista com uma piscadela.

Ela novamente fez uma pausa.

— Perdão?

— Vai melhorar! — repetiu ele com uma risadinha.

— O que vai melhorar?

— Ah, é só uma expressão! — Ele fez que sim com a cabeça.

— Eu não estou infeliz — respondeu ela, confusa.

— Tá bom, tá bom. — Ele ergueu as mãos. — Se você diz.

Ele acenou com a cabeça para o cliente atrás dela para dispensá-la, de volta ao trabalho, e ela saiu da fila. Ela analisou o cliente seguinte, um homem mais velho. Ele também não sorria. Eles não conversaram. Ele pagou e saiu com seu jornal. Foi uma troca rápida e descomplicada. O homem não foi forçado a analisar a si mesmo ou ao seu rosto por um desconhecido em uma loja.

— Posso ajudá-la? — perguntou o lojista, notando que ela encarava.

— Por que você não disse para ele sorrir?

— Quem?

— Ele.

Ele olhou para a porta, então franziu o rosto como se ela estivesse maluca.

— Olha, uma menina bonita não deveria ficar com essa cara tão... — Ele fez uma careta ranzinza cartunesca.

— Mas eu não estava fazendo essa cara — disse ela.

— Estava, sim, eu vi.

— E isso te incomoda porque eu sou bonita?

— A mim? — Ele ficou na defensiva. — Não faz diferença para mim.

— Você gosta de pedir para desconhecidos sorrirem quando bem quer? — perguntou ela.

— Ah, já chega — ele indicou a porta com a cabeça para que ela fosse embora, insatisfeito com a atitude —, terminamos por aqui.

Espumando de raiva, ela saiu da loja.

No dia seguinte, ela voltou à estação de trem. Comprou sua passagem. O cobrador ergueu os olhos para ela.

Ela estava usando óculos de brinquedo e um bigode falso, e havia colocado uma língua de sogra na boca. Soprou com tanta força que o apito soou, o tubo se desenrolou e bateu no vidro que os separava. Ela balançou as mãos e os dedos no ar.

Ele se recostou na cadeira e cruzou os braços, nem um pouco impressionado.

De volta à loja, ela entrou na fila. Quando chegou ao balcão, o lojista a reconheceu.

De batom vermelho na mão, ela desenhou com toda calma em seu rosto um sorriso enorme de palhaço que chegava até as covinhas das bochechas. Prendeu um nariz vermelho de palhaço sobre o próprio e colocou uma música circense para tocar no iPod. Então começou a dançar pela loja enquanto ele e os clientes observavam. Ela pegou três laranjas e começou a fazer malabarismo.

Finalmente, ela terminou com um "Tcharam!".

Fez-se silêncio.

— Pronto, está se sentindo melhor? Estou mais bonita agora? — perguntou ela, sem fôlego.

O lojista não sorriu.

Mas ela, sim.

*A mulher que pensou
que a grama do vizinho
fosse mais verde*

A mulher que penso
que o grama do vizinho
fosse mais verde

A mulher estava parada à janela da cozinha de sua casa, na encosta da colina, numa manhã quente de julho. Esse lugar lhe proporcionava uma vista aérea incrível das corredeiras reluzentes do Rio do Grande Vale, que separava as colinas baixas da Cadeia de Montanhas de Carqueja. Era chamada assim em homenagem às flores amarelo-vivo que iluminavam a paisagem quando em plena floração. Apesar de sua beleza, o arbusto era uma massa de espinhos e pinhas que serviam para protegê-las dos invernos árduos, mas seu maravilhoso aroma de coco mais do que compensava seus espinhos. Ela aqueceu as mãos numa xícara de café e exalou alegremente, satisfeita. Então relanceou para o chalé na encosta logo do outro lado do rio e sentiu o corpo se tensionar de novo e o peito apertar. Aquele chalé arruinava sua vista, e era o verdadeiro espinho na encosta da montanha.

Ao seu lado, sua família estava absorta numa conversa matinal animada enquanto comia cereal e debatia o que fazer no fim de semana. Ela parou de prestar atenção neles e pegou seus binóculos, que estavam ao lado da jardineira de ervas no parapeito da janela. Ao levá-los aos olhos, o cheiro de alecrim subiu às suas narinas. Tinha o efeito de acalmá-la, o que ela sabia que precisava antes de deixar os olhos se banquetearem com a casa vizinho.

— Não faz isso — cantarolou o marido, Tony, num tom de alerta.

— Ela já está fazendo — cantarolou a filha, Tina, em resposta.

— Oh-oh — disse o filho, Terry, se escondendo atrás de uma caixa de cereal.

A mulher avaliou o chalé do outro lado da corredeira e suspirou. Tony enfiou bacon na boca, entretido.

— E aí? — Ele sorriu, mastigando o bacon. — Janelas novas? A macieira deles cresceu mais que a sua?

As crianças deram risada.

— Eles não têm uma macieira — resmungou ela.

— Ah, bem, então é mais um ponto para a gente — implicou ele.

— Nós não temos uma macieira — disse ela.

— Então deveríamos arranjar uma — respondeu, bem-humorado.

— Ele comprou um carro novo — anunciou ela.

Tony parou de mastigar o bacon. Levantou-se e tirou os binóculos dela. Era a vez dele de virar motivo de piada para os filhos. Ele espiou pelas lentes em silêncio.

— Sortudo maldito — disse finalmente.

— Como eles conseguem pagar por essas coisas? — perguntou a mulher. — Daria para jurar que estão em Hollywood Hills e não num chalezinho apertado na pior encosta da montanha.

— Ai — provocou Tina.

— Ele recebeu uma promoção — disse Terry, espiando por cima da caixa de cereal. — Fiquei sabendo ontem.

Eles fizeram um silêncio respeitável. A principal insatisfação de Tony com o trabalho era que ele estava na mesma posição havia quinze anos sem nenhuma promoção. Todo mundo parecia estar crescendo, ultrapassando-o e deixando-o para trás, apesar de ele parecer ignorar completamente o fato de que ele próprio não se esforçava mais. Sentia que merecia essa promoção pelos anos de vida que passara lá, e não reconhecia a necessidade de lutar por ela.

— Não me incomoda — disse ele, por mais que ninguém acreditasse. Ele devolveu os binóculos para a esposa.

A mulher voltou a espiar o chalé do outro lado da corredeira.

— Acho que eles vão construir um anexo — disse ela de repente.

— Por que você acha isso? — perguntou Tony, mal-humorado.

— Estou vendo os pedreiros.

— Deixa eu ver — disse ele, tirando os binóculos dela.

Ele observou.

— Aquele é Bob Sanderson. Ele vai cobrar uma fortuna, e a construção provavelmente será destruída numa tempestade.

— Você não deveria lhes dizer isso? — perguntou ela, fingindo preocupação, mas secretamente feliz por abalar a confiança deles de qualquer forma possível.

A mulher e Tony se entreolharam, culpados.

— Não é da nossa conta o que eles fazem da vida — respondeu ele, se sentando de volta à mesa.

Ele continuou comendo o café da manhã em silêncio. Tony abriu o jornal. As crianças olhavam o celular, entediadas.

A mulher relanceou de novo para a janela e, por mais que não conseguisse ver o chalé daquele ângulo, ela o visualizou na mente, imaginando todos que estavam lá dentro. Esnobes até a raiz dos cabelos. Ela com seu cavalete e tintas do lado de fora na maior parte dos dias, toda metida a artista.

— Jake entrou para a equipe de natação — contou Tina para o irmão, ainda com os olhos no celular.

A mulher lançou um olhar feio para a filha.

Terry suspirou.

— Eu sei, eu estava lá, lembra? — Ele perdera o apetite, remexendo o cereal pela tigela com a colher, revivendo a decepção do dia anterior, quando todos se amontoaram ao redor do quadro de avisos para ler os nomes escolhidos para a equipe. — Ele provavelmente está correndo em volta do jardim com a sunga vermelha só para me irritar.

— Olha, isso eu gostaria de ver — disse Tina, levando a tigela para a pia. Ela não conseguiu resistir. Pegou os binóculos. Arquejou.

— Ele está mesmo de sunga? — perguntou Terry, esticando as costas.

— O que o carro de Jacob Kowalski está fazendo na garagem da Sally? — esganiçou ela, assustando o gato, que se levantou num pulo de onde estava deitado à luz do sol.

— Tina! — rugiu o pai dela. — Qual é o seu problema?

— Desculpa — murmurou ela, largando os binóculos na pia com força.

— Ela tem uma queda por Jacob — respondeu a mulher baixinho.

Tony, surpreso a princípio, então irritado, tirou um momento para processar os sentimentos humanos da filha adolescente.

— Tenho certeza de que esse tal Jacob é um babaca — disse enfim.

— Não é.

— Bom dia, gente — disse a mãe da mulher, Tabitha, chegando na cozinha de camisola.

— Bom dia, Vovó Tabby — respondeu Tina, lhe dando um abraço.

— Ela se levantou! Estávamos prestes a ligar para a funerária — falou Tony, e a mulher revirou os olhos.

— Estou acordada desde as seis da manhã. Eu só estava descansando os olhos — disse Vovó Tabby, irritada. — Vou terminar o jardim hoje, querida. O que acha? A roseira precisa de cuidado.

— Você fez isso na segunda.

— Ainda não terminei. — Ela olhou para o grupo arrasado à mesa. — O que há com vocês hoje? — Quando recebeu grunhidos em resposta, ela estreitou os olhos com suspeita e se virou para a janela da cozinha. Seu olhar recaiu nos binóculos. Bem como ela desconfiava. — Sinceramente, vocês todos precisam parar com essa maluquice. — Ela se virou para a filha. — Olha o que você está encorajando! É ridículo ficar espiando! Só serve para deixar todos vocês arrasados e ingratos pelo que têm.

— Não estamos espiando — defende-se a mulher, se remexendo desconfortavelmente no assento. — Enfim, é impossível não olhar, eles vivem jogando tudo na nossa cara, o que podemos fazer?

Vovó Tabby franziu a testa. Os vizinhos estavam longe de jogar qualquer coisa na cara deles, do outro lado do rio e na encosta de outra montanha.

— Vocês todos precisam lembrar de como são afortunados. Por terem uns aos outros. Por terem essa casa maravilhosa. Lembrem-se de todas as suas bênçãos. Vocês precisam parar de comparar a vida de vocês com a dos outros. Especialmente a deles. É ultrajante e está corroendo vocês por dentro, apodrecendo seus corações, causando discussões e chateação.

Eles abaixaram a cabeça com vergonha.

— Marquem minhas palavras, eles estão provavelmente olhando para cá e pensando exatamente a mesma coisa que vocês. A grama do vizinho é sempre mais verde — disse ela, se aproximando da chaleira.

— A grama deles realmente parece mais verde — disse Tina, com um bico.

Vovó Tabby deu uma risada.

— É só uma expressão, querida.

— Sério. Ninguém notou? — perguntou Tina, olhando ao redor. — A grama deles *é* mais verde.

Todo mundo se levantou de repente e correu para a janela, inclusive Vovó Tabby. Subitamente, o que ela nunca notara antes se tornou escandalosamente óbvio. Eles não precisavam dos binóculos para ver que a grama do terreno ao redor do chalé era bem mais verde do que qualquer outra parte da montanha.

Eles correram para o jardim.

— Talvez a gente receba mais sol — disse Tony, estreitando os olhos ao examinar a luz. — Nossa grama está queimada.

— O sol nasce no leste e se põe no oeste, nós recebemos a mesma quantidade de sol — retrucou Vovó Tabby com grosseria, num tom que nenhum deles jamais a ouvira usar. — Passo os dias nesse jardim, cuidando dele. Rego toda semana. A grama deles não pode ser mais verde. É impossível! — exclamou ela.

Eles começaram a discutir entre si, e a briga continuou até que eles saíssem batendo pé em direções opostas, levando sua raiva, inveja e fúria consigo até se compararem com todos, até se colocarem em competição contra todos do mundo, como barômetros do que as outras pessoas tinham versus o que eles não tinham.

Do outro lado do vale, a mulher notou a família inteira sair de casa e ir para o jardim. Ela os ouviu discutindo, mesmo dali, suas palavras odiosas carregadas pelo vento até ela.

Ela se abaixou rapidamente atrás de um arbusto de carqueja e espiou enquanto eles olhavam na direção dela com o rosto retorcido de desgosto, mãos nas cinturas ou esticadas sobre a testa como viseiras. Ela se sentiu como uma criança brincando de pique-esconde, seu peito subindo e descendo, seu coração martelando com nervosismo. Ela deu uma risadinha, então tapou a boca com a mão de luva para abafar o som, sabendo que eles não teriam como escutá-la àquela distância, mas com medo ainda assim.

Desde o dia em que ela e a família haviam reformado o chalé dilapidado e se mudado, ela via seus rostos colados à janela, de binóculos. Seu marido os descobrira enquanto esquadrinhava a vista espetacular com os binóculos, e eles sabiam que estavam sendo observados por todo o período da construção até o dia da mudança.

Toda manhã desde então, ela sentia os olhos deles nela. Sentira-se desconfortável na casa nova por muito tempo, mas tinha preocupações mais importantes na vida; o dinheiro que tinham torrado na reforma do chalé abandonado, a asma crônica do filho cuja natação o ajudara a superar, a tristeza da filha por deixar o primeiro amor para trás, como ela chorava toda noite até dormir, até que recentemente conhecera o doce Jacob, que havia feito uma visita a eles naquela manhã. Então viera a recente promoção do marido, que o mantinha mais longe de casa do que eles imaginaram, deixando-a sozinha ali na encosta da montanha. Era bom para ele, mesmo que estivesse exausto, e significava que ela tinha mais tempo para dedicar às pinturas, apesar de ser mais difícil vendê-las ali, e de metade delas ter sido destruída pelo vazamento da banheira, que os pedreiros tinham ido olhar naquela manhã. Pegara o carro da irmã emprestado enquanto ela estava viajando de férias, só para não se sentir tão isolada, para poder ir e vir quando bem entendesse.

Era sempre a pintura que a ajudava a escapar da realidade, e foi enquanto pintava no jardim uma manhã, cativada pelas carquejas amarelo-vivo contra o verde, que teve uma grande ideia. Estava cansada de ser encarada pelos vizinhos, dos olhos de julgamento nela e na sua família, assustada com sua inveja irracional e comparação constante. Então decidira passar uma mensagem por conta própria.

A mochila nas costas dela era pesada e a encurvava. Ela estava usando máscara de proteção facial, óculos, luvas pesadas e roupas de proteção, então eles provavelmente não a teriam reconhecido mesmo se ela não tivesse se escondido atrás de um arbusto quando se juntaram no jardim. Ela levantara cedo e passara a manhã percorrendo o terreno ao redor da casa, cuidadosamente cobrindo a terra com duas camadas de spray. Ela não precisava mentir para a família quando eles voltassem, ela estivera pintando, talvez só não a tela que eles imaginavam. Ela só precisara de magnésio, fertilizante, corante alimentício verde, água e uma pistola de pintura para fazer uma tinta verde saudável.

Ela gostava da própria vida, fazia o possível para remediar os problemas e reconhecer as bênçãos, não ligava para o que acontecia dentro da casa dos vizinhos, mas realmente desfrutou dessa tarefa específica. Não importava o que eles pensavam dela, de suas ações, suas palavras; a maneira como ela se compunha significava que a grama sempre seria mais verde do lado dela do rio.

A mulher que desmanchou

Foi o jeito como ela saiu da cama. Ainda meio adormecida, ela cambaleou e precisou se segurar na mesa de cabeceira para não cair. Ela bateu o dedo na quina, que agarrou na pele e rasgou-a. Um pouco mais acordada, mas afobada por tudo que enchia sua mente, ela foi do quarto para o banheiro, para o guarda-roupa, para os quartos das crianças, descendo para a cozinha, dando voltas e voltas enquanto preparava o café da manhã e as lancheiras da escola, abrindo e fechando a geladeira 35 vezes para pegar e devolver coisas, gavetas, armários, mochilas, andar de cima; guarda-roupas das crianças, andar de baixo; casacos, mochilas, cabelo, spray para piolho, chaves e porta afora. Foi quando seu filho parou no corredor da casa, encarando-a, congelado, atônito, como se num estado comatoso, que ela finalmente parou.

— O que houve, querido? — perguntou ela.

— Mamãe. Você está sem braço.

Era verdade. Ela estava sem braço direito. Segurando as chaves na mão esquerda, ela se perguntou quanto tempo havia que ela estava sem o braço, quanto tempo havia que ela estava fazendo as tarefas matinais sem perceber que perdera um braço. Havia um fio de pele saindo do ombro dela e uma longa linha que se estendia pelos cômodos da casa. O filho dela correu pela casa, recolhendo-a como se fosse uma brincadeira. A pele formou um monte tão alto em seus braços que ela só conseguia ver os seus olhos castanhos com cílios de girafa espiando-a enquanto ela tirava o braço dela dos braços dele.

— Obrigada, querido.

— O que vamos fazer? — perguntou ele.

— Não temos tempo de consertar isso agora, você vai se atrasar para a escola e eu preciso ir para o trabalho. Depois eu cuido disso. — Ela escolheu um casaco mais largo e embolou a pele do braço direito dentro dele.

— Você está parecendo um espantalho — comentou o filho com uma risadinha, ajudando-a a moldar o braço do casaco para fazê-lo parecer normal.

Mas, quando terminou de deixar os filhos na escola e chegou ao trabalho, ela já se esquecera do desfiado. Pendurou o casaco no gancho antiquado, longe da jaqueta impermeável coberta de caspa do chefe, e seguiu com a vida. Ela enfiou o braço-espaguete no suéter, sentou-se à mesa e ligou o computador. Com um braço só, cuidou do trabalho a ser feito. Exceto por uma reunião matinal na sala de reuniões, ela não saiu da mesa. Às onze horas, quando parou para um café e cigarro, ela percebeu que o homem ao seu lado a encarava, com o cigarro pendurado no lábio gordo.

— Olá — cumprimentou ela, sorrindo com simpatia.

— Você está bem? Parece estar... desmanchando.

— Ah, isso. Sim, estou. Bati meu dedo na mesa de cabeceira, só isso. Vou cuidar disso mais tarde. — Ela tragou rapidamente o resto do cigarro e pisou nele. Mas foi difícil. Sua perna direita tinha se desmanchado sem ela notar e, sem uma perna, ela precisou pular num pé só para apagar o cigarro. Ainda se perguntando como se desmanchara até o pé, ela voltou ao prédio e subiu a escada aos saltos até chegar à fonte do problema. Sua perna tinha agarrado na cadeira da sala de reunião. Segurando o braço e a perna embolados no único braço restante, ela saltou até sua mesa. Sentou-se. E pensou.

Pode ser confuso ser uma mulher que começou a desmanchar. O corpo dela estava se desfazendo, mas seus pensamentos estavam nítidos. Mais nítidos, na verdade. Como se ao se desmanchar ela estivesse se formando, porque de repente sabia exatamente o que queria fazer. Não podia mais ficar sentada à sua mesa naquele estado; era improdutivo e provavelmente pouco profissional. Ela pegou a bolsa e o casaco e recolheu o corpo emaranhado dela. Saltou até o elevador sem dizer uma palavra a qualquer um.

Ela ligou para a irmã mais velha, Dahlia, e a inteirou da situação. Dahlia então contou à irmã mais nova delas, Camellia. A união faz a força. Ao chegar à casa de Dahlia, encontrou Camellia sozinha do lado de fora.

Camellia abriu a porta e olhou-a de cima a baixo.

— Ah, minha nossa. O que aconteceu?

— Bati o dedo na mesa de cabeceira e só notei quando já não tinha mais braço.

Camellia pensou seriamente nisso, e foi só aí que a mulher que desmanchara notou que havia um pedaço faltando na cabeça da irmã. Um buraquinho acima da testa, no formato de uma peça de quebra-cabeça, um espaço vazio que permitia que ela visse o arbusto de hortênsias atrás dela, como um buraco de fechadura em sua cabeça.

— Você está bem? Tem um buraco no formato de uma peça de quebra-cabeça na sua cabeça.

— Acabei de perder uma peça.

— Isso já aconteceu antes?

Quando ela perguntou isso, outra peça de quebra-cabeça caiu do peito dela, perto do coração, deixando visível mais uma parte do arbusto de hortênsias. Ela se abaixou e pegou-a, guardou-a no bolso.

— Estou bem — disse ela, distraída —, mas ela não está.

Camellia olhou para o chão, e foi aí que a mulher que desmanchava percebeu uma poça de algo gosmento ao lado dela, contido dentro e ao redor de um belo par de sapatos e uma bolsa.

— Dahlia teve um colapso — explicou Camellia.

— De novo?

Elas observaram a poça gosmenta que era a irmã mais velha delas com curiosidade e preocupação.

— Desculpa, meninas — disse a poça.

— Talvez eu possa recolhê-la e levá-la conosco.

— Boa ideia, não podemos deixá-la aqui. Os baldes e as pás das crianças estão na mala do carro, você pode usá-los.

Camellia deu a volta no carro e pegou o balde e a pá enquanto a mulher que desmanchava ficava de olho nos restos gosmentos de plasma esbranquiçado da irmã. Momentos depois, as três estavam no carro.

— Desculpa, meninas — soou a voz de Dahlia do balde no banco traseiro. — É que eu tive um daqueles dias. Minha cabeça não parava.

— Não peça desculpas — disse a mulher que desmanchava, dirigindo. — Eu não deveria ter ligado e feito você se preocupar comigo, sei que já tem muita coisa na cabeça.

— Sempre me ligue quando precisar de mim. Eu prefiro estar aqui — disse Dahlia.

As duas irmãs nos bancos de frente não conseguiram resistir e começaram a rir.

— Bem, não exatamente *aqui*. — Dahlia riu com elas.

Elas escolheram um pub tranquilo e aconchegante na zona rural. Entraram numa salinha privada e ocuparam uma mesa de frente para a lareira, onde a lenha queimava e estalava, aquecendo-as.

— Droga — disse Camellia quando uma peça de quebra--cabeça da mão dela caiu dentro do gim tônica. Ela a pescou e guardou no bolso.

— Como está se sentindo agora, Dahlia? — perguntou a mulher, olhando dentro do balde.

— Muito melhor, de verdade. Acho que deveriam me tirar desse balde, estou me sentindo um pouco mais forte, mais firme, não quero ficar entalada aqui dentro.

Eles extraíram delicadamente a irmã do balde e a colocaram no banco do bar.

— Está muito ruim? — perguntou a gosma.

— Está mais linda do que nunca — respondeu Camellia, então outra peça se soltou de sua cabeça e caiu na gosma que era a irmã.

— Ai.

— Desculpa.

A mulher novamente a observou guardando a peça no bolso. Camellia deu um gole na bebida, tentando manter a dignidade.

— Sempre deveríamos beber gim na hora do almoço — disse ela, fechando os olhos e relaxando.

— Se alguém me visse bebendo na hora do almoço... — A mulher estremeceu e olhou o pub tranquilo ao redor, grata por seus colegas não saberem aonde ela tinha ido.

— Não acho que a preocupação deles seria a bebida — falou Dahlia.

— Nós realmente precisamos de um descanso — comentou a mulher. — Precisamos escutar nossos corpos. Eles estão nos dizendo para parar.

— Estão nos dizendo alguma coisa — murmurou Dahlia.

— Pode me ajudar com o casaco? Acho que meu outro braço também desmanchou — pediu a mulher a Camellia, já que só lhe sobrara a cabeça, o corpo e uma perna inteiros.

— Já ficou tão ruim assim alguma vez? — perguntou Camellia ao tirar o casaco e observar a irmã desmanchada. Ela parecia um novelo de lã, toda embolada em fios; era difícil saber onde começava e terminava.

— Nunca ficou tão ruim assim. Já aconteceu algumas vezes numa escala menor, mas deu para resolver, eu só me enrosquei de volta. Acho que preciso de mais cuidado dessa vez.

— É para isso que estamos aqui — disse Dahlia, e subitamente reapareceu ao lado delas, totalmente formada.

Elas comemoraram o retorno dela e se abraçaram.

— Tem areia no seu cabelo, por sinal. — A mulher riu, espanando-a com a mão livre.

— Estou fedendo a peixe. — Dahlia farejou o ar e enfiou a mão na bolsa à procura do perfume.

— Nós catamos caranguejos na praia. Foi mal. Talvez eu deva sempre andar com um recipiente para conter você, só para garantir. Talvez todas nós devêssemos.

— Talvez nós devêssemos parar de precisar ser contidas — sugeriu Camellia.

— É fácil falar, quebra-cabeça ambulante! — retrucou Dahlia.

Camellia e Dahlia encerraram a briga inofensiva para se concentrar em ajudar a irmã desmanchada.

— Não, essa parte entra aqui, e essa aqui — disse Dahlia. — Se fizer isso, o dedão dela vai ficar no braço.

— Não, não, porque o cotovelo dela está emaranhado — argumentou Camellia, seguindo um fio cuidadosamente.

— Você se embolou inteira, querida — falou Dahlia carinhosamente, desenroscando os dedos dela. — Sério, não podemos deixar chegar nesse estado de novo.

— É fácil falar.

— Eu sei, eu sei.

— E aí, o que está havendo com você? — pergunta a mulher a Dahlia.

— Quer mesmo saber? — Seu rosto ficou vermelho quando seus problemas voltaram ao centro de sua mente. Ela parecia pronta para explodir. Mas, antes que conseguisse explicar suas desgraças, ela sumiu de novo, reduzindo-se a uma cera escorrida no chão.

— Merda — disse a cera.

— Fique calma, pare de se abalar tanto — falou a mulher.

— Eu sei, desculpa, me dá só um minuto. — Dahlia, a gosma, respirou fundo, estremecendo feito uma água-viva.

Camellia continuou com o trabalho, delicadamente recompondo a irmã.

— Está dolorido? — perguntou Camellia.

— Não, não exatamente dolorido, só... confuso, preocupante, uma perturbação. E vocês duas?

— Eu estou com calor — respondeu Dahlia, a gosma.

A mulher usou a mão livre para abanar a irmã liquefeita.

— Ah, isso é bom. Obrigada.

— Você precisa parar de deixar as coisas acumularem tanto — disse Camellia, cuidadosamente encontrando o ponto onde o desfio começou e enroscando a pele-espaguete.

Outra peça caiu do corpo de Camellia. Ela a enfiou no bolso. A mulher a olhou feio.

— O que você faz com todas essas peças? — perguntou a mulher.

— Vou encaixá-las de volta.

— Duvido — disse Dahlia.

— Eu também — reforçou a mulher.

— Ah, por favor.

Quando o braço da mulher estava inteiro de novo, ela rapidamente estendeu a mão e puxou a manga de Camellia. O braço dela estava igual a um quebra-cabeça, um leve contorno de peças formado por veias azul-claras. Havia algumas peças faltando, e ela conseguia ver o chão de pedra do outro lado.

— Nossa... — Ela não foi a única a notar.

— Esvazie os bolsos. — Dahlia voltara ao normal e estava pronta para agir. Ela se levantou e, contra a vontade de Camellia, virou os bolsos dela do avesso, derrubando dezenas de peças no chão.

Elas arquejaram.

— Você disse que era só uma ou outra peça de vez em quando — exclamou Dahlia.

— E você precisa relaxar e parar de derreter — retrucou Camellia com rispidez. — Se não tomar cuidado, não vai ter ninguém para continuar raspando você do chão. Vamos colocá-la de volta no balde com fedor de peixe e deixá-la ali.

A mulher estalou a língua em desdém e as três caíram na gargalhada, felizes por conseguirem fazer piada com a situação.

— Só estou me sentindo... mais insatisfeita do que o normal — esclareceu Camellia. — Um pouco vazia. Como se tivesse algo faltando... Não sei explicar. — Mas ela não conseguiu dizer mais nada porque sua boca se soltou e caiu no drinque, levando suas palavras embora.

A mulher a pescou e devolveu-a ao lugar.

— Ora, isso nunca tinha acontecido — disse Camellia, surpresa, lambendo os lábios.

— Camellia — falou a mulher suavemente para a irmãzinha —, você precisa começar a se cuidar mais. Quando uma parte sua cai, você precisa consertar na hora, não deixar acumular desse jeito.

— O mesmo vale para você — disse Dahlia, olhando para a mulher. — Assim que sentir um rasguinho, precisa arrumar um Band-Aid imediatamente.

— E para você. — Camellia se voltou para Dahlia. — Você precisa se acalmar. Parar de ser tão cabeça quente.

— Eu sei, eu sei — concordou Dahlia.

— Encaixar as peças de volta leva mais tempo do que vocês imaginam — explicou Camellia. — Vocês não fazem ideia, ou talvez façam. Eu tento, mas quem tem tempo de se consertar no fim do dia? Eu só quero comer, dormir e ir para a cama. Acabar logo com o dia.

— Quer dizer que está ocupada demais se sentindo insatisfeita para se fazer parar de se sentir insatisfeita? — observou a mulher.

— Talvez você se sentisse mais realizada se não ficasse escondendo partes de si nos bolsos — disse Dahlia. Ela se ajoelhou e catou as peças que haviam caído dos bolsos da irmã, enquanto Camellia continuava reenrolando cuidadosamente a pele da mulher.

Dahlia ajudou Camellia, que ajudou a mulher que se desmanchava e a mulher observou as irmãs e se perguntou por que elas não faziam isso com mais frequência. Ela já estava se sentindo bem melhor.

Levou algum tempo até recuperar a sensação nos dedos dos pés. Eles ficaram dormentes até o sangue voltar a circular, e então, depois do formigamento, a sensação lentamente voltou. Ela passou os braços ao redor dos ombros das irmãs e, usando o apoio delas, se reergueu. Elas andaram de um lado para o outro do cômodo bem devagar, para que ela mexesse as articulações de novo, e, satisfeita por Camellia ter feito um bom trabalho ao reenrolar todas as partes importantes, ela se sentou à lareira e permitiu que o calor terminasse de curá-la.

De volta a si, a mulher e Dahlia olharam para Camellia.

— O que foi? — perguntou ela, na defensiva.

— É sua vez. Tire o casaco e nos mostre o estrago — ordenou Dahlia.

Sabendo que não adiantava discutir com as irmãs mais velhas, ela tirou o casaco e revelou os braços. Esperou ser atacada por deixar as coisas irem longe demais, mas isso não aconteceu.

— Certo — disse a mulher. — Vocês sabem as regras; todas as peças viradas para cima na mesa. Começamos pelas beiradas e vamos avançando para dentro.

Elas voltaram a ser crianças, de volta à mesa da cozinha, montando um quebra-cabeça juntas, só que dessa vez elas remontavam a irmã mais nova. Os olhos de Camellia se encheram d'água, e uma lágrima de gratidão escorreu.

— Obrigada, gente, amo vocês. — Ela fungou.

— Ah, querida! — Dahlia parou de trabalhar para secar a lágrima da irmã. — Eu também não sei o que faria sem vocês duas.

— Abraço em grupo — disse a mulher, e as três irmãs se amontoaram num abraço. — A recompor umas às outras.

— É isso aí. — Elas se abraçaram com força.

A mulher que escolheu a dedo

A mulher começou a trabalhar na fazenda aos catorze anos. Ela e os dois irmãos mais velhos, Yamato e Yuta, foram contratados para trabalhar na fazenda durante o verão, de junho até o final de agosto, em dias longos, quentes e pesados durante a época da lavanda. A fazenda era propriedade da família Chiba e tinha 1.500 árvores com trinta variações de cereja. O dono da fazenda era um homem calado que trabalhava duro; ele tinha uma esposa faladeira cujo dom era dar ordens. Eles tinham uma filha, uma inútil preguiçosa que a mulher costumava encontrar ou dormindo e roncando embaixo de uma árvore com suco de cereja pelo rosto todo, com a cesta de cerejas vazia, ou sentada embaixo de uma árvore devorando cerejas. Era sempre um dos dois.

Ela nunca comera cerejas antes de ir para lá. Sua primeira prova foi no dia de chegada, quando todos os colhedores de cereja foram chamados à varanda da família para uma aula sobre cerejas: quais eram mais gostosas, como identificar cada uma, como colhê-las corretamente. Eles colheram de uma árvore próxima sob supervisão do fazendeiro e, se cometessem um erro, o fazendeiro chicoteava os dedos deles com uma tira de couro. Homens calados não necessariamente são homens afáveis.

A mulher sentiu um interesse imediato por aprender sobre as cerejas. Diferentemente dos irmãos de mente matemática, essa era uma linguagem que ela entendia. Por toda a viagem de uma hora de ônibus de volta para casa e noite afora enquanto todos dormiam, ela lia os panfletos, aprendendo os nomes das cerejas, aprendendo a distingui-las pela cor e pelo formato. Durante o dia, ela aprofundava os estudos ao prová-las. Sabia distinguir rapidamente o sabor rico em açúcar e de baixa acidez da Gassan-Nishiki. A popular Nanyo, grande e rosada, era uma representação perfeita de uma cereja clássica. A Beni-Shuho tinha um exterior escuro e manchado menos apresentável, mas seu sabor delicioso compensava por sua aparência, e por mais que a Taisho-Nishiki, rosa-shocking e com formato de coração, fosse sua favorita de admirar, ela não apreciava o gosto, o que a fazia concluir que exterior e interior raramente se correspondiam; uma lição valiosa. A Summit era a variedade roxa, a Yuda-Giant começava roxa e misticamente se tornava laranja, e a Red Glory, apesar de sua tonalidade vermelho--escura, era tecnicamente uma rara cereja preta.

Ela aprendeu a respeitar e cuidar da Hanokoma. Era uma cereja macia, mas a árvore dava frutos demais, o que por sua vez desprovia a árvore de nutrição e deixava a fruta doce demais. Para o bem da árvore, eles precisavam podá-la, mas a poda causava um amargor forte e pungente; era um equilíbrio complexo que precisava de manuseio cuidadoso.

As Hinode eram cerejas pretas, ricas em antocianina, que faziam bem para a vista e aliviavam a fadiga ocular. Ela as colhia para a avó; mas, apesar de serem boas para os olhos da avó, eram ruins para as roupas dela, já que deixavam manchas impossíveis de tirar.

Trinta variedades diferentes de cerejas em 1.500 árvores. O fazendeiro calado não precisou chicotear os dedos delas muitas vezes. Ela aprendeu depressa. Esse era um mundo que ela queria entender.

As árvores eram baixas, permitindo que trabalhadores mais jovens e menores colhessem. Mesmo que soubesse que seu trabalho era colher dos galhos mais baixos, ela escalava para alcançar as cerejas mais altas. Aprendera a reconhecer as mais saborosas de longe.

Todo dia ela pegava o ônibus para a fazenda com os irmãos mais velhos, acompanhando-os, geralmente sendo ignorada. Mas, conforme as semanas e os meses de trabalho na fazenda de cereja se passavam, ela se tornava exigente sobre tudo, decidindo uma manhã que não queria entrar no ônibus que parara para eles. Queria esperar pelo seguinte, um melhor. Ela insistiu. Ela brigou. Disse a todos que quisessem ouvir que aquele ônibus não era bom o bastante. Os irmãos dela a arrastaram aos berros para dentro, contra a vontade dela. Dez minutos depois, o ônibus quebrou e eles ficaram presos, forçados a esperar pelo ônibus seguinte no calor escaldante. No dia seguinte, os irmãos lhe deram ouvidos. Entraram no terceiro ônibus e ainda assim chegaram à fazenda antes do primeiro ônibus sair. Na semana seguinte, todos do ponto de ônibus lhe deram ouvidos.

Aprender a avaliar as cerejas transformou-a lentamente, ampliando sua perspectiva sobre a vida. Ela aprendeu a analisar, inspecionar e examinar minuciosamente o gosto, cheiro, textura, formato e cor de tudo.

Quando um garoto a chamou para dançar no baile local, ela recusou. Ele chamou sua amiga, então, e pisou em seus dedos em quase todos os passos; ao fim da noite, os pés da amiga estavam machucados e quase sangrando. A jovem esperou que o parceiro perfeito a convidasse, alguém com um senso superior de ritmo com quem dançou pela noite adentro. Optou por não o beijar, como ele queria, pois sabia que havia outro que beijava melhor. Ela, assim como o fazendeiro calado, queria o melhor, e tudo na vida dela exigia um julgamento cuidadoso. Ela aprendeu a avaliar suas exigências precisamente a qualquer momento, então escolher a dedo. Doçura ou acidez. Beijar ou dançar. Humor ou conversa. Entretenimento ou conhecimento. Segurança ou empolgação. Sempre certa, nunca errada.

Ela observava o fazendeiro calado trabalhar, mas logo foi ele quem passou a observá-la e aprender com ela. Todos aprenderam a seguir a mulher, permitiram que ela se tornasse a guia.

Ela ajudou a fazenda a crescer. A família Chiba comprou mais terras, expandiu-a para 40 mil metros quadrados, equipou-a com toldos para chuva e estabeleceu dias em que famílias podiam visitar e comer cerejas à vontade. Ela encorajou que a esposa faladeira e a filha preguiçosa abrissem um negócio paralelo para vender tortas de cereja, geleias de cereja e vinagres de cereja que faziam para alimentar os trabalhadores durante os intervalos. O fazendeiro calado ganhou prêmios pela fazenda, a esposa faladeira comprou vestidos caros, a filha preguiçosa ganhou um carro de presente.

Quatro anos depois, a jovem entrou no escritório do fazendeiro. Ele ergueu o olhar da papelada e ela repousou a cesta.

— Sr. Chiba, está na hora de eu seguir em frente.

Ele era um homem severo, calado, e era orgulhoso. Não implorou para ela ficar, mas lhe ofereceu mais dinheiro. Quando ela recusou a oferta generosa que ele nunca consideraria fazer a qualquer outra pessoa na fazenda, soube que ela tinha um caminho nítido na cabeça e que nada poderia mudar isso. Testemunha do gigantesco dom com o qual ele desejava que sua filha preguiçosa tivessem sido abençoadas, ele reconheceu que os olhos treinados da mulher conseguiam enxergar que havia algo melhor logo à frente, num galho mais alto. Ela precisava escalar.

Quando se formou na escola, ela se mudou para a cidade, onde escolheu alugar o quinto apartamento que viu, morar com a sétima colega de quarto que entrevistou. Ela trabalhava na linha de produção de uma fábrica. Depois do primeiro dia, foi chamada para conversar.

— Você não está trabalhando tão rápido quanto os outros — repreendeu o supervisor. — Você é lenta. Só fica parada, olhando para as peças. Quero demiti-la agora, mas o chefe insistiu para lhe dar uma segunda chance. Você tem mais uma chance para acelerar, ou será demitida!

— Mas, sr. Maki, eu não estou sendo preguiçosa.

— Não é o que parece — disse ele, balançando a mão desdenhosamente.

— Estou escolhendo as melhores peças — explicou. — Tenho certeza de que há algo errado com muitas das peças que passam.

Ele estalou a língua em desdém e a dispensou, mas, para sua imensa satisfação, no fim do dia ela soube pela expressão do supervisor que, depois que o chefe visitara o setor para fazer testes, o lote dela havia sido o único sem qualquer defeito.

Depois de um tempo, ela viu um galho mais alto e tentador, saiu da linha de produção e aceitou uma vaga no RH, onde escolhia as melhores pessoas para vagas específicas. Era reconhecida por sua atenção aos detalhes, sua habilidade de identificar as características desejadas e os atributos exigidos. A empresa deslanchou com as pessoas certas nas posições certas, e a equipe ficou rejuvenescida, revitalizada e entusiasmada. Ela era o segredo para o sucesso de todos.

Ela concordou em casar com o terceiro homem que namorou, no segundo pedido dele, e eles compraram a sexta casa que visitaram. Ela amou todos os três filhos desde o primeiro minuto em que os viu.

Ela não confiou nos dois médicos que a diagnosticaram quando ficou doente e, contrariando o conselho de todos, buscou a opinião de um terceiro médico, que indicou o tratamento de câncer que salvou a vida dela.

Para se entreter, ela aprendeu sobre o mercado de ações de Tóquio. Observou, analisou, escolheu. Ela superou todo mundo, e as ofertas começaram a chegar. Ela subiu na hierarquia, de corretora de ações a diretora de risco. Mas então, quando se sentia confortável, lembrou-se da cereja Hanokoma, como ela admirara a complexidade e a dificuldade das árvores em dar frutas doces. Complexidade e fracasso tornavam o eventual sucesso muito mais satisfatório. Ela acabou assumindo a chefia de um banco de investimentos internacional, e como bancos são em grande parte instituições políticas, descobriu uma nova força: tinha um jeito natural para política.

Ela cresceu e cresceu, e quando se viu no pódio, num evento de prestígio, sendo homenageada por suas contribuições ao negócio e à cultura, a mulher olhou para o mar de rostos, todos olhando-a com admiração, esperando que dissesse algo profundo. Ela se perguntou o que dizer. Viu seus dois irmãos com suas esposas, seus pais idosos, seus filhos e seus cônjuges, seus netos.

Lembrou do fazendeiro calado na fazenda de cerejas Chiba, quando tinha catorze anos. Recordou do primeiro dia, quando todos se reuniram nos degraus da varanda dos Chiba. O fazendeiro se pusera à frente deles com um balde de cerejas na mão, pronto para começar a primeira tarefa de identificar as diferentes variedades de cerejas. Ele erguera o balde de cerejas no ar e instruíra todos a olhar para ele. Então olhou todos nos olhos, um por um, se certificando de que prestavam atenção. Depois de um longo silêncio, falou três palavras que a impressionaram profundamente e nunca a deixaram.

Ela respirou fundo e se aproximou do microfone. Três palavras:

— Façam boas escolhas.

A mulher que rugia

Ela mora numa cidade costeira de subúrbio, uma localização idílica, uma concentração de jovens famílias ativas e aposentados. Tem dois filhos, é voluntária no comitê de pais e professores, voluntária em todos os passeios escolares e eventos esportivos, e professora voluntária de badminton na escola. Tem uma plantação vibrante no jardim, e no verão vende geleia de morango caseira em potes com tampa de tecido xadrez vermelho e branco e laços brancos. Ela lembra o nome de todo mundo, crianças e pais, e vive se oferecendo incessantemente para organizar encontros para as crianças brincarem. Ela é confiável, é calma, é organizada, é relaxada. É ela que as pessoas procuram para fazer perguntas, ela sempre sabe as respostas. Não bebe álcool, mas é sociável em saídas noturnas, e segura o cabelo dos que vomitam no jantar anual da turma, sem mencionar uma palavra sequer sobre o ocorrido depois. Nunca fumou. Ela é o epítome do estilo. Quando chove, as outras mães estreitam os olhos para ver se ela se molha.

Ela ama o marido. Ele a ama.

Mas ela tem um segredo.

Quando as crianças estão na escola e o marido no trabalho, quando ela já terminou seus afazeres, ela vai para o seu closet e tira uma caixa de sapato de uma prateleira que esconde um painel secreto com senha.

Ela digita a senha de seis dígitos dentro do painel; a data de nascimento da irmã gêmea. É claro que também é a data de nascimento dela, mas é a data da irmã que ela digita. Isso é seguido por um clique. A prateleira de sapatos que cobre a parede do closet se desloca para trás e desliza para a direita, entrando atrás da arara de vestidos dela e revelando um quarto secreto.

Recebida por paredes de veludo rosa-claro e um carpete felpudo rosa, ela tira os sapatos e entra. Quando a parede de sapatos se fecha automaticamente às suas costas, ela espera que seus olhos se ajustem ao suave brilho rosado de uma luz noturna.

Ela sorri, em paz.

Então abre a boca. E ruge.

Ela é uma juíza da Suprema Corte que entrou para a Ordem dos Advogados em 1970. Uma das mais severas, ela teve uma carreira longa e próspera, encarregada de alguns dos casos mais famosos e brutais do país. Atos tenebrosos, horripilantes, aos quais ela prometeu a si mesma nunca ficar imune nos momentos em que sente que está se tornando dessensibilizada. Hora após hora, diariamente, o fluxo constante dos piores aspectos da humanidade invade seu cérebro, salpicados com os raros vislumbres de decência e bondade.

Ela tem dois filhos e cinco netos, uma casa de veraneio à beira-mar onde passa o verão, e é uma ávida fã de futebol, com ingressos para todos os jogos. Ela é capaz, estável, estoica, e, mais importante, ela é justa. É celebrada por esse atributo, já foi homenageada com prêmios e até mesmo jantou com o presidente.

Ela apavora a maioria das pessoas que trabalham com ela, não tem tempo para paparicar os outros, ou para incertezas. Pessoas demais dependem das decisões dela em prol da justiça: inocentes encarcerados, apodrecendo atrás das grades, querendo ser libertados; os assassinados, cujas energias pairam ao seu redor como matéria escura até que seus assassinos sejam levados à justiça. Não há tempo para conversinhas.

Ela ama caminhar descalça na areia. Usa perfume como uma armadura. Seu primeiro amor fora um dançarino de balé francês. Por algum motivo, ela nunca conseguira se declarar para ele, e pensa nele com frequência. Não gosta de comer; restaurantes chiques são uma obrigação. Um neto dela, de senso de humor perverso, é secretamente seu neto preferido.

Ela é terrivelmente sensível, mole, por mais que só seu marido e seus netos saibam disso. Fora muito dura com os filhos.

Ela tem um segredo.

Enquanto está em seus aposentos, durante um intervalo de um caso particularmente hediondo, ela pendura a veste preta no cabideiro ao lado de sua biblioteca. Tira o maior livro de leis, que esconde um painel secreto com senha na parede. O código que ativa o painel é o número do caso de uma mulher que foi brutalmente assassinada pelo marido. O caso a afetara tão profundamente que deixara uma cicatriz em seu coração. *Ela* estava acusando o marido. *Ela* perdera o caso. Fora o caso que a definira, supervisionado por um juiz que ela disse a si mesma que nunca se tornaria. Usar o número do caso como senha é sua maneira de dizer à mulher que, por mais que tivesse sido maltratada durante a vida, não seria esquecida após a morte.

Depois que a senha é digitada, a biblioteca desliza e revela um quarto com painéis de madeira nas paredes. Nogueira; sua preferida. Embaixo da madeira, as paredes são à prova de som.

A biblioteca se fecha às costas dela, deixando-a no escuro por um momento até que a luz noturna se acenda com um clique, vermelha. A cor da raiva dela.

Ela abre a boca.

E ruge.

Ela é uma paisagista de quarenta anos. Ama sentir os dedos enraizados na terra, trabalhando o solo. Gosta de reestruturar áreas, encontrar a luz, criar espaços de convivência que sejam adequados às necessidades das pessoas, tanto quanto aos aspectos práticos da horticultura. Enquanto está jardinando, prefere trabalhar na chuva, sente-se mais ligada aos elementos dessa forma. Mora com a namorada numa casa sustentável, a quilômetros de qualquer um, que é exatamente o que deseja. Seu trabalho é frenético, ela acabara de concluir um projeto complexo no jardim de uma cobertura no centro da cidade com um proprietário que, em algumas ocasiões, lhe deu vontade de pular lá de cima.

Ela ama alcaçuz, é capaz de comer seu peso em homus. É desafinada, pode sair no tapa durante uma partida de Banco Imobiliário. Gosta de seguir esquilos vermelhos. Acha o tom de voz do anunciante da rádio do serviço meteorológico nacional relaxante e, quando a namorada viaja, o som dos relatórios a embala até dormir.

Depois de um longo dia, ela volta à sua casa alimentada por turbinas hidroelétricas e energia geotérmica. As janelas enormes maximizam a entrada de luz do sol ao mesmo tempo em que emolduram as montanhas ao redor, e a grama plantada no telhado previne a perda de calor. É o oásis dela, mas todo oásis é uma fuga, e todo oásis toca as bordas do local do qual se fugiu.

Ela tem um segredo.

Na cabana de jardinagem, atrás da estante de vasos de cannabis que ela em breve precisará transplantar para o lado de fora, há um painel secreto com senha. Ela afasta os vasos de cannabis e digita a senha; a data em que pretende pedir a namorada em casamento, que já mudou três vezes por causa do seu medo de rejeição. Ela ouve um clique, e a estante desaparece dentro do solo abaixo dela.

É um cômodo pequeno; as paredes e o chão à prova de som são cobertos de grama. Assim que ela entra, a porta de estantes de vasos se fecha automaticamente às suas costas. O brilho verde da luz noturna aquece o cômodo.

Ela cai de joelhos. Fecha os olhos. Fecha as mãos em punhos.

E ruge.

Ela é professora. Leciona geografia para adolescentes de dezesseis anos. Ama seu trabalho, sente afeto pela maioria dos alunos. Tem um namorado com dois filhos do casamento anterior. A ex-esposa dele está importunando ela no Facebook usando um pseudônimo que faz os dois rirem. O pai dela tem Parkinson. A mãe tem uma coleção de sinos de cerâmica. O hobby dela é frequentar festivais de comédia. Ela ama rir. Ama se cercar de pessoas alegres, ama seus alunos de personalidade forte, é grata pelos mais engraçados mesmo quando eles atrapalham a aula. Quando ela ri, todo mundo ouve e sabe que é ela. É uma risada alta e sincera, vinda bem das profundezas da barriga. Ela é divertida e sabe disso. Poderia facilmente comer lasanha à bolonhesa todo dia pelo resto da vida.

Ela tem um segredo.

Enquanto todo mundo tira um mini-intervalo, ela fecha a porta da sala de aula. Vai até o enorme mapa-múndi na parede e destaca Botswana, a terra natal dos seus avós, revelando um painel de senha. O código secreto — as coordenadas de Botswana — é seguido de um clique audível ao mesmo tempo em que o mapa e a parede se deslocam um centímetro para a frente e deslizam para a esquerda, revelando um pequeno cômodo.

As paredes são cobertas de cortiça com mapas presos com tachinhas. A ideia de que há mais na vida do que apenas essa sala, apenas essa escola, apenas esse estado, apenas esse país, apenas esse continente, a ajuda. A parede atrás da cortiça é à prova de som.

Ela espera que a parede com o mapa se feche às costas dela e o cômodo seja iluminado por um brilho laranja-escuro.

Ela respira fundo.

E ruge.

Ela trabalha como camareira num hotel cinco estrelas. O supervisor dela tem halitose. Ela tem uma bebê de nove meses em casa que está sendo cuidada por sua avó. Sua mãe recorre muito ao álcool para sobreviver aos dias. Também é a pessoa mais engraçada que ela conhece e a faz rir mais alto do que qualquer um jamais conseguiu. Recém-formada na escola, ela gosta da liberdade de ir trabalhar, fazer algo por si própria. Ama a sensação de voltar para casa, ver o sorriso sem dentes e as mãos gorduchas que se estendem para ela.

Tem um cara que trabalha no açougue de frente para o apartamento dela no qual ela não consegue parar de pensar. Consegue vê-lo da janela do quarto. Não consegue tirar o sorriso bobo do rosto toda vez que pensa nele. A bebê dela fica igual quando o vê. Com certeza um sinal. Ela comeu mais carne esse mês do que nunca antes.

Tem mais três quartos para limpar no andar antes de terminar. Às vezes, pega os chocolates do hotel que os hóspedes deixam para trás e os coloca no travesseiro da mãe, arrumando a cama dela para dormir. A mãe ama.

Ela tem dois segredos. Ninguém sabe quem é o pai da filha dela. E isso.

Ela entra no armário de depósito e empurra uma caixa de shampoos do hotel para o lado, revelando um painel secreto com senha. Ela digita a senha: a mesma do escaninho da escola.

Isso é seguido por um clique audível, e a estante cheia de toalhas brancas felpudas desliza para o lado e revela um cômodo pequeno. Cheira a roupa de cama limpa, uma brisa de verão, cheiro de recém-lavado. Ela tira os sapatos e entra. O chão e as paredes são cobertos de algodão macio. Por trás, há um isolamento acústico.

Depois que a parede de toalhas se fecha atrás dela, envolvendo-a num brilho lilás e cheiro de lavanda, ela inspira e expira lentamente.

Abre a boca.

E ruge.

Ela é enfermeira pediátrica. Ainda não tem filhos, mas espera ter. Seus turnos noturnos desesperados dificultam a tarefa de conhecer alguém, quanto mais sincronizar planos de vida. Ela vive pelo trabalho, seus bebês são o mundo todo dela. Ela pensa neles o tempo inteiro, mesmo fora de serviço. Os que sobreviveram, os que não sobreviveram. À noite, enquanto dorme, às vezes ela ouve os choros e risadinhas dos que perdeu, sente o toque de pele macia como marshmallow no rosto e seu quarto cheira a talco de bebê. Quando acorda, o cheiro já sumiu.

Ela toca piano lindamente. Não sabe beber. Por alguma razão desconhecida, sente uma necessidade incontrolável de mostrar a roupa de baixo para os outros, o que suas amigas acham hilário. Tem uma queda gigante por um homem casado. Por culpa, acabou de começar a seguir a esposa dele no Twitter. Toda vez que termina de ler um livro, ela o dá para o morador de rua da sua rua. Ele nunca agradece. Ela não se importa. O cheiro favorito dela é do estrume adocicado da fazenda da família onde ela cresceu. Ela percebe que adora as coisas que a maioria odeia.

Tem uma paciência infinita no trabalho. Os pais dos seus bebês sempre a chamam de anjo. Ela se sente claustrofóbica quando espera numa fila. Ama quando o pai canta. Tem quase cem por cento de certeza de que o irmão é gay. Acha que a esposa dele não sabe. Ela se pergunta pelo menos cinco vezes por dia se deveria conversar com ele.

Ela tem um segredo.

No aposento onde as enfermeiras dormem, quando tem certeza de estar sozinha, ela fecha a cortina ao redor da cama para ter privacidade. Sentada, ela leva a mão ao controle remoto da cama e aperta os botões de levantar e abaixar ao mesmo tempo para liberar a gaveta superior do escaninho ao lado da cabeceira. Lá dentro tem um painel com números, e sua senha é o número de identificação da pulseira do último bebezinho que perdeu.

A parede atrás da cama se abre, revelando um quartinho escuro. Ela passa por cima da cabeceira e entra; o quarto cheira a talco de bebê. O chão e as paredes são macios e fofos, como um ursinho de pelúcia. Quando a porta se fecha, uma luz noturna azul-bebê ilumina a escuridão.

Ela deita no chão, enroscada em posição fetal.

E ruge.

Ela é uma mãe em tempo integral com quatro filhos de menos de três anos. Ela ama seus filhos. Vive pela hora em que os coloca para dormir, por aquelas duas horas em que pode sentar no sofá com uma garrafa de vinho. O som favorito dela é das conversas entre eles. Ninguém a faz rir mais do que seus filhos.

Ela é excelente em parecer escutar pessoas quando não está escutando. Ama comprar presentes para pessoas o ano todo; quando vê algo que combina com alguém, precisa comprar. Ama dirigir rápido. Sexo com seu marido é seu passatempo preferido. Ela gosta de ver pornografia. Nunca odiou ninguém, mas está perigosamente perto de odiar a esposa do irmão. Ama dançar. Evita confrontos. Tem pouquíssimo traquejo social. É desastrada. Perdeu a chave de casa cinco vezes em um ano.

Fazer compras de supermercado a deixa com calor e irritada. Quando ela corre, acidentalmente faz xixi nas calças. Desistiu de correr. Nunca está atrasada. Sempre está animada. É uma mãe excelente. Sempre queima torradas. Não sabe fazer ovos pochê. Sabe cantar lindamente. Seu cabelo é seu melhor atributo.

Todo mundo sempre diz a ela: "Não sei como você consegue".

Ela tem um segredo.

Quando os quatro filhos estão tirando o cochilo da tarde, ela vai até o quarto de brinquedos deles e puxa a alavanca da caixa-surpresa. Quando o palhaço de mola se lança para fora, ele ativa remotamente um painel de senha na parede em meio aos Transformers dos meninos.

Ela digita a senha, 6969, que sabe que é imatura, mas a faz rir, e a parede de Transformers desliza para o lado e revela um quartinho.

Lá dentro, as paredes são cobertas de couro vermelho. Ela ama a sensação.

Nenhuma luz noturna se acende quando a parede de Transformers se fecha; ela prefere o escuro.

Depois de tatear seu caminho pela parede de couro frio até o canto do cômodo, ela desliza para o chão e encara a escuridão por um momento, acalmando a mente.

Ela abre a boca.

E ruge.

Este livro foi impresso pela Cruzado, em 2022, para a
HarperCollins Brasil. O papel do miolo é pólen natural $70g/m^2$
e o da capa é cartão supremo $250g/m^2$.